神奇八宿

SHENQI BASU

杨年华◎著

XZCB 西藏人民出版社

2022年西藏自治区文艺创作扶持项目

图书在版编目(CIP)数据

神奇八宿 / 杨年华著.--拉萨：西藏人民出版社，2023.12

ISBN 978-7-223-07566-4

Ⅰ.I25

中国版本图书馆CIP数据核字第2024QD0989号

神奇八宿

作　　者：杨年华
责任编辑：黄 霞
封面设计：李 峰
责任印制：达 珍
出版发行：西藏人民出版社(拉萨市林廓北路20号)
印　　刷：拉萨市明鑫印刷有限公司
开　　本：787×960　1/16
印　　张：16.75
字　　数：237千
版　　次：2024年11月第1版
印　　次：2024年11月第1次印刷
印　　数：01-1，000
书　　号：ISBN 978-7-223-07566-4
定　　价：36.00元

发行部联系电话(传真)：0891-6826115

目 录

报告文学篇

回眸昌都……（3）

藏东八宿谱新篇……（16）

驻村故事……（32）

美丽的八宿风光……（51）

茶马古道上的邦达仓……（71）

走过千年茶马古道……（78）

心系老百姓 真诚办实事

——全区万名干部下基层昌都市八宿县联合工作组纪实……（84）

情系雪域

——记北京援藏干部王守明下乡扶贫纪实……（90）

小说篇

踏尘香巴拉……（125）

文成公主的眼泪流成怒江传说……（138）

剧本篇

电影剧本《雪域丹青》……（167）

诗歌篇

初冬映像……（221）

诞生英雄故事……（223）

绚丽然乌湖……（224）

绮丽来古冰川……（227）
美妙然乌溶洞……（229）
洁白的祈祷
——多吉次查神山……（231）
多拉神山自然石刻艺术城……（232）
怒江大峡谷……（234）
绽放邦达草原……（236）
浩渺仁措湖……（238）
悠悠八宿同卡……（240）
坠叶……（241）
蝉……（242）
叶子姑娘……（243）
命运曲……（244）
孤独青稞地……（245）
种 子……（246）
青稞秸垛……（248）
初 冬……（250）
普姆的倩影……（252）
草原的儿女……（254）
飞奔野牦牛……（256）

歌曲篇

八宿我可爱的家园……（259）
国旗阿玛啦……（261）
中国梦，我的梦（援藏之歌）……（262）
欢迎你到巴宿来……（267）

后 记……（264）

报告文学篇

回眸昌都

昌都是西藏的东大门，“昌都”这个词藏语意为“水交汇的地方”，昂曲和杂曲两条河在达马拉山山脚处交汇，合并成了著名的澜沧江，而昌都就是这个交汇之地。

如果看过清朝有关藏族地区的史料，你会发现那里根本找不到“昌都”，但却能经常看到一个音近的词——“察木多”。没错，那就是昌都以前的译名，而按照藏语发音的话，它原来的名字“察木多”，其实比现在的“昌都”更合适一些。

清朝曾在察木多册封了一批大活佛和土司，受驻藏大臣和达赖喇嘛的管理。清末，日暮西山的帝国于藏族地区发出了最后的呐喊，朝廷在汉藏交界地带设立了川滇边务大臣辖区，简称“川边”，首任大臣赵尔丰锐意进取，以“胡萝卜加大棒”实行改土归流，将川边高歌猛进到距离拉萨仅一日行程的工布江达，昌都自然也被他囊括其中。

民国成立后，军阀混战无暇顾及，这里很快被西藏地方政府也就是噶厦地方政权占领，并在此设立了昌都基巧（即昌都总管，其地位极高，通常由西藏噶厦地方政府的首脑之一即噶伦或卸任噶伦出任），但民国政府并不承认，官方仍把这里认为是西康疆域的一部分。

四川军阀和西藏当局经过多年争斗，双方的势力范围最终稳定在金沙江一线，此后十多年虽有小打小闹，但大体太平。

1949年，中华人民共和国刚宣告成立，在塔尔寺坐床不久的第十世班禅额尔德尼·确吉坚赞大师。而此时西藏名义上的最高首领十四世达赖喇嘛还是个孩子，大权掌握在颟顸无能的摄政王达扎活佛手中，尽管此人平日除了热衷贪污外对其他事情毫无兴趣，但在这生死存亡的关头，他也不得不做出反应。

惶惶不可终日的西藏噶厦地方政权无疑想拒解放军于金沙江东岸。此前在印度的支持下，藏军临时抱佛脚开始扩军，很快从原来的14个代本（相当于团的编制）扩充到17个代本，而其中十个代本都参加了此次战役，总兵力约六千人，他们全部布防于昌都、江达一线，可以说噶厦地方政府为阻止解放军由昌都进藏投入了最后的本钱。

尽管装备了从印度紧急运过来的现代枪械，但这支军队的素质却难以令人恭维，与他们那些中世纪的先辈们并没有本质区别。历史记载，这些藏军缺乏训练、军心涣散、纪律松弛，基本上没什么战斗力。士兵当中，既有50岁乃至60岁的老人，也有不满16岁的娃娃，大多数还拖家带口，不仅要为自己着想，还要为妻子儿女的命运担心。

身为对手的解放军对藏军战斗力的评价低得可怜，甚至可以说嗤之以鼻，比如最高指挥官十八军军长张国华后来就写道："我们曾以两个连同敌人一个代本打了一仗，以一个排冲垮敌人一个代本。"藏军一个代本大约五百多人，竟然大败于一个排的解放军，除了刚刚经历了惨烈的国内战争的解放军素质确实过硬外，藏军本身军事能力的低下无疑也是重要因素。

更让人难以想象的是，十个代本的指挥官无一例外，竟然全都没有受过军事训练，其中几个代本团长还是西藏有名的胆小鬼，根本不可能赢得部下的尊重。对这一奇观，美国学者戈尔斯坦在其巨著《喇嘛王国的覆灭》中解释道："这并不奇怪，因为西藏政府故意不让藏军代本们接受专门的军事训练，以免造成军事将领势力强大的局面；相反，他们所奉行的军事政策是，任何一名官员都可以充当藏军代本或其他军官。"

而这支队伍的最高指挥官也并不令拉萨当局放心。此时恰逢昌都基巧拉鲁才旺多吉的任期满了，据说他坚决不愿在这个是非之地多待，强烈要求噶厦地方政府批准其立即卸任回拉萨。但也有说法认为他强烈要求留任，但胆小怕事的噶厦地方政府认为此人极其好战，担心他惹恼了解放军引来灭顶之灾，因此坚决不同意。

昌都基巧位高权重且收入丰厚，平时是难得的美差，按例必须要噶伦出任，可在拉萨的三个噶伦互相推诿，谁也不愿在这时候去昌都接这个烫手的山芋，结果时任孜本（西藏地方财政长官）的阿沛·阿旺晋美火速提升为增额噶伦并出任昌都基巧，时年42岁。也有说法认为，此人是西藏政坛有名的鸽派，值此危急存亡之秋，西藏当局派他接替鹰派的才旺多吉。

阿沛家是西藏望族，不过尽管家族成员曾数次出任噶伦，但这位阿旺晋美原本却并非阿沛家一员，而是出身于一个叫“霍康”的有蒙古血统的中小贵族家庭。当年，阿旺家的家主阿沛噶伦在与四川军阀的冲突中战死，其遗孀决定招赘夫婿，最后幸运落在贵族霍康家的一名年轻军官身上，他就是霍康阿旺晋美，入赘到阿沛家后改名为阿沛·阿旺晋美。但是，入赘阿沛家的阿旺晋美最初还不是噶伦，他以阿沛家族主人的名义受封为小四品官，先后担任过昌都基巧府粮饷官和噶厦政府的法官，后来被提升为西藏地方财政长官即孜本。直到昌都战役前夕，他突然被噶厦政权任命为噶伦，并被要求立即前往昌都赴任。

前面说过，阿沛·阿旺晋美是典型的鸽派，与解放军在昌都决战的前任拉鲁才旺多吉不同，力主通过和谈解决问题。阿沛·阿旺晋美上任后，首先支走了要求抵抗到底的拉鲁，同时主动拆除了拉鲁原来修筑在山顶上的防御工事，不久后又停止招募更多的康巴民兵，理由是避免激怒解放军。

对于藏军的部署，美国学者戈尔斯坦写道，在防御上阿沛没有建立一支常备的后备军。藏军全体官兵除了几百人留守昌都之外，其余军队都被分散布防于边境沿线。人民解放军随时都可能突破藏军的防线，而边防军后面并没有设置第二道防线。

此时，中国其他地方已基本解放，而西藏仍由噶厦地方政府统治着，它在清朝灭亡后四十年左右的时间里成了一个半独立的喇嘛王国。噶厦地方政府源自公元18世纪中叶的七世达赖喇嘛时期，到昌都战役时已经延续了将近两个世纪，其日常行政首脑称为噶伦，通常有四名，包括三名世俗官员和一名僧官，他们对达赖喇嘛或代表达赖喇嘛的摄政王负责。

十世班禅经考虑再三，终于在1949年10月1日，致电毛泽东主席、朱德总司令、彭德怀司令员："中央人民政府成立，凡有血气，同声鼓舞。今后人民之康乐可期，国家之复兴有望。西藏解放，指日可待。恳请速发义师，解放西藏，驱逐帝国主义势力，巩固国防。"

1950年1月2日，毛泽东主席和中央军委决定：从滇、川、新、青四个方向进军和平解放西藏。

长期在黑暗、苦痛之中挣扎的百万农奴翻身得以和平解放，为西藏漫长的历史进程，打开了一扇亘古未有的大门。

昌都终于又一次成为了中国乃至世界瞩目的焦点——昌都战役拉开了解放军进军西藏的序幕，它也是解放大陆的最后一战。

昌都战役不是为战而战，也不是只为消灭藏军和解放昌都而战，乃是为和谈而战，打下和平解放西藏的基础。昌都战役情况传播到西藏各地后，西藏上层统治集团一片混乱，发生分化，摄政达扎不体面地下台，达赖喇嘛提前亲政。

1月6日，中共中央西南局及西南军区令第十八军在第十四军和西北军区一部配合下，执行进军西藏的任务，他们经过数月艰苦跋涉，终于到达川藏边界也就是金沙江东岸。

2月26日，西南局、西南军区关于要求推迟进军时间，在向中央军委的报告中提出，"十八兵团进驻雅安之两个团，因蓉雅（成都至雅安）交通受阻，食粮尚感不足，而入藏部队（指十八军）所需之大批食粮（这是该军最担心的问题，据张国华同志面谈，只要粮食有保障，其他任何困难都有信心克服）则更无法赶筹。"

昌都战役开始前，十八军指挥官判断战场形势后，觉得杀鸡焉用牛刀，于是上报中央认为"使用十八军四个团又两个营，加上玉树方面、察隅方面少数部队的配合，是够用的”。最终部署的参战部队以十八军52师为主，包括154团、155团、156团和53师157团，再加上其他部队（云南126团和青海骑兵支队）共6个团的兵力，尽管人数不算太多，但基本上形成了对藏军二比一的优势。

说起来奇怪，即使在本土作战，藏军却并没有得到“人和”——防线上的藏兵多由噶厦地方政府在西藏各地调来，在昌都当地很不受欢迎。昌都本地的康巴人虽然勇悍，但却一直被西藏噶厦地方政府看作野蛮人加以歧视，几乎没有人能在官府中担任稍高的官职，他们还要承担沉重的赋税，并饱受拉萨派来的贪官污吏的盘剥，因此康巴人并不想为噶厦卖命，而是采取了观望的态度，他们更关心自己的宗教信仰和风俗习惯能否得到保障。在解放军强大的宣传攻势下，尤其得知班禅活佛等宗教领袖都得到了善待，康巴人逐渐消除了疑虑。

戈尔斯坦写道：中共当局所采取的解放西藏政治策略的重要组成部分之一，是分化瓦解宗教集团之中的西藏政府支持者。只要康巴人感到他们的宗教信仰和宗教制度受到威胁，他们就会质对拉萨当局的抱怨和不满于不顾，站在西藏政府一边共同抵抗汉人。

由于汉人并不希望卷入一场持久的游击战争，所以他们便竭力安抚和笼络康巴人。他们不仅反复广播自己的声明，散发宣传手册，向康巴人许诺将维护宗教自由，尊重寺庙寺规，而且还千方百计地争取藏族地区各地著名大活佛的支持。

“得到班禅喇嘛的支持具有特别重要的意义，因为他是格鲁派的第二大活佛，并且在康区有一大批追随者。”

“这些活佛喇嘛的作用不能低估，因为康巴民众很难明白，如果像西藏政府所宣扬的共产党真的打算毁灭宗教，那么像班禅喇嘛、格达活佛这样的高僧大德为什么还要去支持中国共产党呢？由于赢得了这些活佛喇嘛的公开支持，从而就增强了康巴民众对共产党所做出的宗教自由承诺的信心，这样，共产党和平解放西藏的计划就有了根本保障。”

这里提到的格达活佛，来自甘孜白利寺，在康巴地区享有一定声望，他和红色汉人一向关系很好，曾担任过红军长征时建立的甘孜波巴苏维埃政府副主席。解放军进军西藏前，已是西南军政委员会委员和西康省人民政府副主席的格达自告奋勇前往拉萨劝降，中途被藏军扣押在昌都，随后莫名其妙地暴毙。

为了严明军纪，更广泛地争取和团结当地藏族民众，解放军昌都战役指挥部要求官兵们必须熟悉当地的宗教、风俗习惯，必须表现出对当地宗教制度和宗教信仰非常尊重。指挥部下达了严格命令，不准索要或接受当地人民的东西，哪怕是一杯茶都不行，官兵的一言一行都必须体现出他们是来帮助藏族人民的子弟兵。

6月26日，关于推迟昌都战役给军委的报告也是根据“绝难提前抢运最低数量之粮食”而提出的。另外藏军的通讯也基本上处于瘫痪状态，戈尔斯坦继续写道，1950年7月，在拉鲁的一再请求下，阿沛·阿旺晋美从拉萨带来了两部手提式无线电收发报机，可是他决定不在金沙江沿岸边境地区设置这两部电台。于是拉鲁只好自己带一部走了，另一部则留在昌都闲置着。

戈尔斯坦继续写道，在解放军发动昌都战役之前，英国派来协助藏军建立通讯系统的情报员福特曾试图说服阿沛·阿旺晋美将那部闲置未用的电台送到战略要地类乌齐去，以便能够及时迅速地收到有关拉贡昂达撤退路线的情报，但却遭到了阿沛·阿旺晋美的拒绝。随着9月底的到来，许多人都推测冬季的临近意味着中国共产党军队可能不会发动进攻，更使藏军逐渐放松了警惕。

其实在藏军对面，解放军的参战兵力并不是很多，他们多来自十八军，主力为52师。这个军其实历史很短，是一支组建不久的二线部队，在解放军中无论人员还是装备都难称一流——1949年2月，中原野战军改编为第二野战军后，将豫皖苏军区机关及其独立旅和各军分区基干团、第1纵队第20旅组建为第十八军，隶属第二野战军第五兵团建制，张国华任军长，谭冠三任政治委员，陈明义任参谋长。

毛泽东8月23日同意西南军区关于昌都战役实施计划给西南局、西北局的电报中特别询问："你们一万六千人（指五十二师和军直三个加强营、一个辎重团等部人数）由甘孜向昌都进军，粮食全靠部队携带及牦牛载运……甘孜是否已有这样多的粮食，部队及牦牛是否有这样大的运输力。"

8月26日康藏公路通车甘孜，支援司令部准备的物资已开始车运甘孜。

十八军制定的昌都战役方案也于9月22日被西南军区批准，但张国华仍不下达具体执行的命令，因他在考虑如何携带和向昌都运输粮食。直至他与其他几位领导同志在甘孜访问土司头人并取得他们出动大批牦牛投入运输的承诺后才下达命令。这些，足以证明各级领导对粮食的重视和粮食对作战的关系，以及后勤工作包括藏胞支援的重要性。

10月5日，解放军终于发起昌都战役，兵分四路形成钳形攻势，进展相当顺利，很快从南部和中部两个方向切断了藏军的退路。而直到一周后的10月12日早晨，噶厦地方政府才得知解放军发动昌都战役的消息，为了避免藏族得知后发生内部骚乱，拉萨于是决定继续封锁消息。

与此同时，当地康巴人和昌都第一大寺强巴林寺的僧众也从后面向昌都藏军发动了进攻，藏军溃不成军。强巴林寺当时的寺主是第十一世帕巴拉呼图克图，也就是后来曾任全国政协副主席和人大副委员长的帕巴拉格列朗杰，他那时候只有十岁，据说当年解放军也专门做过他的工作，并取得了小活佛的支持，强巴林寺的僧人就是在他的允许下加入了攻打藏军的队伍。

解放军十八军诸参战部队的表现相当值得称道，比如战役开始后，52师的154团和青海骑兵支队实施外线远距离大迂回，他们在青藏高原上纵横跨三个省区（西康、青海、西藏），十四天走了约一千五百华里，穿过横断山脉，两渡金沙江和澜沧江，在甲藏卡和类乌齐等地击溃守卫藏军，终于在既定时间内到达昌都以西的恩达，完成了大迂回包围的任务，从而切断了藏军的全部退路。

中国人民解放军第十八军由平措旺杰、陈静波率领先遣部队的先头部队从南线挺进西藏，过草地爬雪山长驱直入，战士们饿了就吃一把炒面，渴了吞一口雪。一路上平措旺杰拉着马的缰绳冲在队伍的最前面。有的拖着马尾巴，有的手拉着手，队伍就这样在互帮互助下，缓慢地爬到了山腰。此时，别说人，就连马都已气喘不止，身上流着汗。

战士们英勇奋力地不断向雪峰上攀爬着，攀爬着，直至山顶。战士们确实难以支撑住微弱的身子，一战士说道：“我再也迈不动步了，你们先下去吧！我坐在这儿休息一会。”

气喘吁吁的陈静波听到了，停住脚步，用手撑在战马上，断断续续地说道：“不行，坚持住，一定要坚持住，否则，一旦坐下，也许就再也起不来了。”正当此时，只听后面有位战士禀报：“报告，在山脊上发现一位老乡。”

平措旺杰向这边张望了一下，大声喊道：“老陈！这儿发现一位被埋在雪里的老乡，先让我去了解了解情况再说，你先带队伍下山，时间要紧！”

“是！”

平措旺杰急忙来到出事地点。只见从雪堆中露出一只手，平措旺杰来不及喘口气，便大声喊道：“快！同志们快把积雪扒开！”

战士们一拥而上，轻轻地挖着掩埋在唐桑身上的雪。吃袋烟的工夫，唐桑被抬了出来，平措旺杰赶紧用手在他的鼻子前试了一下说道：“还有气呢！快，快拿担架！”

“看样子，伤势不轻，可能是前不久发生雪塌时，从山顶滚落下来受的伤。”一班长说道。

“从他的竹筐与打扮上看，应该是个本地人，只要把他救醒，就有带路的人了！”

说话间，几个战士已扛来了担架。

平措旺杰指了指正在抬担架的两名战士，喘着粗气下令：“快抬上他，你二位负责老乡的安危，火速送下山医治疗养。”

“是！”

大部队继续前行，当大家爬上了一处分水岭，眼前出现了一片广阔的原野。一面明镜似的湖泊，静静地躺着，在阳光下闪烁着熠熠的波光。已疲倦至极的战士们高声喊道："是湖，是一个高原湖泊。"长时间以来他们已看惯了雪山，爬的是崎岖坎坷的山路。现今在眼前赫然出现这么一片一望无际的绿绒毯般的草原，一潭明净湛蓝如宝石般的高原湖，着实让人赏心悦目。怎不叫人欢呼雀跃呢，一下子，整个队伍都沸腾了。

"离巴塘不远了！"一个战士高呼着。

接着是先遣部队的官兵，连病号也举起了木棍跟着欢叫起来。随着一声，"冲啊！"几个战士就像冲锋一样冲下山冈，其余的人也扬鞭策马向山下疾驰。

来到湖边的战士们捧起水如饥似渴地一气猛喝。有的面对着眼前的湖掉下了激动的眼泪，有的竟大声地痛哭起来，有的干脆把头栽进了清澈见底的水里，还有的战士开始洗起脸、胳臂来。说实话，十来天的急行军，大家睡觉都未脱过衣服，哪有洗澡的奢侈条件呀！突然，只听平措旺杰一声大喊："不准脱衣服洗澡！小心感冒，在高原上感冒那可是要命的事，一会搭起帐篷再洗。"大家这才停下正脱衣服的手，卸下了行装、枪炮、粮食，放开马匹，忙碌着搭帐篷，架锅做起饭来。

卫生员仔细地给唐桑做了诊断，并立马给他输了液。没过多久，唐桑渐渐睁开了眼，看着同志们陌生的面孔，一下子就从简易的床上腾跳起来端坐着，眼睛四处慌乱地张望着，不停地惊叫道："这是什么地方？你们是什么人？"

平措旺杰俯下身，握住唐桑的手安慰道："老乡，我们是解放军，是穷苦人的军队，是来解放全国人民的。请你放心，我们没有恶意，我们是来救你们的。"

唐桑看着大家那一双双眼睛，一张张和善的脸庞，感觉他们不是敌人后，也就停止了折腾，轻声问道："这是什么地方？"

"老乡，这是我们刚刚搭建的营盘，准备挺进巴塘。可路不熟悉，需要有人带路。此地空气稀薄，道路陌生，没有向导，供给困难（主要靠空投）。战士们忍饥受饿，跋山涉水，饥餐糌粑，渴饮冰雪，刨雪开道，不少战士患雪盲症，冻伤了手脚，浑身发肿。”

唐桑没有正面回答，依然追问道：“解放军同志，是你救了我吧！”

平措旺杰点了点头，眨了眨眼睛说道：“老乡，是我们在山上把你从雪里挖出来的，你命真大，经我们医生检查，你并没有大伤，你就好好地休养一下吧！”

唐桑一切都明白了，立即跪下，千恩万谢道：“谢谢解放军救命之恩，谢谢解放军救命之恩！唐桑将永生难忘。”

平措旺杰立即把唐桑扶起，和蔼地说道：“不用谢！你安全了就是对我们最好的回报！”

“解放军同志，你们不是需要带路的吗？我愿意当向导！我熟悉这里的每一条路，每一座山，每一棵草。正如俗话所说，铁匠识针性，船夫晓水情。”

“好啦！好啦！既然你的主意心里定，糌粑袋中装。我们有了你这个向导，就不会走冤枉路了。”

就在这时，唐桑突然若有所思，好似想到了什么？跳起来惊叫道：“哎呀！不好啦！”

他这一叫，让大家倒吸了一口冷气，不知发生了啥事？在平措旺杰的追问下，唐桑才把自己为什么上山等情况，一一告诉了大家。平措旺杰立即下令出发，先遣部队在唐桑的带路下，很快进入巴塘，救治了他的小孩。一家人感谢万分，唐桑说道：“福不双至，福降三重，水债也不可薄还。我会用一辈子来回报你们的。”

正因为，唐桑对共产党寄予希望，才有支撑他心灵灯塔的世界，才有奠基他生命灵魂的支柱，走向成功的导航，登上永恒的标榜。所以，希望是他的太阳，生命的源泉，坚韧的拐杖，忍耐的行者，永远的喜悦。好似人类拥有的土地，是每年有收获，绝不会耗尽的财产，引领他勇往直前。

西藏地方当局为维护农奴制度，拒绝和平解放西藏，将其总兵力的2/3约10个代本（相当于团）部署于昌都地区，企图阻止人民解放军进军西藏。为消灭藏军主力，扫除进军西藏的障碍，人民解放军西南军区以第十八军一部及其他部队共6个团的兵力。在与西藏当局和平谈判毫无进展时，为了排除阻力，以战求和，把帝国主义侵略势力驱逐出西藏，维护祖国统一，解放西藏人民，人民解放军被迫发动昌都战役。

迂回部队渡江后，南北两线的几路攻击部队分别在几个渡口陆续渡过金沙江，迂回部队和跟进的北线左路主攻部队渡江时未遇藏军抵抗，北线左路和南线攻击部队在德格岗托和巴安（现巴塘）西北之宋瓦卡美两个点渡江时遇阻强攻，虽我军伤亡较大，但都很快渡江成功。渡江后，北线左路主攻部队在小乌拉等地遇到藏军较强的抵抗，藏军在我强大攻势下被歼灭或弃阵溃逃。

为了不给藏军喘息机会，各部队忍受着空气稀薄、饥寒、劳累等痛苦，日夜兼程，连续作战，连战皆捷。岗托方向的北线左路攻击部队在追击中，于同普之足雍将大股藏军歼灭。南线之五十三师一五七团，歼藏军近一个甲本（相当于小连）。

在人民解放军的政治攻势和政策感召下，藏军第九代本主官格桑旺堆于10月11日率部起义，宁静（现芒康）和平解放。云南之一二六团，消灭和驱逐“民兵”、僧兵和一部藏军，占领盐井等地区。一五七团和一二六团随后向西发展，并分别执行拦截藏军之任务。昌都藏军无力抵抗，弃城西撤，北线主攻部队一五六团随之进城（左路部队和一五五团相继跟进），并消灭没有撤走的藏军200余人，昌都从而解放。昌都总管阿沛·阿旺晋美率残部西撤至拉贡附近，当听说解放军已堵住去路后，折回昌都西的朱古寺，与解放军联系后，令藏军2700余人全部放下武器。

解放军和平进入昌都城，受到昌都僧人和城内居民的欢迎。

21日，已同解放军取得联系的阿沛·阿旺晋美命令藏军第三、第八、第十代本2700多人停止抵抗，放下武器，昌都地区获得解放。

10月24日，战役全部结束。

从10月6日至24日，昌都战役历经19天，先后打了20多仗，共歼灭藏军5700余人，计有5个代本全部，3个代本大部，1个代本起义，共俘代本以上高级官员20余名，俘获在藏军中服务的英国人福特、柏尔及印度人2名。可以说，在昌都战役中，藏军主力已被消灭，血本无归。

关于此役的结果，藏军统帅阿沛·阿旺晋美其实早已预料到了，戈尔斯坦在《喇嘛王国的覆灭》中写道："据功德林喇章的一位官员回忆，阿沛·阿旺晋美曾对他说，噶厦地方政府斗不过中国共产党，因为'汉人'拥有最新式的武器装备和训练有素、身经百战的官兵。阿沛·阿旺晋美回忆说，一位军阀就曾在1909—1910年单人独马占据并控制过拉萨，因此西藏地方怎么能够阻止中央政府的统一大业呢？阿沛·阿旺晋美对功德林喇章的官员说，他确信设法进行谈判、达成和平的解决办法要比武力对抗好得多。"

阿沛·阿旺晋美所说的那位"曾在1909—1910年单人独马占据并控制过拉萨"的"军阀"，指的是清朝末年的钟颖，但他其实既非军阀也并非"单枪匹马"——在川边大臣赵尔丰的帮助下，年轻的皇亲国戚钟颖率一个协（清末新式军队编制，相当于旅）的四川新军于1910年2月进驻拉萨，赶跑了十三世达赖喇嘛。但此后不久辛亥革命爆发，驻军中的哥老会势力乘机发难，西藏清军混乱不堪，不得不全部撤出。

昌都战役的胜利为全西藏的和平解放铺平了道路。昌都解放后，西藏地方武装大部分已被消灭，摄政王达扎活佛被迫下台，噶厦地方政府既无实力阻挡解放军前进，又无资本继续讨价还价，希望外国干涉的愿望又落了空，不得不同意派代表团赴北京就和平解放西藏进行谈判，达赖喇嘛也逃亡到中印边境等待结果。

达赖亲政后，即于1951年2月派出西藏地方的全权代表5人前往北京，与中央人民政府进行谈判。其中，首席代表是阿沛·阿旺晋美。

5月23日，《中央人民政府和西藏地方政府关于和平解放西藏办法的协议》（简称《十七条协议》）在北京中南海勤政殿由双方代表正式签字。

25日，毛泽东以中央军委主席的名义，发布了命令中国人民解放军进军前、后藏的训令。

10月26日，张国华、谭冠三率十八军部分主力进驻拉萨，举行了入城仪式。

12月1日，范明率领的十八军独立支队抵达拉萨，与十八军主力会师。至此西藏和平解放。

藏东八宿谱新篇

一

“八宿”藏语意为“勇士山脚下的村庄”，位于西藏东部，昌都中南部，地处怒江上游，境内最高海拔6882米，最低海拔2680米，平均海拔4700米。因其重要的交通位置和丰富的资源，自古以来就被称为“藏东重镇”。

境内高山环绕、峡谷相间，地形复杂、江河交错，山奇水秀、风光独特，构成七山二水一分地的地形特点。境内旅游资源丰富，既有集冰川、雪山、瀑布、原始森林为一体的然乌湖、来古冰川景区、邦达草原及仁措湖等自然风光，也有多拉神山、拉鲁卡岩壁画、八宿寺、怒江72拐等人文景观。

国道318线和214线贯穿3镇5乡，邦达机场坐落于八宿境内，交通较为便利。

改革开放以来，随着邦达机场、318国道、214国道及自治区各公路干道的修建和优化，八宿的交通区位优势日益明显。国道318线和214线纵横全县3镇4乡，全县通车里程达到1156.7千米，其中沥青路面190千米，乡村公路通车率达到65%。便捷的交通通达能力，已经使八宿成为祖国西部交通网络和藏东交通网络重要的节点和枢纽，为旅游业的发展带来了得天独厚的无限潜能。

八宿县是一个以藏族为主体，汉族、纳西族、白族、回族、壮族等民族聚居地。各民族群众和睦相处，全县总人口数量为38116人，其中藏族占总人口的98.98%，汉族及其他少数民族占总人口的1.02%。

八宿县属半农半牧县，下辖4镇10乡，126个村民委员会，316个村民小组，农牧民人口数为35987人。以农业为主的乡镇有10个，牧业为主的乡镇4个。耕地总面积40519.35亩，农牧民人均占有耕地1.14亩，粮食产量达到2158.25万斤；牲畜存栏301976头（只、匹），草场总面积844.57万亩，可利用草场735.6万亩；森林覆盖面积340余万亩，覆盖率达18%以上，自然生态优势十分明显。

按照自治区提出的“一产上水平、二产抓重点、三产大发展”的产业建设指导思想，八宿县高度重视特色产业开发，相继开展了荞麦生产加工、藏鸡藏猪养殖、经济林木种植等优势特色产业的开发，有力地促进了农牧业产业化进程。与此同时，还在邦达草原自行开展人工种草育肥试验，最终探索出了一条草场治理和管理的先进经验，得到了上级有关部门的认可，现已在邦达草原全面推广。

在社会事业发展上，八宿县把教育工作放在优先发展地位，连续几届领导班子重视教育事业的发展，在2007年顺利完成“普九”任务。目前，全县共有各级各类学校54所。其中，县中学1所，县小学1所，乡镇中心小学10所，教学点42所。在校学生达7618人，中学生2324人，小学生5294人，适龄儿童入学率达98.45%，初中入学率达到90.32%。

八宿是一个典型的地方传染病人数众多的县份，全县范围内大骨节病人较多。现有县级卫生服务中心1所，辖县人民医院、县防疫站、妇幼保健站和计划生育指导站，乡级卫生院13所。

为推广科学生产技术，全县建成县级农业技术推广站1个，畜牧技术推广站2个，动植物检疫站1个，乡级畜牧兽防站11个。

八宿县致力于和谐社会建设，全县共有22座寺庙，僧尼579人。

在国家第四批援藏任务中，八宿县的对口援藏单位是武汉钢铁（集团）公司。该公司从2004年8月起开展援助工作，第一轮项目投入援助协议资金2400万元。2007年8月，该公司继续对口援助，顺利地完成了相关工作人员的轮换工作，新一轮援藏工作正式启动。

2005年以来，“跨越式发展”成为八宿经济社会发展的主题。

八宿县委、县政府坚持以推进科学发展观，构建和谐社会为主线，大胆尝试，勇于实践。使经济社会发展跃上了新的台阶，呈现出社会局势长治久安，人民安居乐业的大好局面。

围绕经济建设这个中心，对全县经济格局进行了科学的规划和布局，提出了“3231”的科学发展思路，依托自身区域优势，调整经济结构，创新了区域化经济发展的模式。

“3231”中的“3”指的是——抓住然乌镇、白马镇、邦达镇这三个镇在地理位置和城镇建设规模上的优势，加快当地市场化建设，以它们的发展带动辐射周边区域的发展。在邦达镇，主要发挥其小城镇和畜牧业生产的优势，重点发展畜产品加工业，带动畜牧业经济发展；在白马镇，发挥县城所在地的优势，建设成以商品集散为主的城镇；在然乌镇，把握其旅游资源上和交通上的优势，重点发展其旅游发展相配套的第三产业。

“3231”中的“2”指的是——紧紧抓住国道318线和214线贯穿全县的交通优势，做好交通这篇大文章，围绕便利的交通条件发展沿线乡镇的经济。

“3231”中的“3”指的是——根据全县乡镇不同的地理位置和农牧业生产特点，划分出三个产业带。一是以邦达草原为核心的畜牧业发展带，重点发展畜牧业经济；二是以河谷地段为主的农业生产带，发展农业特色经济，兼顾高原特色农产品的开发，重点发展以荞麦为主的种植业、藏鸡、藏猪为主的养殖业和经济林木栽植；三是以夏里乡、瓦乡、拥乡这三个乡镇为主，划定基础农业发展带，以巩固农牧业生产为主，兼顾民族特色手工业的发展。

“3231”中的“1”指的是——抓住旅游这个支柱产业，以然乌镇旅游景点为主，其他旅游景点为辅，大力发展旅游事业，以旅游业的开发推进全县经济向外型发展。

八宿县是旅游资源的富矿，自然景观丰厚，人文风光独特。在县域

12564.28平方千米的国土面积内，集中了高原冰川、湖泊、草原、溶洞、民居、寺庙、峡谷等众多典型的高原旅游资源。

在旅游交通方面，八宿县城处于世界海拔最高邦达机场和新近建成的林芝机场之间；国道318线穿越全境，北接成都，西经林芝可直达拉萨，南通滇藏线可达昆明。八宿已经日渐成为茶马古道旅游热线上的重要交通枢纽。

在旅游事业的发展上，八宿县确立的基本发展思路是——“依托东部的‘茶马古道’和‘大香格里拉’旅游品牌，注重与芒康，云南的迪庆，特别是林芝等地的合作，朝着区域联动，旅游互动互促的方向发展，瞄准区外、国外旅游市场，以生态旅游、人文旅游、回归自然、追溯远古冰川为主题，着力打造然乌湖、多拉神山、仁措湖、八宿寺、怒江大峡谷等旅游品牌”。各级文化和旅游部门对然乌湖、来古冰川、多拉神山、八宿寺、邦达草原、仁措湖、然乌溶洞、怒江峡谷、拉鲁卡岩壁画等9处极具特色的旅游景区、景点进行了初步开发，其中然乌湖旅游景区属国家级森林公园，国家2A级旅游景区。

2007年是八宿县的“旅游攻坚年”。目前，八宿已经成为集旅游、探险、户外运动、科考为一体的精品旅游地，吸引着广大旅行者慕名而来。

八宿县城的建设，是一个县经济、社会、文化发展状况的缩影。近年来，八宿县加快了县城基础设施建设步伐，县城基础功能不断完善，整体规模不断扩大。县委、县政府在加快县城综合功能改造的同时，出台了一系列优惠的招商引资政策，不断吸引外来资金，有力地促进了县城基础建设和经济发展。

八宿县共有各级党组织179个，在基层党建工作上，各级党组织以“夯实农村党建、筑牢发展基础”为目标，在抓好基层组织基础设施的基础上，开展了“红旗党支部”“五员一推”“三级双创六好”“驻村指导员”等活动，使全县基层党组织建设顺利开展。

在社会局势稳定工作中，八宿县以创建平安八宿为目标，深入开展反分裂斗争，加强对群众的法制宣传教育，认真开展矛盾纠纷排查，加大对重点区域的治理和违法犯罪活动的打击力度，为社会局势持续稳定，营造了良好的环境。

站在新起点，实现新跨越。在县委、县政府的正确领导下，在对口支援单位的援助下，“藏东重镇”——八宿，正在走出一条发挥生态优势，富有区域特色的经济、社会、文化的全面、协调、可持续发展之路。

二

现在，经过了13年后，我还以尼巴村驻村工作队长的身份下来驻村，见证了全区“万名干部下基层活动”到“强基惠民”驻村工作队，作者本身就是一个见证者，从文联对口地拥乡、瓦乡，特别是外八村村民的“侏儒症”小矮人并带有遗传等原始素材。连接同卡与瓦乡在怒江上面修建的桥梁，外八村的人怎么样搬迁到县城。以及后来文联的驻村点改到林卡乡，我又身临其境，在尼巴村当队长住了7个月的时间，如今尼巴、叶巴、普龙搬迁至县城的西坝，外八、奶然村等也搬迁到了奶然安置点，我无形中也成了这几个村的见证人，他们曾经是八宿最贫困的村庄之一，如今也成了八宿县城人，逐步走出了困境，过上了城市生活。我将用新旧对比的方式，结合着旅游文化，翔实地讲好八宿县这十多年来所发生的点点滴滴的巨变故事，做足“中国梦”西藏八宿县故事，这篇大文章，好向昌都市强基惠民活动办、西藏自治区强基惠民活动办作汇报。

八宿县这十来年发生的翻天覆地的巨变，结合县里的旅游文化资源，党中央、西藏自治区党委怎么样一步步引导、引领农牧民脱贫致富奔小康的具体事迹，让人想都不敢想，以前是偏僻的山旮旯的贫困户，现在是八宿县的城里人，如同做梦一般，谁敢想象呀！可如今却成了现实。

今天，我们驻村工作队要把精准脱贫的明白卡，发放到他们每一户手中，当又一次挨家挨户地入户的时候，确实让我吃惊不小，我们文联对口的林卡乡尼巴、叶巴、普龙这三个村庄，于前年就已全部搬迁到县城的西坝安置点，只有四户，其他的都是自己在县城附近购买了地皮，盖起了像别墅一样的房子。当我走完每一户，给我的感觉是，就十年的时间，他们已经完全脱胎换骨一般变成了城里人，穿着打扮已分辨不出是农村人，破烂不堪、汗津津脏兮兮的服装，变成了干净整洁崭新的服装，特别明显的是他们的手，以前总是漆黑不说，手背全是裂开血淋淋的口子，可现今展现在我们面前的是白白净净的手。以前可能一年半载也难得洗一次的头发，如今均梳理得整齐发亮，一尘不染，让我有些难以置信，却实实在在地展露在了我们的眼前。

他们所住的房子，以前是两层楼房，底下一层养牲口所用，上面一层是人住的房间，满屋子被烟熏得漆黑一片，分不清原来的颜色，还带着一股难闻的牲畜屎尿臭气熏天。桌子上的苍蝇就像蜂窝一般，爬满碗筷、茶杯、碟子，想喝杯甜茶，也得不断地赶着苍蝇方可食用，可如今，你看看宽敞明亮的客厅里，精雕细刻的装饰，高大的柜子，里面放满用具，有的还装饰了收藏品一样的大型铜制水缸等器物，真有些天上人间之感。

发展到2020年，八宿的巨变，我们用实际数字作对比来证实吧！

全县总人口数量由2007年的38116人发展到49247人；耕地总面积40519.35亩，增加至现在的土地（耕地）确权颁证面积5.68万亩；草场总面积844.57万亩，减少至805.26万亩；森林覆盖面积340余万亩，增加至480.96万亩；现有寺庙22座，2007年僧尼579人，现在编内持证僧尼518人（不含编外僧尼293人），僧尼减少61人而外，现今，我们外加了驻寺干部，寺庙里的派驻管理人员，以前是没有这些管理干部人员的。

2020年全县地方生产总值预计完成108520万元，同比增长10.5%。其中，第一产业预计完成16780万元，同比增长7.34%；第二产业预计完成48420万元，同比增长11.67%；第三产业预计完成53320万元，同比增长10.47%。社会消费品零售总额预计达到34435万元，同比增长15.1%。城镇和农村居民人均可支配收入分别达到35015元、12830元，同比分别增长10.5%、13.6%。

2007年，县里乡里的大骨节病已得到彻底解决，当时的预防中心已解散。

发展思路上也由2009年的3231的科学发展思路，到2020年，在以习近平同志为核心的党中央坚强领导下，按照区党委、市委决策部署，八宿县委团结带领全县各族干部群众，坚持以习近平新时代中国特色社会主义思想为指导，深入贯彻落实党的十九大和十九届二中、三中、四中、五中全会及中央第七次西藏工作座谈会精神，贯彻落实习近平总书记关于西藏工作的重要论述和新时代党的治藏方略，贯彻落实区党委九届八次、九次全会，按照市委部署安排，不断增强“四个意识”、坚定“四个自信”、坚决做到“两个维护”，深入实施“123456”县域发展思路。

三

全县人民进一步聚焦难点重点，创新工作举措，狠抓工作落实，工作实现了“五个新提升、五个新突破、五个新成效、一个大改善”。

五个新提升

（一）思想认识得到新提升。县委、县政府坚持把学习贯彻习近平新时代中国特色社会主义思想、党的十九大精神和中央第七次西藏工作座谈会精神作为首要政治任务，深入学习贯彻区党委、市委重要会议精神，思想认识得到了新提升。一是各级党委（党组）开展理论学习中心组集中学习205次，交流发言220人次，受教育干部职工达1800余人次，撰写心得体会350余篇、理论文章12篇，紧密联系理论实际、工作实际和改革发展稳定实际，努力做到学深悟透、知行合一。二是坚持民主集中制，强化统一意志和共同意识，实行“三重一大”事项集体研究决定，自觉遵守党的纪律，召开县委常委会18次、书记专题会议8次，民主决策规范有序。三是坚持“不忘初心、牢记使命”主题教育常态化工作，狠抓各类巡视巡察督导督察检查反馈问题的整改落实工作，完成了区党委巡视八组反馈71个问题、脱贫攻坚各类巡视督导检查考核反馈涉及八宿38个问题和环保督察反馈涉及八宿43个问题的整改工作。

（二）党的建设得到新提升。一是加强党性教育。以“八宿讲堂”为平台，对全县干部职工实施开放式教育培训。邀请上级党校教师、知名教授、离退休干部和本县各级党员干部在“八宿讲堂”开展专题授课21场次，受教育干部群众达6000余人次。二是强化干部队伍建设。坚持德才兼备、以德为先，坚持知事识人、依事择人，优化干部队伍。全县选拔任用干部1批共96人，晋升职级1批共194人。向市委组织部推荐县级后备干部33名，调整乡科级后备干部326名；各单位推荐优秀年轻干部211名，向市委组织部推荐优秀年轻干部43名。三是持续整顿软弱涣散基层党组织。按照“一支部一方案”“一问题一对策”要求，12名县委常委联系指导软弱涣散村党组织，开展整顿工作50余次，提出整改意见90余条，11个软弱涣散村党组织全部通过县级复验。四是筑牢基层组织根基。完成全县110个村（居）“一村一档”、更新村（居）干部档案918份；举办村（居）党组织书记专题培训3班次、乡（镇）兜底培训14场次，完成村（居）“两委”干部、驻村干部等集中轮训1052人次，110名村（居）党支部书记派往祖国内地培训实现全覆盖；建成并投入使用标准化村级组织活动场所59个；统筹扶贫产业和大力发展村集体经济，16个中央扶持村级集体经济项目中，11个已运营见效，村集体经济实现全覆盖。五是加强党员教育管理，印发了《八宿县2020年发展党员指导性计划》，全县各级党组织发展党员125名；“两新”组织向湖北武汉等疫情严重地区和本地有关单位捐款捐物共计5万余元，全县4244名党员自愿捐款324469元；开展党员联系服务群众工作全覆盖，全县4252名党员与5065户非党员农牧民群众、1325名非党员干部职工、1250户商户、7464名学生、882名僧尼结成对子。六是扎实开展严守党的政治纪律和政治规矩严禁共产党员信仰宗教活动，签订《八宿县党员不信教承诺书》3384份，开展监督检查171次，询问人数278人，查办党员信仰宗教案件1件，开除党籍1人。

（三）意识形态暨宣传思想工作得到新提升。一是县委高度重视意识形态暨宣传思想工作，与各乡（镇）党委、县（中、区）直各单位党组织签订了《八宿县2020年度党委（党组、党总支、党支部）意识形态工作目标责任书》70余份，县委先后召开3次专题会议，分析研判意识形态暨宣传思想工作。二是加强舆情信息搜集报送，开通了不良信息举报电话，实行全网24小时监测，发现并上报不良舆情20条，目前已全部处置妥当。三是扎实开展新时代文明实践活动，构建县新时代文明实践中心1个、乡（镇）新时代文明实践所14个、村（居）新时代文明实践站105个；成立县级志愿服务总队和“5+6”志愿服务队伍；安排制作宣传栏、制度牌等经费26万元。四是扎实开展好庆祝昌都解放70周年纪念活动，高标准选拔“圆梦小康”方阵游行表演者、礼仪、模特169人，清理陈旧过期宣传牌84个，更换重做宣传牌20个，滚动播放宣传标语口号200余条，张贴宣传标语1320张，喜庆热烈氛围随处可见。五是深入开展“四讲四爱”群众教育实践活动，结合党的十九届四中、五中全会，中央第七次西藏工作座谈会、“决胜全面小康，决战脱贫攻坚”、庆祝昌都解放70周年等内容，分阶段、按节点深入农牧区、寺庙、学校、国企等开展宣传宣讲，全年开展宣讲1170余场次，受教育人数达8.5万余人次，发放宣讲资料2600余册，开展实践活动500余场次，参与人数1.7万余人次。

（四）法治政府建设得到新提升。一是坚持转变政府职能，研究制定并下发了《八宿县推进县政府行政审批制度改革的实施方案》，严格执行深化行政审批制度改革，下决心精简不必要的审批事项，不断优化政务服务，改为后置审批的行政事项65项。二是完善决策机制，凡属重大事项、重大决策，均提交政府常务会议、县长办公会议、政府党组会集体讨论研究，形成初步方案后及时报县委集体研究决定，召开政府党组会议14次、政府常务会议13次，解决问题440余项。三是深入推进“减证便民”工作，深化“放管服”改革，深入开展“减证便民”专项工作，全力打造证明材料精简规范化、办事流程方便快捷、服务群众优质高效的政务服务模式；深入推进“互联网+政务服务”工作，网上办件量达25064件、政务中心窗口办件量达17291件，西藏政务服务网个人注册用户22621人、法人注册用户1658户，电子证照录入11645条、签发10137条。四是深入开展法制宣传，开展各类法制宣传活动400余场，发放各类法制宣传资料33000余份，悬挂横幅400余条，解答群众法律咨询3000余人次，受教育人数70000余人次。

（五）廉政建设得到新提升。一是紧紧围绕疫情防控、维稳、扶贫等重点工作开展监督检查，派出2个暗访组、1个监督检查组，通过随机抽查、明察暗访等方式，重点查看了疫情防控措施落地、流入流出人员车辆登记、维稳值班人员在岗履职等情况，开展监督检查56次，发现问题67个，提出整改意见150条。对疫情防控工作重视不够、不服从组织安排、擅离职守的2名干部进行诫勉谈话，2人受到党纪政务处分；紧盯扶贫领域开展扶贫领域督导检查14次。二是扎实开展党风廉政建设宣传教育月活动，各级党组织通过集中宣传、学习宣传、媒体宣传等方式共开展专题学习70次，党组织负责人上党课60次，播放警示教育片15场次，撰写观后感1200余篇；参加党风廉政知识测试达2990人次。三是利剑高悬，坚决查处各类违纪违法案件，受理各类问题线索22件。其中，初核了结9件，立案办结7件，正在办理2件，重复件4件；给予党纪处分5人，政务处分1人，党纪政务处分1人；下达纪律建议书2份、监察建议书2份。深化运用监督执纪“四种形态”批评、教育、处理干部38人，其中，第一种形态32人、第二种形态5人、第三种形态1人，起到了惩处一个、教育一片的作用。四是圆满完成九届县委第七、第八轮巡察，实现九届县委任期内巡察全覆盖。县委巡察工作共发放调查问卷200余份，听取被巡察单位汇报30余次，召开被巡察单位座谈会30次，开展个别谈话120人次，发现问题162个、问题线索1件、重点人2名，巡察成效明显，巡视巡察利剑作用充分彰显。

五个新突破

（一）经济增长实现新突破。县委、县政府牢固树立以人民为中心的发展思想，紧紧围绕改善民生、凝聚人心来谋划和推动发展。实现了各项主要经济指标增速保持在两位数以上；全年完成招商引资6.62亿元，占全市2.54%；完成财政收入6838万元，同比增长14.05%；全县一、二、三产比值为13.95：40.72：45.33；总投资12.7亿元的八宿海螺水泥项目于8月8日正式点火投产，截至12月底，销售额达1.2亿元，实现了规模化工业“零”突破，带动了下游3

个产业发展（宿达扶贫汽车运输公司、宿鑫劳务公司、易发建材有限公司），全县经济保持了总体平稳、稳中有进的发展态势。

（二）项目推进实现新突破。加快项目前期审批工作，审批项目可行性研究报告78个、实施方案22个、初步设计概算57个，下发招投标批复56个；2020计划实施项目117个，开复工111个，开复工率为94.87%，重大民生项目建成并发挥作用。投资21362.04万元的县中学、投资1188.17万元的县小茉莉花幼儿园、投资12573.53万元的县人民医院建成并投入使用，投资66770.68万元的弄利措水库开工建设。随着公租房工程、怒江峡谷经济林及旅游配套工程、村级组织活动场所等项目开工建设，有效拉动固定资产投资，完成全社会固定资产投资140024万元。

（三）产业发展实现新突破。围绕市委打造蓝天圣洁产业和建设五大养殖基地、七大种植基地的总体部署，找准资源优势，大力推进产业发展，全县产业规模日益壮大、经济结构渐趋优化。一是完善招商引资制度，根据《西藏自治区招商引资优惠政策若干规定（试行）》《西藏自治区招商引资目标管理考核奖惩办法》，结合八宿县实际，制定了《八宿县招商引资优惠政策（试行）》《八宿县招商引资考核联动机制》等制度。二是加大招商引资力度，组织召开招商引资工作推进会3次，召开招商引资项目专题协调会7次，通过“5.18海交会”等平台，加强八宿县招商引资宣传推介，接洽客商15家，落地实施招商引资项目9个，协议投资12.142亿元，到位资金6.62亿元。三是增强造血功能，全县16个易地搬迁安置点均配套产业项目，累计安排资金7.011亿元实施产业项目28个，其中，已开工27个、已完工26个。配套产业项目累计实现产业分红360.16万元，覆盖16个易地搬迁安置点的4832名建档立卡群众，人均分红745元。

（四）疫情防控工作实现新突破。按照要求设置“三区两通道”，安装了红外线体温检测等现代化设备27个，建成核酸检测实验室并投入使用，已做核酸检测358例，均为阴性；积极协调医疗物资，目前全县备有一次性医用口罩194.4万个、医用防护口罩5085个、医用防护服3151套、医用PE手套

20571双；完成2325人的排查工作，机场、卡点人员检查实现全覆盖；通过广播、电视、微信、抖音等推送防疫信息1万余条，发放宣传资料2500余份，受教育群众达3.5万余人。

（五）援藏工作实现新突破。2020年，福建省对口支援八宿县4082万元，其中，3022万元用于县中学迁建工程、1000万元用于卫生信息化建设和配备车载流动医院、60万元用于教育、医疗人才培训等方面，向宿达扶贫汽车运输公司追加注册资本金2000万元，增加八宿县榕宿公司在宿达扶贫汽车运输公司股权比例，福州市第八批、第九批援藏工作队为八宿海螺水泥无缝对接服务，教育小组团传帮带效果明显；宝武集团计划内援藏资金750万元用于援藏易地扶贫搬迁安置点工程，计划外750万元用于吉达乡北纬30度地标建设，宝武援藏干部负责的八宿县藏东源投资公司，2020年完成收入1849.76万元，实现了八宿"造血式"发展；上海特色医学中心援建县人民医院，协助县医院成功创建"二级乙等"综合医院并挂牌；广东省投资606万元援建八宿县各学校教工之家，继续将援藏资金80%用于改善民生。

五个新成效

（一）脱贫攻坚巩固取得新成效。一是确保力量稳定，按照"四不摘"要求，保持组织体系不变，每个县直机关单位确定2至3名扶贫专干，每个乡（镇）确定3至5名扶贫专干，确保脱贫攻坚一线人员力量不减、政策不变、标准不降。二是做好动态监测，识别脱贫监测户及边缘户51户186人，通过产业扶持、转移就业、结对帮扶等措施，12月31日，调整脱贫监测户及边缘户16户63人，有效消除返贫致贫风险35户123人。三是提升就业能力，开展技能培训61期，累计参加技能培训的建档立卡群众1466人次，其中1194人实现就业；全县16个易地扶贫搬迁安置点的1755户9364名建档立卡群众中，有1715户4788人实现了就业。四是认真配合上级督导检查考核工作，2020年3月接受了昌都市脱贫攻坚县区交叉考核，7月接受了国家脱贫攻坚大普查，9月接受了国家脱贫攻坚专项审计，10月接受了自治区脱贫攻坚统筹整合涉农资金绩效第三方评估，11月接受了自治区脱贫攻坚成效考核。各级各部门压实责任、抓好整改，认真配合并顺利通过了脱贫攻坚各项检查。

（二）维稳工作取得新成效。一是抓面上整体防控，加强对广场、人员密集场所的巡逻防控力度，提高街面见警率、管事率，开展巡逻5.4万余人次；公安检查站严格按照“四逢必查”要求，加大对过往车辆、人员和物品的盘查力度，检查人员72万余人次、车辆22万余辆。二是抓公共安全管理，深入开展缉枪治爆专项行动，加大缉枪治爆宣传和收缴力度，扎实开展“一盔一带”专项行动，严厉打击非法运营等各类交通违法行为，加大道路交通安全隐患整治，出动警力2800余人次，查处各类交通违法行为490余起，排查道路交通安全隐患390余处，均已整改完成，发放宣传资料1.3万余张。三是抓矛盾纠纷排查化解，深入村居、寺庙等重点部位开展矛盾纠纷排查工作，落实信访重点人员稳控措施，出动警力2300人次、警车1780台次，开展排查230次，成功化解邻里纠纷85起、商铺纠纷56起、精神疾病群众制造矛盾54起。四是抓情报收集研判，加强对达赖集团等境内外分裂势力的分裂活动和反宣渗透活动的预警性、内幕性、行动性情报收集。五是抓扫黑除恶专项斗争，扎实开展“线索清仓”“逃犯清零”行动，严厉打击各类刑事犯罪活动，共立刑事案件31起、行政案件32起，行政处罚34人；抓捕网上在逃人员5名。县检察院共受理公安机关提请批准逮捕案件4件4人，不批准逮捕3件3人，批准逮捕1件1人，审查起诉和提起公诉案件3件3人；县法院共受理各类案件163件，审执结143件，无超审限案件；县司法局共办理民事案件18件，审查合同19份，代写法律文书81份，接受法律咨询161次，受援266人次，成功调解多起矛盾纠纷，较好发挥了基层法律服务群众的作用。

（三）生态保护取得新成效。一是打赢蓝天保卫战，2084家餐饮行业、沿街烧烤等个体户将烧烤设备更换为电、气无烟设备，安装有环境保护产品认证的油烟净化设施；严格落实降尘措施，有效控制施工扬尘、道路扬尘，整治扬尘措施落实不到位的企业2家，10蒸吨以下燃煤锅炉全部淘汰，县域空气中的二氧化硫等污染物监测结果全部达标。二是打赢净土保卫战，建立基本农田保护区耕地和土壤环境保护制度，开展土壤环境质量评估和污染源排查，全县土壤环境质量保持稳定，农用地和建设用地土壤环境安全得到保障；采取人工植树造林、封禁保护、封沙育草、人工种草、小流域综合治理、生态保护等措施进行整治，促进生态系统实现良性循环；依法依规建设和运营污染治理设施，确保重点污染物稳定达标排放，完成25家汽修、医疗等行业危险废弃物的申报登记工作。三是打赢碧水保卫战，加强县城集中式饮用水水源地保护，集中式饮用水水源达到国家Ⅱ类标准，摸排农村饮用水水源地31个，确定农村1000人以上集中式饮水水源地4个，完成辖区内企业排污许可登记29家、发证6家。

（四）宗教领域管理取得新成效。一是开展《宗教事务条例》、民族团结进寺庙、法律进寺庙、意识形态工作和扫黑除恶专项斗争，深入寺庙开展宣讲活动137次，受众僧尼2830余人次，僧尼群众撰写心得体会950余篇。二是扎实开展“遵行四条标准、争做先进僧尼”教育实践活动和表彰活动，评选出“遵行四条标准、争做先进僧尼”县级模范寺庙7座，优秀组织单位7个，优秀僧尼426名，先进寺管会干部15名；市级模范寺庙2座，优秀组织单位2个，先进僧尼265名，先进寺管会干部3名。三是结合“3·28百万农奴解放纪念日”“综治工作宣传月”“民族团结日”，深入开展民族团结进步创建工作，创造各族群众共居、共学、共事、共乐的社会氛围，促进各民族交往交流交融，开展集中宣讲70余次，参与干部群众达2.5万余人次，制作宣传资料7000余份、海报挂历2800余份，悬挂横幅标语160个，发放《民族团结教育知识问答手册》4700余本。四是认真整改宗教活动场所“批小建大”及未按上级批复维修（修缮）问题，达玛拉康伙房“批小建大”问题，超出面积、建筑物已拆除，并对其他21座寺庙进行了排查，无批小建大情况。

（五）安全生产取得新成效。一是强化安全生产责任落实，按照“五个责任”的要求，与各乡（镇）、寺管会、相关部门、重点企业签订《八宿县2020年度安全生产目标管理责任书》48份，实现乡（镇）和行政村“五个全覆盖”工作目标，稳步推进企业安全生产责任体系“五个全覆盖”。二是全面加强安全生产宣传引导工作，积极利用标语横幅、广播电视或举办宣传活动、发放宣传手册等多种形式的宣传教育活动，大力宣传了安全生产法律法规、制度规范和有关要求，切实增强了全社会安全防范意识。目前，累计开展安全生产相关法律法规宣传活动327场次，发放各类宣传单16088份，受教育人员达151479人次。三是狠抓道路交通安全工作措施落实，严格执行“两限一警”和限速制度，严厉打击疲劳驾驶、超速超载、准驾不符等违法行为。截至目前，组织检查240次，查出交通安全隐患301处，已全部整改完成，打击车辆违规违章行为351起，惩处罚款14.28万元，全县境内发生道路交通安全事故1起，死亡2人，无重特大事故发生。四是加大重点领域安全生产监督执法力度，加大对各类事故隐患的排查、监控、整改力度，依法依规开展安全生产监督检查。截至目前，开展各类检查911场次，检查企业（单位）、商户1027家次，排查隐患949处，当场整改676处，停业整顿2家，处罚19.53万元。

一个大改善

民计民生实现大改善。一是教育质量全面提升。全面统筹、整合和调配教育资源，大力开展控辍保学，提升教育教学质量。目前全县学前、小学和初中入学率分别达到72.79%、99.9%和99.05%，义务教育巩固率达96.45%；2020年内的西藏高中班上线18人，在11个县（区）的13所县级中学中名列第一。二是医疗服务更加健全。完成门诊接诊62055人次，其中县级门诊31725人次，乡（镇）门诊30330人次，县人民医院住院1041人次；在援藏医疗队专家带领下，开展剖宫产术、阑尾切除术、输卵管结扎术等各类型手术49台；完成出生婴儿732名，其中住院分娩718名，住院分娩率达98.08%，孕产妇死亡率为0，婴幼儿死亡率降至0.51%，发放奖励资金80.89万元；县人民医院成功创建“二级乙等”并挂牌。三是就业工作稳步推进。开发岗位737个，完成目标任务的101%；实现城镇新增就业683人，完成目标任务的128.8%；应届高校毕业生319人均实现就业；精准开展技能培训61期3701人，培训后实现就业2955人，就业率80%。通过政府投资基建项目及“以工代训”方式吸纳就业882人，通过企业、社会组织、个人等转移就业1.28万人，全县非公有制企业吸纳农牧民群众就业130人，通过政府组织化和“小组团”方式组织农牧民群众外出务工就业5089人。四是社会保障更加完善，参加农村低保1536户5634人，发放资金1057.6368万元；现有特困供养人员207人，其中特困人员集中供养115人、分散供养92人，发放资金221.46万元；残疾人两项补贴对象共计2034人，发放资金353.76万元；医疗救助1100人次，报销医疗救助资金187.8万元；临时救助困难群众150名，发放救助资金27.89万元。五是基础设施和公共服务配套更加完善，实施新续建农村公路项目18个，总投资40997.84万元，总里程102.395千米，桥梁65.68米一座，累计完成2.9亿元，完成率70.9%；公路通车里程达2529.268千米，自来水普及率达95%；59个行政村配套桌椅、电脑、书籍、棋牌、乐器等设备，给110个农家书屋发放书籍220包，满足了基层群众基本公共文化服务需求，充分激发全民阅读热情。

目前，全县人民在以吴应海书记为首，尼玛江村县长的带领下，全面贯彻党的十九大精神和十九届二中、三中、四中全会以及中央第六次西藏工作座谈会精神，贯彻落实区党委、政府，市委、市政府和县委各项决策部署，深入贯彻中央深化供给侧结构性改革“八字方针”、区党委“二十四字要求”和市委“七大提升行动”。团结一心，开拓进取，在全县经济社会长期向好的趋势没有变，处于爬坡过坎的关键期，补齐短板的攻坚期，实现高质量发展的机遇期。全力以赴决战决胜脱贫攻坚，坚定不移推动高质量发展，统筹推进稳增长、调结构、惠民生、防风险、保稳定各项工作，经济社会发展各项事业稳步向前，为“十三五”圆满收官、同步全面建成小康社会奠定了坚实基础。逆水行舟，不进则退，大家不能为取得的成绩而沾沾自喜，更不能在实现人民对美好生活的向往上有丝毫懈怠，必须风雨兼程、再接再厉解决好这些前进中的问题，以更为艰苦的努力、更加有力的措施、更加优异的成绩回应时代的要求、人民的期待。

驻村故事

已搬迁的驻村点

我于2020年9月24日早晨5点50分就被驾驶员的电话吵醒，翻身起床，简单地洗漱了一下，拉上昨晚就准备好的行李，那可是一大箱子呢？要到驻村点生活半年的时间呢！要是过去那就不得了啦，不只一个箱子那么简单，衣服、生活用品、蔬菜大米、被子床垫之类的等，备好这些得花一整天不可，但现在单位通知，只准备被套床单就可，所有的东西均可在下面采购，4500型小轿车，变成了乘坐飞机，机票早让单位的财务室预订好了，省了多少事呀！让我感叹不已。由此生发出西藏发生翻天覆地的变化的缩影。

也就6点钟的样子，我与西藏自治区文联冯志端副主席约定的时间提前了十来分钟，可没有想到的是，当我们的车子在西苑15栋楼下刚停下，他就满脸堆笑地下来了，进得车来，就驱车赶往贡嘎机场。

在飞机上经过两个小时，终于到达被称为世界第二高海拔的昌都邦达机场，从飞机上下来，风呼呼作响，九月的天气依然还感觉有一种说不出的冷，让我不禁打了一个寒战，无意识地收紧了思绪。刚出机场，就被来接我们的干练、豁达、潇洒的洛桑旺久师傅（他也是驻村工作队员兼驾驶员）非常热情地帮我们把箱子搬上了一辆越野车的后备箱，我和冯志端副主席坐进了车子的后座，随即顺公路草场高速前行，远远地就会看见高原草原上成群低头吃草的牦牛渐渐退去。很快就到了邦达镇子，我们的越野车穿镇而过，真有一种久别重逢之感。只见山峰上冰雪消融、草原绿渐渐变黄。我们不自觉地穿越在了仙境般迷人的大自然中，情思满怀。一路缀满枝头又大又圆的梨子，红扑扑的苹果，让人嘴馋不已，悠悠的芳馨扑面而来，编织成了一个个色彩斑斓的梦……

一排排酱红色与白色相间的藏式新房映入眼帘，刚过小镇不久，就要下传说中“108道弯”的大山了，着实让人提心吊胆，心都到了嗓子眼。这道弯我也亲自数过，从山底怒江边上一直快延伸至山顶，108道弯一弯都不少，一弯都不多，恰巧就是这数，也许人家修路时就按藏族佛教里108吉祥数字来修的，也许只是一个巧合而已。不管咋样，甚可谓称得上“天险”了。好不容易到了底部，一条碧绿碧绿的怒江绕山而来，让人有些不言而喻欣慰了许多，也长长地舒了一口气，终于跨过鬼门关了。特别是此地比拉萨市的海拔还低400余米，氧气自然也多了，心就豁然开朗了，心情也就舒畅了许多。接着就沿怒江而上，路边的一棵棵柳树猝然染上了满枝盈嫩的绿色，妩媚得娇滴滴的，很是诱人。更让人眼馋的是苹果树上挂满红扑扑的又大又圆的苹果，让人垂涎欲滴。接着一番清风拂过，阵阵醉人的馨香就穿过车窗而入，有些沁人心脾，心旷神怡，如痴如醉。路旁或是不远处的草场上、青稞地里牦牛、犏牛成片，羊群成群结队地在那吃草，偶尔还可见到几十只懒洋洋的藏野驴，人与自然和谐相处，像进入如画般的梦境，灿烂得让人心碎，铺开了星辰一般的迷茫。

经过一个多小时的时间，穿过了多拉神山，便可抵达八宿县，其发展变化让人刮目相看，如今的八宿完全拓展开了，跟我的想象已经完全两码事了。不仅面积拓展了，连十多层楼的楼房都建起来了，宛如一座小城市。

10年前，我也由西藏自治区文联派驻到八宿县林卡乡尼巴村驻村，任工作队队长。但那时我们还住在快成危房的林卡乡尼巴村的村公所里，距县城100多千米，弯弯曲曲的险路，经常塌方进不去，村公所连厕所都没有，是我们用塑料布临时包起来搭建的，打电话还得爬上村子后面的一座大山，最快也得四个小时，到山中腰才有信号，好不容易打通了，信号也不好，断断续续的。房间里经常没电，村里自己安装了一台只够几十户照明的小发电机，电视往往看到一半就没电了。一旦停电，我们就得走三公里左右路，到山沟里把水沟里的树叶疏通，不然堵上，发电机就不正常了。

队员们走村入户，要靠步行或骑摩托车，社员轮流载我们，一个月出村到县城洗一次澡，吃的蔬菜大都从县城里买的，和着村民自己种的一些蔬菜吃，一般一个月采购一次。环境很是艰苦，跟村民们“同吃同住同劳动”朝夕相处建立了很深厚的感情。举个例子吧！我回到文联后，尼巴村的江春村长，他还专门给我捎过两次青稞酒，把我感动得泪流满面……

真没想到，这次下来，我们对口的叶巴、普龙、尼巴三个村都享受到了易地搬迁的扶贫政策，一户不落下地搬迁了出来，就安置在县城附近，这让我异常地兴奋。

曾记得，我利用自己在全国与文联的资源，在前次驻村时为八宿拍摄了一部电影《雪域丹青》，获过国内外十多项大奖，拍摄过三部纪录片，同时也为八宿创作过一首脍炙人口的歌曲叫《欢迎你到八宿来》，由我作的词，才让巴桑谱的曲，现在还在传唱流行呢！出版过一本画册《八宿神韵》，撰写过4万来字的报告文学《情系雪域》，一篇论文《关于西藏八宿县林卡乡尼巴村一夫多妻现状的调研与几点思考》等，也算尽了自己本分。这一次，我又重新回到这里来驻村，又不知为我亲爱的百姓们做些啥有意义的、造福于民的事?

再次回驻村点感想

我们一行沿怒江向西而上，经过一个多小时的时间，穿过了多拉神山，水还是那水，江还是那江，土地还是那片土地，但上面生活的人们变了，房屋变了，都不敢相信自己眼前这一切了。人们的穿着与精神面貌变了，以前的民居变成了高楼，新式民居。抵达八宿县城后，其发展变化更让人刮目相看，与我的想象已经完全两码事了。根本就不敢相信自己的眼睛，也就八九年的工夫，八宿变了新模样，可以用日新月异这个词来形容。如今的八宿完全拓展开了发展的羽翼，展翅腾飞了。不仅面积拓展了，把白玛镇也建成了高楼林立，繁华富足的城镇，原县城的南北两边都不留余地建起了房建，住房、别墅、商城、宾馆、餐饮，琳琅满目的商铺、超市品种齐全，公共场所、健身器材等无处不在。还建起了公园，绿绿的草地、花草树木、假山喷泉，文化娱乐场所，一到晚上，广场就会聚集幼儿、老人、年轻人，有穿民族服装的，现代服饰的，应有尽有，成百上千，随着广播里传出的藏歌声，大家自觉不自觉地跳起了热情洋溢的新舞步，围成一个大圆圈，在领舞的带动下，姑娘们舞动着轻盈娇美的身材，极度地展示着自己的美丽，而年轻小伙子们却潇洒自如、自信满满地迈着矫健的步伐，舞动着长长的袖子，尽情地歌舞。老年人们也不示弱，紧紧跟在后面，尽展迷人的舞姿，嘴里还跟着广播里的歌声，唱着跳着，好一幅农牧民、干部群众的欢乐歌舞呀！

甚至连十多层楼都建起来了，洋洋洒洒，如雨后春笋般拔地而起，宛如一座城市了。最让人想象不到的是，原来县城的河对面也是几户农牧民而已，可如今已把连接两岸的吊桥换成了两级路面一般宽的大桥，两辆车都可并驾齐驱了。县人民医院、幼儿园、中小学、商业城等都建在河北面，将零七八落的小村庄规划成了八宿县的商业大街主体，似有南北观望，齐头并进，成了县城发展的一大亮点。

溜索上的外八村

我指着县城西边的一片新起的六七层高楼向叶巴村党支部书记刘梅问道：“那片也应该是安置搬迁点吧！”

“是的，其中有外八村！”

我一听真是有些心动，又有些难以置信，就继续问道：“啥，外八村的村民也都搬迁到县城了！这真让我意外。”

“是呀！他们也跟你们尼巴村一样，全村搬迁出来了！”

“好！太好了！”

这让我想起了，西藏实施惠民活动时，我们文联的对口扶贫点是昌都最穷的瓦乡和拥乡，其中外八村就是其中的一个点，我专门为其拍摄了名叫《索桥上的村落》纪录片上集，打算今年拍摄下集，说的就是该村搬迁出来享受了国家最优惠政策的故事。

作品反映的是生活在外八村的妇女们，被一条汹涌彭湃的怒江把妇女们与外面的世界隔绝开了，偏远、贫困，与世隔绝，唯一进村的渠道，就是晃悠在江上的索道，几百年来，村庄里的妇女们就靠索道过往，过着原始人一般的生活。我们想进入，得坐长途车辆到怒江边上，把车停放在一边，溜索道到对岸，再让村里人开摩托车接我们，走上三四公里的路程，方可抵达村里。正因为这里封闭、落后、贫困，交通极度不便，长期以来妇女们只能在村里通婚，而且人与牲畜共饮一山泉水源，导致该村患上了一种大骨节病的奇病怪症，人长到一米左右就不再往高生长，就是人们通常说的侏儒，可这病比侏儒症还严重，一般情况下侏儒症没有遗传，而此病有遗传，让许多人因为患有“大骨节病”丧失了劳动力，到目前为止还没有找到根治的药物良方，是医学界的又一难题。少女八嫫是一个充满梦想的女孩，却因为身患“大骨节病”而深受折磨，她自立、自强，努力读书，编织着自己的梦想。

曾记得，中央电视台邀请我到北京领金鸡百花奖时的场面。场下是黑压压的观众，随着主持人宣布《索桥上的村落》，即刻在大屏幕上就出现了波涛汹涌的怒江，黄水咆哮着，大浪一个接一个，足足有几米高，急流夹杂着旋涡不断，疯狂地向东方流淌着，宽广无垠的两岸上面，一根头发丝的铁线连接着两岸的南北，随着柴油发电机发出“突突、突突突、突突突突”的响声，一个穿着脏兮兮藏装的年轻小伙子，用布带绑着自己的身腰，又把它挂在手膀子一样粗细铁索的一个大铁钩上，双手紧紧抓住铁钩，活动的钢轮开始转动，小伙子就嗦地往对岸溜去，速度不慢不快，确也让人心惊胆战，毕竟身子底下是滔滔不绝的怒江在无情地呐喊与咆哮，稍有差池，人若掉下大浪之中，哪还有一线生机呀！人很快就溜到了对岸，还有一小段距离，这时，就得靠手攀爬过去了，也可借助对岸的绳索，让人拉上岸。在如今现代化的年代，这画面多么地震撼人心，吸引了多少人的眼球。

一段视频过去，才显出《索桥上的村落》的名字来，也正因为该片的诞生与传播，很快就进入大众的视野，引来无数人的眼球。随即在搜狐、新浪视频，网络上风一样地传播，也达到了我们预先的目的。接着我才慢慢地上台领这项大奖。

外八村群众的疾苦，各级党委政府看在眼里，急在心上。当我们进驻时，村民还一贫如洗，经县长介绍，村民们连招待客人用的茶杯和碗筷都没有，听说谁家来了客人相互借用，这我还是第一次听说，自己确经历了，我手捧着绘有一朵茶花的瓷杯，心里感慨万分，在一般人眼里这是再平常不过了，也就一两块钱的事，可谁曾想在这里，它却是全村人的宝贝，哪家有了喜事，或来了客人才用的呀！我手端着这意义非凡的茶杯，我心里就暗暗下了决心，我一定要帮他们走出困境，尽我所能。才不惜从云南昆明找来朋友张志刚夫妻俩，想方设法地自己找资金，自费拍摄的这部纪录片。

村民们烧的柴火是大家从怒江边捡来的木料，顾名思义就是上游冲下来被人们废弃，或是别的原因冲下的木头，你还别说，江岸的沙滩上，是有不少木料，有的是朽木，也有柱了，椽子，木板等，横七竖八地躺在那，被村民们拾兜回来，算是第二次利用吧，既环保又不伤树木，可谓一举两得。

奇异的环境造就奇特的生存方式，村里如是谁得了病，要溜索到对面是不可能的，或是危险与麻烦太大，两对岸的人们就商量好解决办法。用牛、羊泡，裹上纸条装入其中，拴上石子抛到对岸，对方定时会看到纸条，得到信号后，就会过来看病。为什么要扔羊泡呢，羊泡也就是被杀的羊内脏里，跟肠子一样透明的泡泡，因当时没有塑料袋之类的东西，暗号也好信号也罢，如遇上水，或者下雨，字迹不就没了吗？于是乎人们根据实际需求，就有了羊泡传递信息的传统，羊泡就起到保护的作用。办法有些原始，却充满神奇与智慧，此情此景此地，有啥办法比这更好呀？所以说，人类是创作者，缔造者嘛。

2004年，时任八宿县副县长的泽仁江村就由县里派往此地进行帮扶。他率领着工作队员“同卡——夏里公路建设指挥部”进驻外八村，开始艰苦的惠民工程。修路不仅仅是工程建设，更是物质与精神的双重扶贫。村民们通过劳务输出，在工地上打工，增加了现金收入；外界的致富经和新信息也如春风一般吹入乡村，人们的生活开始发生变化，人们家中购置了高压锅、卡带等，一些村民还购买了摩托车。村民斯那顿珠将同在工地上打工的外村姑娘卓嘎娶回家，这在婚嫁困难的外八村是破天荒的改变。

为了真正开通当地群众致富奔小康的道路，修路指挥部贴出了修建怒江大桥的招标通告，可是，几个月过去，却一直没有人来接标，当地的干部群众苦苦期盼着天堑早日变通途……

在我们来此之前，这位坚毅豪爽，身材魁梧，头发微卷，国字脸浓眉毛，高鼻梁厚嘴唇，白牙齿黑脸膛，无形中透着一股康巴汉子的豪情，这么艰苦的地方，抛妻弃子般一呆就是几年，咋不叫人敬佩，何况他大部分时间只能骑摩托，溜索上驱车是过不来的，或者就骑马，更多的时候只能用脚去丈量。他已经整整在八宿县夏里三乡的修路工地上奋战了五年。夏里、瓦、拥三乡是昌都市八宿县最贫穷的乡镇，群众沿怒江峡谷而居，几乎和外界隔绝，收入很低。2004年，泽仁江村率领“同卡——夏里公路建设指挥部”进驻外八村，挑起了指挥夏里、瓦乡、拥乡三乡公路建设的重任。“同夏公路段”是夏里三乡公路建设的第一段工程。地处怒江峡谷岩石段，地形险要，没有施工通道，无法运用机械化设备，危险性很大。泽仁江村带着绳子，第一个爬上岩石，和群众一起砸石头，有时在岩石上面一待就是一天，连饭也吃不上，水也喝不了。

他每天徒步30多千米山路，往返于各个施工地点，与群众同吃、同住、同劳动，由于他率先垂范、与人为善的工作作风，群众和工人都称他为“修路县长”。

“路是要靠我们自己修出来的，难修并不可怕，我们就是砸也要砸出一条路来。”泽仁江村说。在他的带动下，修路大军遇山开路，凿岩架桥，干劲空前高涨，终于在短短两年时间内，顺利完成了夏里三乡公路建设的一期工程，创造了当地公路建筑的奇迹。

相继开展的瓦乡公路建设难度更是非比寻常，面对机械难以施工和无法渡过怒江河岸的困境，泽仁江村带领工人在怒江水流量最小的时段，用了8天时间将机械设备渡过了河岸，并组织群众采用人力为主、机械为辅的方式投入到紧张有序的工程建设当中。

2009年，筑路大军修通了同卡乡到怒江边的十多公里路段，解决了大型机械设备能抵达怒江边的问题，终于在短短一年的时间内，怒江大桥架起来了，怒江天堑从此成为深谷中的坦途。

瓦乡乡长赤列旺堆看着大桥，高兴万分，很激动地说道："以前从瓦乡到八宿县城赶牲畜要走18天，现在修了路，乘车一天就可以到达县城，群众的生活方便了很多，致富也有了盼头。"

为确保群众参加修路的劳务收入，泽仁江村让指挥部成员帮助群众进行出工登记，并确保群众及时拿到工资。据统计，夏里、瓦、拥三乡群众仅修路一项的劳务输出收入就达150多万元。

走在自己修通的山间致富路上，泽仁江村县长欣喜若狂，激动不已，带着胜利者的口吻，大声说道："多年的努力没有白搭，也算不负重托，不辱使命也是我的信念。只要群众能早日脱贫致富奔小康，我的梦想也就实现了。"

大桥通车后不久，政府对外八村实施了移民搬迁工程。世代居住在茅草房、藤条房里的群众从山坡上搬下来，住上了漂亮的连片安居房。与此同时，随着致富路的修通，夏里三乡的农牧民群众通过多渠道增收致富，各个驻村扶贫工作队也将核桃种植的扶贫项目引进村里。群众现金收入从2003年的人均473元跃升到了2013年的人均1523元；37名群众外出打工，共创收8万多元，随着交通状况的逐步改善，一台台崭新的摩托车、拖拉机、卡车等交通工具开进村里。

当年的小八嬢如今已经长成二十多岁的大姑娘了，由于身体的原因，她一直没能上中学，但是聪明的她已经学会了操持家务。这些年，八嫫的姐姐们在核桃基地务工挣钱，加上挖虫草和姐夫跑运输等的收入，家里渐渐殷实起来。原本空荡荡的堂屋里，如今在请人打造漂亮的家具。八嫫笑着说，在政府卫生部门的积极治疗下，她的病情已经控制住了，关节不再疼痛。

当年的帅小伙斯那顿珠，如今已是三个孩子的父亲。他和妻子勤俭持家，勤劳致富，如今已是村里有名的“打工大王”。

外巴村村长多吉带头致富，开着卡车在夏里三乡跑起了运输。他说，如今村里12户人家，84人，截至2015年，户均年纯收入已经突破五千元。他还把女儿送到县城读中学，“这可是祖辈们想也不敢想的事情啊！”

望着村民们的笑脸，驻村工作队的工作人员倍感欣慰。

如今，美丽的外八村远远抛在原始古老的原地，释放着自己远古之美丽，绽放在大自然温馨的怀抱之中，成了另外一种绝妙的景象。外八村的人们已经由“西藏最贫困的村子之一”，变成了怒江边名副其实的“雪域幸福村”。并享受到了国家的搬迁优惠政策，又一次搬迁到了八宿县城，真正过上香巴拉一般的生活。

爬一座山打电话

记得有一次，我受日喀则地委宣传部的邀请，深入樟木口岸采访20多天后，经过半年的废寝忘食，夜以继日、加班加点地创作。因为我当时任文联办公室任的副主任，办公室的杂事特别地多而杂乱，更没有时间节点，这给创作也无形中带来了难度。说白了就是既不能影响平时的工作，又得完成撰写的任务。好不容易把这本长篇报告文学《国旗阿妈啦》写完上报，中国作家协会出版社很快就得以出版发行。时任中宣部部长刘云山的秘书白轶民给我打来电话，但驻地——村公所没有信号，接收不到。这天，我正好与张青红、旺久三人冒着西斜的阳光，往村公所后面的山上爬去，路两旁全是树木、草丛、荆棘，不说路有多陡，稍不留心，就会被荆棘划到，或把衣服刮破，甚至还得爬一段石子路，海拔高，氧气又稀薄。大家没爬多大一会，人就已气喘吁吁，头昏脑胀，汗流浃背了，但还得坚持呀！一个多星期两耳不闻窗外事，和外界断绝联系了，就好似住在井底一般，外面的世界一概不知，说不定家里、亲朋好友、单位里就有急事呢？虽说自己并不孤单，一直在走村入户搞调研，收集村里的第一手素材，但对于在城市生活习惯了的人来说，突然间与世隔绝地生活在乡间田头，难免有些残酷。

一开始我们三人还谈笑风生的，到后面就再也没力道说笑了，只是不断地喘气，走走歇歇，爬爬停停，还没爬到山腰，我的衬衣差不多就被汗水湿透，怪难受的，一旦太阳落山，还会感觉奇异的寒冷，特别是贴着身子的汗津津冷冰冰的湿内衣。我确实有些迈不动脚步了，坐在一块大石头上喘着粗气，还不忘把手机高高地举起，对着西方不断地变幻方位找信号，猛然间就听见“咕噜”一声，手机上终于显出有一格的信号来，这可高兴坏了，便大声喊道：“有一格信号了！你们俩快跟上！”

“好！终于有点信号了！”张青红与旺久回答着，就使出最后一点力气，飞快地跟着跑了上来，果然，当我们使出全身力气，坚持着再往上爬了50米左右时，旺久也大声而又欢快地喊道：“又显出第二格信号了。”但还不能正常打通电话，此时，电话能打得通，但信号断断续续，听不清对方讲的话。两格信号意味着立马就能和外面联络了，这让我们更增添了不少信心。然后，三人不顾一切地快速往上攀爬，一边寻找最佳的信号方位，最后定格在了一棵树下，手机终于有了三格信号。随即，北京的一个来电显示，让我既惊又喜，顾不上累，立马回了过去，随着咚咚的心跳声，电话通了，对方说明是刘云山部长的秘书后，接着说道：“杨年华，你写的报告文学《国旗阿妈啦》一书由作家出版社出版了，准备在中国作协办一场研讨会！你得邀请西藏宣传部和文联的领导出席！”

我一听这话，欣喜若狂，都高兴得跳了起来，用力地蹬了一脚，大声回答道：“太好啦！感恩刘部长，感恩白秘书！”

“你先考虑一下，看邀请谁合适？尽快告知我！”

“好的，领导，谢谢！”我一边回答着，早已忘乎所以，不知如何是好了？总感觉幸运、幸福来得太巧太突然了，当然，也都是自个努力的结果。说起该书，是有些故事可讲的。

记得当时，中宣部在北京八达岭举办了一期全国宣传部部长培训班，我由阿里地委宣传部副部长兼文联主席的身份有幸被入选为学员，和西藏拉萨市委宣传部宇文雪琴部长参加。我们学员到校的第二天，就有幸聆听了一场刘云山部长讲课，或是新生欢迎讲话吧！晚饭宴请新学员们与宣传部领导聚餐。刘部长坐在主桌上先作了宴会致辞后，大家就开始进餐敬酒，只见刘部长在那里谈笑风生，我抓住没有人给他老人家敬酒的时机，壮着胆子，果断地把我在阿里创作的《雪域之魂》《神奇的阿里文化》两本书赠送给了刘部长，他接过书简单翻阅了一下，显得很是高兴的样子，拿着书微笑着问我道：“小伙子，你是哪个省的学员呀？”

我见部长和蔼可亲的面容，敬畏之心油然而生，就更尊敬了，便轻声回答道：“我是从孔繁森书记工作过的地方，西藏阿里地委宣传部来的学员，名字叫杨年华。”

“杨年华，不错，还跟孔繁森一起工作过，很好！”

“谢谢刘部长！”

接着，他又朝我微笑了一下，继续说道：“小杨，不简单哪，来自世界屋脊之巅的西藏阿里，书我就收下了，以后有啥需要帮忙的可以打电话给我！”

“好的，那我就回桌子上吃饭了！”

“去吧！”他用手摆了一下说道，我点了一下头，就回到了自己的饭桌上继续进餐。正因为有了刘部长的这句话，于是又刚巧碰上日喀则地委宣传部邀请我撰写一本关于樟木口岸的次仁曲珍老阿妈升国旗的报告文学，就给刘部长去了电话，可没有人接，就发了一条信息，很快就得到了回信，是让他的白秘书回的，信息上说：“可以，很好！我会安排宣传部的人，专门负责该书的出版事宜。”

于是乎阴差阳错般就有了上面这等子事，让我万万没有想到的是，速度之快，也就几个月的时间，书已顺利出版发行，如今还召开新书研讨会。紧接着，中国作协的何建明副主席也打电话过来说，要帮我写序言。洋洋洒洒足有一万来字的序言很快就发到了我的邮箱，说是让我修改，其实，中国报文学学会会长的文章，还需要我改吗？纯粹是何建明副主席谦虚而已。

领导的高度重视，何建明副主席的亲自主抓，《国旗阿妈啦》一书的研讨会在北京的中国作协召开了，何建明副主席亲自主持并参会，还邀请了中国一流的知名专家学者到会，一场别开生面，举世无双的研讨会就这样召开了，不仅得到了领导与各族各界人士、专家的一致好评，还定论为“中国写小人物的报告文学，杨年华可称得上第一人”。在本年度还有幸荣获“第十二届中国精神文明建设‘五个一工程’奖”，成为西藏在文学领域里面第一个荣获全国“五个一工程”奖获得者，这是后话。

回忆着这些，等我们几个打完电话，急忙飞奔般归家，天色已快黑沉下来，急急忙忙就往回赶，因为得赶时间呀？现在大家还在半山腰呢，路险不说，如是看不见路，身子还得在丛林、荆棘中穿越，何况山里有没有野兽攻击也很难说，咋不急人呀！于是三人就冒着呼呼的寒风，急速下山，等回到驻地，天已漆黑。勉强地在灯光下把饭简易地热了一下，胡乱吃了一点。大家想看一会电视，刚把电视打开，灯光就突然暗淡了下来，负荷连电视也带不动了。这种情况说来奇怪，其实也很常见，因为这里还没有电，房间里经常没电成了家常便饭。现在仅有的电，也是村里自己安装了一台只够几十户照明的小型水利发电机，看着一半的电视，没有电了也是常态，旺久有气无力地把眼一瞪，不满地埋怨道：“真倒霉，不说爬了半天山，想看一会电视还不行！”

“是呀！这电也停得真是时候，这点正是看足球联赛的时间段，看来赛事又要泡汤了！”张青红一脸不悦地回道。

我也真想发几句牢骚，但有啥用，大家都很累，我作为队长，得高风亮节一点不是，想到这里，就跟他俩说道：“我去清理一下树叶！”

我打开手机的照明灯就向村庄下的山沟方向走去，刚出房门，就见银盘似的月亮高高地挂在天空，把路都照得通明，远处的山，近处的房屋、果树，还有庄稼一切都看得清清楚楚，跟白天差不多，但讨厌"嗖嗖"的北风冰冷得刺骨，让我打了几个寒战，不觉把衣领往上卷了卷，把衣服的最上面的一颗领扣都扣上，抖了抖精神，继续迈开急速的步伐往乡间小道迈去，可不巧的是就要到足有30来米的沟口时，脚下一滑，摔了一个跟头，差一点连人掉下深沟沟去，幸好抓住了一根藤藤，立即翻爬起来，拍打了一下身上的灰尘，接着往下爬去，一惊一乍、好似动物爬一般，好不容易到了谷底，沿着小沟狭窄的沟坝，小心翼翼地走着，快到了用几根木头刨的水槽，足有三根，一根比一根低一点所接而成。急急忙忙照亮水的入口处，由于到了秋末冬初，落叶与杂物沉积了一大堆，得清理干净，否则进入发电机的水量太小，无法发电。

我小心地用一根木棒把树叶与残渣物扒走疏理通，大部分已清除，但还有一些必须用手去拿开，没有办法，只得把手往冰水里一放，真可谓沁人心脾的冰冷，五个手指很快就失去了知觉，颤抖不已，还得坚持呀，等把残渣物弄完，手早就麻木了，即刻放入口袋中暖和，都不知过了多长时间，手指才渐渐恢复知觉。还不敢耽误时间，想着电也该正常了，就赶紧回屋吧！三公里左右的路，需要爬上陡坡，顶着寒风的呀！

尼巴村村民守了我们一夜

有一次更让我铭刻铭心，至今都不能忘怀。

那是我刚驻村不久的一天，我们三人由于没有住的地方，尼巴村就把年久失修的原村公所给我们住。当时，村民们只是在我们驻村工作队来之前简单维修了一下，还属危房，东边有一间屋子就是由于下雨，墙都倒塌了一些，是刚刚维修过的，屋顶的土墙塌了一大块，没有修补，后面的窗户也可能是因为雨水的原因塌了，有新的泥巴补修过的痕迹。各个房屋的窗户破旧不堪，几块木板拼凑在一起的房门也很简易，屋顶上还有漏雨的痕迹斑斑，可当我们住进去不久的一天晚上，到了半夜时分，天公不作美，突然下起了雨，雨越下越大，村民们上来通知我们说："这房子有些破旧，下雨的话要注意。实在不行就搬到别处去对付一晚。"

我并不在意，这么晚让我们搬到啥地方对付呀，如果有地方可去，我们住在这里干嘛呀！于是满不在乎地回答道："好的，搬是搬不了啦！我们一定注意就是。"

"那我就走啦！"那小伙子回答着，就出了门。

当时天很黑，可以说伸手不见五指，说句心里话，我们根本没有把这当一回事，只管倒头就睡，也没有感觉身处危险之中，随着大雨，屋檐上有泥水从柱子上流了下来，偶尔也会掉下一些石子。我的床本身挨着墙搭的，真还有些顾虑，就怕石子掉下来，砸到自己的头上，睡觉时头毕竟露在被子外面的嘛，至于其他倒没有多想。我本身就能睡，只要一沾着枕头就睡着了，除非有什么异动或打扰才会醒来，等第二天天亮了，该起床做早饭了，雨也差不多停了，刚把顶房门的两根木棒取了，这地方离村里还有800~1000米的路程，又在村子上面，山脚之下，屋子后面就是森林，看样子村民是没有住在房子里面过，不把门顶好，来了野兽就不安全了，所以必须把房门顶牢固，以防万一嘛。当我一出门，就见房子东面的村民还穿着雨衣带着雨具，站在那里呢！我想过去问问，又考虑到语言不通，想让旺久起来问一下他们在干嘛，又觉得不好意思，他正睡得很香呢！直到中午，见到村里帮我们当翻译的小伙子扎西泽仁，就开口问道："扎西，村民们咋带着雨具，那么早就集中在这里干嘛呀？"我们也时常在这里开会，传达相关的文件精神，让扎西翻译，村里说的是昌都藏语，属于本地方言，跟拉萨或是其他地区的藏族口音不同，他们之间也不能深入交谈，只能简单的交流几句而已，我们文联的作家德庆多吉，藏文水平很高，但跟本地藏族交流也不行。扎西听到我的问话，感觉有些诧异，以为我们知道原因，就回答道："杨队长，我以为你们知道呢！就是昨晚下雨，怕房子倒塌了呗！"

“哦，我知道我们住的是危房，村里也说过，只是他们那么早过来干嘛呀？”

“不是的，昨晚他们就一直守护在这里的，怕你们出事。”

到了这时，我才明白，村民们怕雨水大了，房屋倒塌了，担忧危害到我们的生命安全，一夜没有离开过村公所，昼夜没有合眼地守着我们呢！我听到这里，眼泪一下就流了下来，说道：“这又何必呢，他们咋早不说呀？”

“杨队长，保护你们的安全这是应该的，你们从拉萨那么远的地方来，为的就是帮助我们，让我们走出贫困，发家致富。”

“扎西呀！你们这份情谊太厚重了！让我不知咋说好啦？”

此时，村民们早就回家干活去了，但他们的身影却一直留在我的心中，永远珍藏在我的心间。

我们工作队队员没有水喝，村民们就轮流派两匹马，用塑料桶到村子下面的水沟里拉水，柴火烧完，他们就送干柴来，保障我们的日常生活起居。定时定量地给我们送他们在家种的蔬菜、苹果、核桃，才吃完一点，他们又送过来，篮子里从来就没有空过，我们虽然不能交流，说不上一句话，但他们那一双双眼睛的眨动，伸出的那一双双枯燥、脏兮兮、可又饱含真情、热心的手杆时，让我感觉的全是温馨与真挚的友情，幸福感涌遍全身。

当然了，他们当时，三个村一个大学生都没有，现在已经走出了十多名大学生了。自治区驻村办给我们下了任务，必须调查登记每一户的家庭情况，包括人员、收入、牦牛、羊、马、驴子、黄牛、鸡、猪牲畜头只匹，耕地、森林等情况，我们前前后后，挨家挨户地来回走了几十回。每家每户又不通公路，只是小便道，得靠步行或骑摩托车，社员们就轮流载我们，有些偏远的家庭，走一来回都得走上几十公里的路程。

马黄蜂

驻村当中，最让人难以接受的是，村公所连厕所门窗都没有，一开始还可以，我们三个都是男同事，凑合对付一下也就过了。但后来吴萍与刘欢两位姑娘从叶巴村交流到这里来了，有了女同事厕所没有窗户与门，四面八方通风咋能行呀！男女授受不亲嘛！于是，我们三个就在原有厕所的基础上，购买了一大卷塑料布，拿上钉锤，三人齐心协力把厕所用塑料布给巴扎严实，才算解了我们的燃眉之急。也不知道为啥原因，一说到厕所之事，不由得让我想起住叶巴村“香饽饽屁股小梅”的故事来。

叶巴村的条件比尼巴村的条件好一些，人口多得多，不像尼巴村连住处都成问题，但条件艰苦也不例外，厕所是有，但修在房屋二楼的西边墙上，也就是在高高的二层楼的西边墙上打一缺口出去，在墙上搭一个悬空的厕所，可不巧的是，就在厕所的正上方不知啥时候，住上了一窝有小碗一般大的马黄蜂窝，平时也相安无事，井水不犯河水，马黄蜂与工作队队员们平安地生活着。可也不知道咋的，这一天，小梅听到手机铃声响了，知道自己的手机来电话了，就把挂在杆子上的手机取了下来。当时，村里的信号依然不好，在一楼的房间里几乎没有信号，只有在二楼好一些。于是大家想了一个办法，把大家的手机一串地绑在一个屋顶上的树杆子上，这样信号的问题就解决了，只要电话铃声响了，各自的手机的响声都知道，一旦听到手机的铃声，各自就像降旗帜一样把手机降下来，接完电话后，再把手机升上去。

小梅手里拿着手机听着儿子打来的电话，给小孩鼓励了一番，问候了一下家里，就把手机升上去了，这才想起自己去解手之事，急忙上楼到厕所，刚蹲下去，就见一马黄蜂在嗡嗡地叫着，围着她转，她也没有在意，不就一只蜂子在飞嘛，有啥可怕的。突然感觉自己的屁股就像被人打了一针似的，疼得都麻木了，转过头来一看，不看则已，一看吓了一大跳，大惊失色，只见一只硕大的马黄蜂紧紧地叮住自己的屁股，又疼痛又怕，就失声尖叫了一声，“哎哟，我的妈哟！”

她的这一声惊叫，把大家都吓坏了，以为发生啥子事？便都从一楼紧张兮兮地跑了出来，确定声音是从厕所发出来的之后，都不约而同地冲上了楼，嘴里喊着：“小梅，怎么啦！”

第一个冲上来的驾驶员马师傅，一个箭步就想冲进厕所，可刚到门口，就隐隐约约见人家小梅姑娘还没有穿上裤子呢！男女有别，可不能进去了，只好退了出来，躲在墙后头，大声问道：“小梅，小梅咋回事呀？”小梅还来不及回答，只听又一声“哎哟！”地叫了起来。这让王师傅为难了，不知小梅咋搞的了，可又不能冲进去呀！这时，刚好王队长也上气不接下气地跑了上来，直接冲了进去，才知道小梅的屁股被马黄蜂叮了一口，立即肿了起来，男生们干着急，不能看更不能帮助处理，叮到了姑娘的私密处，只有王队长帮着穿上裤子，慢慢地把她扶了下来，让她躺在床上，一个人帮着擦药，更让人不可想象的是，这窝马黄蜂谁也不咬，就好似跟小梅有仇似的，或者是她的屁股就像香饽饽一样，于是她就有了“香饽饽屁股”的绰号。

这一次小梅被马黄蜂叮，那窝马黄蜂也就成了大家的公敌。平时，大家也深知马黄蜂的厉害，叮到人那是了不得的事，可让人不可思议的是，我们的小梅连续三次遭殃，不厌其烦地被马黄蜂叮到屁股，是到时候铲出这祸根了，于是大家找来一团干透的青稞秆，把它扎成一大把，点着了用烟熏，刚把窝上的马黄蜂熏走，可老远还是听得见马黄蜂在围着大家转，大家怕冷不丁被叮上一口划不来，于是王队长又担忧地说道：“马师傅，就别熏了，小心又被叮着！”

马师傅回过头，笑着说道：“那咋个整嘛！不处理毕竟是个祸害，如同埋了一颗定时炸弹呀！随时都会爆炸的呀！”

“我听老家的人说过，到了晚上，马黄蜂就看不见也飞不动了，如睁眼瞎发挥不出优势了，更叮不到人了！”王队长说。

“对头，到了晚上，我们先用塑料袋套在木头棒棒上，把马黄蜂窝套牢，再拔下来就行了。”小梅绘声绘色地说道。

就这样，到了晚上，马黄蜂窝被消灭了，可“香饽饽屁股”的绰号却稳稳当当地扣在小梅的头上，直到现在，偶尔还有人说起此事。

阿尼玛父亲的水泥头

叶巴村阿尼玛的阿爸，独自一人在家里修建房子，把一包水泥抱了出来，倒入用细沙垒砌的沙窝里，加上一桶水，和上细沙子，正想把水泥铲进桶中，提到墙脚糊墙，不料一不小心，左脚踏在了地上的铁锹上，铁锹把子一竿子打在了他老人家的头上，只听“哎呦”一声，就见他紧紧捂住了头，接着一股鲜血就从脑壳子上顺着脸颊流了下来，疼得老人家蹲了下去。他心想，这也不是办法，如果不止住血，血流多了，人会晕厥过去的。现家里的人又都出去了，无人帮忙，如是等家里人归来，血早就流干了，那将有生命之忧，会死人的。此时，疼痛交加，鲜血直流，老人家真着急了，四处张望了半天，也不见有啥东西可用来止血，于是一手捂住头，一边踉踉跄跄地站了起来，继续寻找包扎的东西，可寻了半天，还是一无所获，急得跳了起来，恍若热锅上的蚂蚁，忽然看见水泥桶的水泥，就自言自语道：“没有包扎的东西，不可能等死吧！先止住血再说。”于是伸手往水泥桶里抓了一把水泥，毅然往伤口处涂抹而去，果然起效了，把血止住了。老人家才松了一口气，咬牙大声说道：“血终于止住了。”

太阳渐渐消失在西山，只留一片猩红，霞光满天，把一朵朵云的四周照得通亮，火红火红的，真有云蒸霞蔚之感，把整个天空照得通红，但很快地连阿尼玛屋顶的一丝阳光也消失不见了。

在地里干了一整天活路的阿尼玛两口子，推门进了院子，只见阿爸倒在地上，阿尼玛一边喊着：“阿爸你怎么了？”就和妻子一同冲了上去，抱起有些昏厥的阿爸，用手掐住他的人中，很快阿爸睁开了眼睛，还来不及说话，阿尼玛就伸手去擦阿爸头上的水泥，可万万没有想到，只是轻轻动了一下，就听阿爸大声叫唤道：“哎哟！哎哟哟！”

此时此刻，阿尼玛才依稀看见，从头部流下的血已干的痕迹，就大声问道：“阿爸，这血，你的脑袋咋了？”

这时，阿尼玛父亲才把原委给家人说了一遍，阿尼玛就大声说道：“快去请医生！”

“好的，我立马就去！”阿尼玛的妻子回答着，就起身出了门。

阿尼玛立即扶着阿爸向屋子里走去，轻轻地把阿爸放在了卡垫之上，又拿过被子垫在他的身后，让他半躺着，再取过一床氆氇盖在他身上。刚从酥油瓶里倒了一杯茶，就见妻子领着村里的医生走了进来，随即医生就从药箱里取出酒精棉球给老人消毒，把血迹擦拭干净之后，就想把伤口上的水泥除去，可没有想到的是水泥一经凝固，就跟伤口的肉和头皮黏合在了一起，如果把水泥取下来，有可能伤及到伤口，或者是头皮，已经无法处理了，于是说道：“已经无法处理，除非是到医院开刀。”

“这可咋办呀？”阿尼玛忧愁地说道。

“开啥刀呀？”阿爸不假思索地回答道。

“阿爸你真是的，不管咋的也不能用水泥抹伤口呀？”阿尼玛的妻子说道。

“这是很危险的事，如果发炎咋办？再者，水泥坨坨长在头上也太……”医生说道。

阿尼玛的阿爸听了，心里就在暗思，当时不就着急嘛！谁会想那么多，哪想发炎的事呀！水泥凝固的问题呀！事已至此，就顺其自然吧！于是说道：“现在说啥都没有用了，好在不是很痛了，至于说水泥粘在头皮上取不了的问题，我都老啦！顾那么多干嘛！”

医生听了老人家的话，也无话可说，就勉勉强强说道：“既然如此，老爷子也发话了，就看老人家的造化了。”

可事情就这么怪，奇就奇在此，阿尼玛父亲的头到了第二天，就不咋疼痛了，也没发炎。可头上的水泥确实生长在了他的头上，他也没有钱去大医院做手术，没有办法，为了遮丑，他只能长年累月地戴着帽子生活，直到老死。

美丽的八宿风光

然乌湖

然乌湖旅游景区位于八宿县然乌镇境内，地处东经96.75度，北纬20.5度。东邻左贡，南接察隅，西靠波密，北连昌都。距八宿县城90千米，距邦达机场230千米，318国道贯穿机场，从然乌湖边蜿蜒而过，通达性、可进入性强，交通十分便利。

然乌湖景区有“西南瑶池”“高原九寨”之称，地处念青唐古拉山脉与横断山脉伯舒拉岭结合部，平均海拔3930米，属高原温带半干旱季风性气候，日照充足，干、雨季分明。由于山高谷深、气候垂直差异明显，随着海拔高度的增高和所处的地理位置不同，依次出现峡谷暖温带，高原温带、高原寒温带三种不同垂直气候，气候的多样性使景区内呈现“一山有四季、十里不同天”的奇异景象。

然乌湖是西藏东部最大的湖泊，总面积27平方千米，湖泊长25千米，宽1~2千米，由三个上下相连的湖泊组成，是一个湖体狭长，串珠状分布的高山湖泊。然乌湖是雅鲁藏布江流帕隆藏布河的源头，也是帕隆大峡谷的起源，然乌湖南面的岗日嘎布山，海拔6626米，山顶积雪经年不化，发育了规模巨大的现代冰川，形成奇伟瑰丽的来古冰川景区，同时为然乌湖提供了丰富的水源。然乌湖地区是经过不同时期冰川作用形成的一个巨大冰川谷地，200多年前，在如今的然乌湖下游地区发生大崩塌（垮山），巨大的垮山堆石坝堵塞帕隆藏布而形成巨大的高原颜色湖，也就是今天的然乌湖。

然乌湖景区分上、中、下游三段三个景区，由三个梯级形相连的湖泊组成，它们分别是阳措湖、傍措湖和冷安佳布湖。三个湖泊虽一脉相承但又各有千秋。

当你走近然乌湖，疑惑着她白云、湖光、雪峰、林木的温柔蔓延，随着朝阳东升，美丽的姑娘和阳刚之气十足的康巴汉子成双成对地挥舞高歌，映衬着隆冬的雪景时，就会领略到雪域二字的真正含义，震撼她孕育成四季丰满膨胀的潮汐，感叹大自然造化的点滴，激动的心尖也会透湿，唯有捧着一颗穿梭不息的破碎的滑行的心，不停地按下相机的快门，心将不再回归。

上游景区—阳措湖

阳措湖的藏语意思是无底之湖。至今阳措湖的湖水深度仍是一个谜，早些年，当地居民曾用十根12米长的线索相连吊上石头放入水中测量湖深，但石头仍未到底，由此专家推定该湖下可能是一个巨大的峡谷裂缝，湖水深度达百米之上。阳措湖号称西藏四大圣湖之一。在当地居民中盛传在湖中看到喇嘛庙影像的传闻，所以当冬季整个湖面结冰，当地人踏着湖冰来往于然乌湖两岸，更令人震惊的是，车辆可横穿然乌湖，但唯独阳措湖段禁止通行，列为神圣。阳措湖最为神奇的是有关湖牛的传闻。当地有多位村民称曾经目睹过有类似牛的动物从湖中现身并游到湖边吃草，该动物外形似牛，马般大小，全身黑色、毛短、尾细，当地人称湖牛。最近一次目睹湖牛的传闻发生在1997年。当时几名民工在湖边山上修水沟时曾目睹了湖牛上岸吃草的情景。湖牛的传闻不禁让人想起了尼斯湖水怪的故事，更为阳措湖增添了几分神秘的色彩。究竟在这湖里是否有一种我们未知的生物存在，这有待专家做进一步的调查研究，但阳措湖的美是每位游客都触手可及的。

阳措湖湖水清澈碧绿，犹如一块巨大的翡翠镶嵌在蓝天白云与群山之间。“须晴日，待风平浪静，看阳措倒影分外妖娆。”阳措湖的倒影的美会给游人一种意想不到的惊奇与美感。每天早晚起风前后，湖水平整如镜，两岸的倒影在水中清晰可见，湖畔山岳的五彩斑斓与水中的倒影交相生辉，浑然一体，游客会有“鱼在天上游，鸟在水底游”的奇幻视觉。

阳措湖湖边的多吉珍珠山，山顶多年积雪，嶙峋的巨石经长年累月的冰川之水的冲蚀而成褶皱沟壑，灰色的山体难寻植物生长之痕迹。此山乃藏族同胞心目中的神山，乃梅里雪山的四大守护神之一。此山高耸入云，常年隐没在云雾之中，若隐若现，扑朔迷离，神秘万分。传说在远古时代，多吉珍珠山不停地向上长，眼看就要刺破天空，天河之水即将倾斜而下，美丽的人间即将变成一片汪洋泽国，在这危急之际，格萨尔王骑着宝马来到山下，挥马鞭截去了山顶，落下的山顶掉在了如今的冷安佳布湖形成了湖中的小岛。可多吉珍珠山不但没有停止生长反而越长越快，格萨尔王见此情景纵身跃上山顶将马鞭插进了山顶才终于镇住该山，使其停止生长，避免了生灵涂炭。如今在山顶上据说仍能看到一根巨大的木桩，传说就是当年格萨尔王马鞭的遗迹。

中游景区—傍措湖

傍措湖位于然乌镇附近，湖水碧绿，湖面平静，湖边绿荫相连，牛羊成群，藏式民居鳞次栉比相映成趣，是欣赏田园牧歌和藏族风情的绝佳去处，湖边有藏传佛教格鲁派的白塔一座，周围有经堂一排，每到佛教节日，附近村民都会在这里举行盛大的佛教活动。然乌镇属康巴藏族地区，这里的藏族民居独具特色，清一色的平房，原木结构。屋顶由木头搭成，再铺上松柏枝，用泥土夯实做顶，可以保持冬暖夏凉。进入他们的客厅，屋中央设有火塘，这里是全家人的活动中心。客人来了围火塘而坐，殷勤好客的康巴人会为你献上甘甜的青稞酒，清香的酥油茶。家里的陈设也很简单，没有复杂的家具。十分有趣的是每家每户的墙壁上都挂有不同材质的，大小不同的水瓢，挂在一起像湖北随县的编钟，很是醒目，当地人以瓢的多寡来象征富裕程度，瓢越多说明家境越好。

下游景区—冷安佳布湖

冷安佳布湖的美既具有青山绿水的精巧雅致又具有高山雪峰的雄壮瑰丽，颇似浪漫多情的瑞士风光，但衬上青藏高原独有的蓝天白云又胜似瑞士风光。尤其是在金秋时节，景色层次分明，湖水清澈碧蓝，山脚是绿色，山腰呈金黄色，而山顶则是白雪覆盖，构成了一幅绚丽多姿的立体图画，令人惊叹大自然的神奇魅力，使人恍若进入了仙境。

在这胜似仙境的图画中，湖心岛——冷安佳布岛无疑是画龙点睛之笔。冷安佳布岛的来历有一种说法是格萨尔王挥鞭截下的多吉珍珠山山顶所形成。是一方神圣之地。传说当年此岛形成后该处水患不断，生灵涂炭，后来上天派来——岛主冷安佳布来镇岛治水才恢复了冷安佳布湖的太平与安宁。岛主冷安佳布身材魁梧，眉清目秀，但头发却是细长的毒蛇。据说在如今冷安佳布岛上的小庙中还供有他的画像。另一种传说源自藏族经典经书《甘珠尔》，该书记载：为治天下水患，上天派下天神三兄弟来到人间化成三座小岛镇妖治水，一座便是冷安佳布岛，另外两座分别在阿里地区和青海省境内。

冷安佳布岛上树木葱茏，据说共有108种植物。当地百姓说，凡是八宿县境内有的各种草木在岛上都能找到。岛上的绿荫丛中有一小庙，据说是岛主冷安佳布的寝宫遗迹。以前，村里人划着小船前往小岛上的小庙烧香祭祀。天旱时去祈雨，雨大时去求晴，在岛主冷安佳布的保佑之下，当地五谷丰登，风调雨顺，居民安居乐业。每年的藏历6月5日，当地居民都要洗净自己的身体，诵经叩拜，生火煨桑之后登岛行祭祀之仪，女性则不能上岛，男子回岸后再需吃葱蒜等物净身。在湖边当地居民还要举行大型的祭湖活动，一般每个村抽出13人进行赛马活动，村民们聚集于如画的湖边草地载歌载舞以祭神湖。

绮丽来古冰川

来古冰川位于然乌镇西南30千米处，源于紧邻冰川的一个藏族小村落——来古村。来古村的藏语意思是隐藏的、世外桃源般的村落。如今的来古村掩映在四周连绵起伏的群山与绿色苍穹之中，似乎被大自然有意所隐藏，因而得名。

来古冰川是西藏已知面积最大和最宽的冰川，是美西冰川（死亡冰川）、雅隆冰川、若骄冰川、东嘎冰川（白色海螺冰川）、雄加冰川及牛马冰川六个冰川的统称。有着与南北极冰川同一系列的冰川之说，足可与她们相媲美。站在来古村，美西、东嘎和雅隆三大冰川尽收眼底，特以雅隆冰川最为雄壮、神奇、瑰丽。她生成于岗日嘎布山脉东端，处在印度洋季风向青藏高原输送水汽的主要通道上，降水量充分，发育十足。长达12千米，从海拔高度6606米的主峰一直延伸到海拔4000米的岗日嘎布湖中，可谓一泻千里、气势磅礴。

每当春风拂来，冰舌向后消融时踏上冰川，如山似的庞大冰体从冰川上断裂，漂浮在碧绿的岗日嘎布湖面，一座座异彩的冰山，一块块缄默了千年万年的寒冰，就会构成一幅冰山奇观，给人以一种置身于南极冰山丛中的超脱感。更奇妙的是由于冰川内部气体压力较大的缘故而呈现出蓝色水晶石般的色彩，让你目不暇接。在晴空万里下，裸露的冰川就会折射出万道七色的光彩，传递着幽幽的深远，哪怕眉梢弯曲成月的倒影，奇妙之感油然而生。特别是夕阳西沉，霞光满天，云蒸霞蔚时，千奇百怪的冰石、冰柱轻盈飘游着，炸开天空璀璨的花，细腻地体会她的鬼斧神工，感叹神奇的坠落，你就会飘飘欲仙。

雅隆冰川

雅隆冰川生成于岗日嘎布山脉东端，处于印度洋季风向青藏高原输送水汽的主要通道上，降水充分，现代冰川十分发育。冰川长约12千米，从海拔高度6606米的主峰一直延伸到海拔4000米的岗日嘎布湖中，可谓一泻千里、气势磅礴。关于雅隆冰川的地质学成因及特点目前正待有关专家的进一步调查研究，而在来古村却流传着这样一个传说。很久很久以前，在这没有冰川而是一个藏族村落，村民们男耕女织，过着恬静祥和的世外桃源般的生活。村中有个男人叫扎西，他有一条神奇的猎犬叫哈奇嘎布。每次打猎只要扎西叫哈奇嘎布赶什么动物来它就会赶来什么动物，所以扎西每次出猎总是会满载而归。扎西心地善良，每次总会把多余的猎物分给村中的百姓，村民们都很喜欢他。有一天出猎时，扎西突发奇想，叫哈奇嘎布赶一个他从来没见过，连做梦也没梦到过的动物来。哈奇嘎布朝天叫了三声，跑进了大山深处。扎西在想：哈奇噶布能赶回什么呢，老虎、大象、狮子，啥动物我没见过。三天之后，哈奇嘎布真的赶回一个扎西从来没有见过的“怪物”，有虎一般大小，全身白色，长满了细长的尖角，就像一只巨大的刺猬。扎西感到万分惊奇，猎人的本性使他端起猎枪朝那怪物放了一枪。枪响的同时发生了意想不到的事情：晴空中响出一个霹雳，太阳霎时失去了光辉，狂风骤起，飞沙走石，地动山摇。从那白色怪物体内不断涌出白色的冰雪，四周的大山中也喷出白色的冰雪，片刻间冰雪遮天蔽日，淹没了森林河流，也淹没了那个藏族村落，形成了今日我们所见的雅隆冰川。这虽然只是一个神话传说，但每当夏天温度升高冰川末端的冰舌开始消融时，总有来古村的村民拣到古代的纺织器具和生产工具，因此有专家推断这儿曾有个村落，正是由于冰川的形成才导致了村庄被永埋于冰雪之下，来此的游客也因此把这里称作“中国的庞贝城”，这无疑又给雅隆冰川披上了一层神秘的面纱。

站在来古村遥看雅隆冰川，从冰川源头到其尾部—深入岗日嘎布湖中的巨大冰舌，浩浩荡荡12千米之巨大冰体的勃然气势将尽收眼底，无不让每一位有幸一睹冰川全貌的游客感叹大自然的雄伟神奇（当地老百姓认为冰川的千年寒冰有治疗胃病的神奇功效），采撷千年寒冰的灵气。每当寒冬时节，岗日嘎布湖面结冰，游人可从冻结的湖面步行去到对岸的冰川之上。当你真正踏上冰川，置身于千奇百怪的冰石、冰柱、冰洞之中时，你才能体会到大自然的鬼斧神工，感叹造物的神奇。每当春暖花开之际，冰蛇向后消融，如山似的巨大冰体从冰川上断裂开来，漂浮在碧绿的岗日嘎布湖面，一座座造型各异的冰山，一块块姿态万千的千年寒冰形成了一幅独特的水中冰山奇观。游人会有一种置身于南极冰山丛中的超然感觉。更奇妙的是冰川由于内部气体压力较大的缘故而呈现出蔚蓝的色彩，每当晴空万里之时，在阳光的照射之下大大小小姿态各异犹如蓝色水晶石的冰川反射出一道道七彩的光辉，在蓝天白云的映衬下会让游人有一种置身天堂仙界的奇妙之感。

多松措

一睹来古冰川的雄壮、神奇、瑰丽之后，经过来古村，西行1千米，浮现在游人眼前的是如画般的多松措全貌，水波粼粼，湖光山色别有一番壮观。湖总面积约1平方多千米，俯视该湖呈长条形，犹如一条白色巨龙游憩于环山之间。湖中一小岛突兀在水面之上，令人感到震惊的是，岛上有个水潭，想必是早些时候，岛上火山爆发，岩浆涌出，岛上形成的凹地，受当地常年雨水作用积蓄而成，构成了“湖中岛、岛中湖”的奇特美景。清澈的湖水受阳光的映射，散发出万道粼光，湖中岛在粼光的衬托下，格外耀眼，神气十足。

本地雨水甚多，各种花草遍布山间，最为突出的是山上的杜鹃，每到农历五月，漫山遍野的杜鹃花相继开放，各色杜鹃花红似火，白胜雪，竞相争艳，更增添了多松措一道亮丽。“坐看遍野杜鹃花、痛饮多松措湖水、聆听大自然的音律、享受杜鹃入湖倒影”，你绝对会有一种一见钟情、一饮难忘、一听倾心、如梦如幻、如痴如醉的感觉。

相传，多松措湖的奇特美景，引起长期栖息于湖内的乌龟和河马发生地盘抗争，结果惹怒了当地土地神，将乌龟与河马化为石像，永远地固定在多松措湖之中，至今多松措湖内还留有乌龟与河马相争执的场面。

多拉神山

八宿多拉神山位于八宿县白马镇以东4千米的川藏公路旁，这座神山规模不算很大，神山分外圈、中圈和内圈，总面积12平方千米，神山属于藏传佛教中的宁玛派（红教），山内雕刻有莲花座，菩提塔和转经堂等佛教圣物，佛像与六字真言经文满山遍布。其中，尤以释迦牟尼佛像最为考究，质朴沧桑。构成自然石刻文化，石刻之多，堪称“多拉神山自然石刻艺术城”。徒步转中圈一圈约需4小时，也可见漫山遍野大小各异的石头上刻有内容相同的六字真言，无名花草在石旁沉默，质朴沧桑之感油然而生。

入山的大门一旁堆有刻着六字真言的牛羊头，这些牛羊生前都为它的主人作出过巨大的贡献而被放于此，表达了人与动物相依相生的淳朴自然理念。经堂旁一小木屋上还挂有死去的绵羊、山羊头骨，阐释了人们行善惜生的朴素思想。刻有六字真言的石头旁，有宗教信徒堆放的小石头，每一颗石头都记录信徒转山一次，石头越多，表明转山的次数就越多。

整个神山依布局和宗教含义可分七个景点：

第一景点有释迦牟尼与许多小佛像和六字真言；第二景点有莲花座一个，梅里雪山图一个，图边有一个小洞，据说很久以前是强巴林的活佛从石头里取海螺时留下的；第三景点是神山有两奇洞，相传其中一洞帕巴拉一世曾在此洞中取出一个造型别致，色彩艳丽的海螺，海螺现珍藏在日喀则地区藏迦南寺，另一洞据说更加神奇，积德行善的人伸手入洞可以摸到羊毛之类的吉祥东西，而心不端、品不正，作恶多端的人手伸入洞则拔不出来；第四景区六个大石头刻有六字真言，每个石上只刻有一字，还有一个高约80厘米的千手佛像，正上方从山上流下的三堆沙子，代表西藏主粮食小麦、青稞、荞子、象征着五谷丰收；第五景点主要有在四块巨石上刻的六字真言及各种经文，还有许多小佛像；第六景点主要是朝圣区佛教转山路线；第七景点为每年藏历五月十五日神山四周方圆几里群众祭神要坝子的地方，该神山据说是梅里雪山的子山，每天当地群众转山人数一般不少于40人，佛教节日更多。

每年藏历 5 月15日，白马镇、吉达乡、拉根乡的村民都要沿着神山的大圈行至山顶，在山顶顶峰前跪拜，祈祷当年的平安，祈祷完毕后，三个乡镇的群众还要举行盛大的歌舞比赛，以此助兴。

多拉山神奇而怪异，在神山附近，聚全了《西游记》中西天取经的四师徒，位于神山东北部不远处，318国道右侧，孙悟空在河中洗澡，相传是因受铁扇公主的火扇所伤，全身着火，以此熄灭身上的火焰，河的对面，就是一座红黑相间的火焰山，正是铁扇公主的居住地。沿318国道向八宿县城方向前行，我们可以清晰地看到猪八戒（当地人称之为天下第一猪）蜷伏着巨大的身躯，在路旁端庄而坐，据当地人讲，他在这已静坐了几百年，如果晚间经过此处，还可听到猪八戒熟睡时的打鼾声。沿318国道再继续前行，游客依次可看到沙和尚、白龙、与取经途中渡四师徒过江的老龟，唐僧就是守护四堆粮食的千手佛。相传，唐僧四师徒取经返回时，老龟已在河岸边等候多年，期待着它托唐僧师徒向如来佛祖询问它何时能够变成人的事情有一个结果，等到唐僧师徒返回，老龟欣喜若狂，很热情地驮唐僧师徒过江，同时问起它迫不及待想要知道的事情，问完后，唐僧师徒哑口无言，因为他们到达西天之后，一心取经，忘记了问老龟托他们办的事，老龟很是气愤，一怒之下，将唐僧师徒四人翻倒在河里，这样一来，万卷经书全部浸泡在水里，随水漂走，四师徒经过好长一段时间的忙碌，不知经过几天几夜，才将万卷经书艰难地拉到河的对岸。上岸后，四师徒打开万卷经书，一页一页在石头上晾晒，而晒经书的地方，就是多拉神山所在地。不知何缘故，四师徒晒好之后，带着万卷经书返回东土大唐，经书和他们的身影却永久地保留在多拉神山。

还有这样一则传说：公元841年，赞普赤祖德赞被弑，其兄朗达玛即位，随即执行灭佛政策。据传，其中几位幸存得道高僧从南线逃往康区到达现在的八宿县城，晚上宿营时梦得藏传佛教无上护法神白丹拉姆天女指示：此地曰吉山脚下，神龟背莲花宝地，前有石猴护佑，后有圣猪供奉，且有诸多伏藏，确系养精蓄锐，再展宏图不二之地。第二天，众得道高僧互道梦境，大感神奇，遂前往，只见此处奇石林立，充满灵性，确是一处藏匿修炼佛经的好地方。通过焚香诵经、虔诚祈祷，终于感化了诸藏传佛教本尊护法神，在白丹拉姆天女的邀请下，十万神工天匠，一夜之间宏化出多拉神山的佛像，经文，咒语，梵文。

拉鲁卡岩壁画

观完多拉神山，您还没感到神奇，那再来目睹一下拉鲁卡岩壁画。拉鲁卡岩壁画位于白马镇以西15千米，海拔4810米，吐蕃时期到近代。从白马镇珠巴村骑马沿山路而行，观看八宿县城美丽风光，约6小时，可到拉鲁卡岩壁画。岩画分布在尼布索绒山南麓一块巨大水平岩石上，石质系花岗石，东西长32.7米，南北宽15.7米，共有18个画像及个体图像704个，制作方法均为琢刻法，系坚硬的石制工具为之。岩画分布相对集中，新旧画面交替，保存状况较好，内容有人物、动物、符号、藏文等。动物种类有羊、鹿、驴、狼、马、牦牛、鸟等。符号有太阳、月亮、经幡、酥油灯、塔、八宝图案等，藏文以六字真言为主，亦有零星“嗡”字等。题材是表现狩猎、放牧、射箭、战斗、舞蹈、祭祀等场面，该岩画以单幅图为主，表现宏大场面的场景较少。

据当地人讲，这块岩壁是很久以前的一位猎人扎西发现的，一次，扎西到山中狩猎，经过该岩壁，无意中发现一鸡蛋般大小的圆形银石，在水平岩石上敲击，周围并无一人，扎西感到震惊，躲到树丛观看。心想：这必定是一件宝物，如拥有此物，想必会吉从天生。约一个小时之后，银石停止敲击，跳到岩石一旁，静止，而岩石上却出现了各种不同的图案。扎西箭步跑到岩石上，将银石抓住，带回了家。为不让他人发现，扎西把银石放进柜子，藏好。当天晚上，扎西兴奋得无法入眠，到凌晨四点，一件更奇怪的事情发生了，银石冲破柜子，飞到扎西头部，狠狠击打扎西的脸，由于击打力量极大，扎西晕了过去。不知过了多久，扎西醒来了，见银石静止在柜子里，觉得这是一件凶物，将其带到原地，气愤不已，狠狠丢到水平岩石旁的湖里。从那以后，再没有人看到银石敲击岩石的精彩一幕，而每年岩壁上都会有新的图案产生，想必就是那块银石的杰作。

后来，苯教与格鲁派的僧人因拉鲁卡岩壁画的怪异发生了地盘争夺，结果格鲁派获胜，当时的战争各派都伤亡惨重，就在岩壁附近方圆3千米内血流成河。从那以后，就更神奇了，只要晚间在岩壁画方圆3千米内经过或露宿，可听到打斗声音传出。据说曾经多人亲身经历，至今，这种怪事还时有发生。

看拉鲁卡岩壁画，听美丽传说，品当地甘甜可口酥油茶，是难得的一种享受。

奇妙然乌溶洞

位于西藏自治区八宿县然乌镇境内，离八宿县城85千米，国道318线从溶洞蜿蜒而过，交通十分便利。

然乌溶洞分为上洞和下洞两部分，在318线离然乌镇约5千米的地方，经过一座独木桥，顺山间行5分钟左右，可看到一个直径约5米的天然洞口，这便是然乌溶洞的下洞洞口，里有吉真向巴佛像一尊，高约7米。经过当地群众辛勤劳作，溶洞已被修整成一简易寺庙，偌大的洞口现已成为寺庙的大殿，据在此修行的高僧讲此吉真向巴佛像在这洞中已有400多年的历史了。

再行百米就可抵达掩藏在南嘎仲山腰上的绿荫丛中的上溶洞，南嘎仲的藏语意思是天下神仙集中的地方。经佛像右下方的一个小门才真正进入溶洞，进洞入口空间尚宽，地下堆满了刻着六字真言的牛头骨和“擦擦”（一种泥制小佛像）。

再往里行空间则变得蜿蜒曲折，高低错落，时而你可以大鹏展翅，时而你又不得不匍匐前行。洞中怪石嶙峋，各种钟乳石、奇石造型各异，千姿百态，有的似擎天一柱，有的似神龙摆尾，有的似中流砥柱坚不可摧，给人一种无穷的遐想。

如果领略了下洞的神奇造化还不够味的话，游客可以出洞沿着山再行百米来到上洞开始探险之旅。在溶洞里可以看到暗河一条，河水流向何方至今是个谜，据说可流到波密县。然乌溶洞是西藏为数不多的神奇溶洞之一，是广大游客探险、寻秘和朝圣的绝好去处。

据传，南嘎仲山和溶洞在西藏陆地形成之时便已存在于此。当你举灯钻入千奇百怪的溶洞，感受惊叹之后，转悠在绕溶洞的道上，体验传说中能治百病的每一处胜迹，以及精致的佛像与经文玛尼石刻堆，成百上千经幡飘荡在怪石嶙峋上时，只能怪迟迟连着翩飞的日子为啥到了此刻才滴落在眼睛盛开的季节，而豁然倾心，更会滋生开游客、探险和朝圣者的心门。

洁白的祈祷—多吉次查神山

气势磅礴，巍然挺拔，高耸入云的多吉次神山威严地屹立在美丽的南宗村牧场，千万年依旧，静静地守护着南宗人民，距八宿县85千米。

每年藏历5月15日至17日，村中的男性村民都要穿上和雪山一样洁白的藏装，带上最好的糌粑、牛肉和美酒，聚集到牧场上，在终年积雪的多吉次查神山下，转山念经，向山下的众多古老经文石刻、佛像石刻、白石打制的酥油灯等敬献供品，载歌载舞，尽情欢乐，祈祷来年五谷丰登、六畜兴旺。

七十二道拐

“怒江七十二拐”，是指川藏线上垭口海拔4618米的业拉山盘山公路（位于川藏南线，即川藏公路南线的邦达镇至八宿县城间，共16千米），在西藏昌都市八宿县境内，中途经过怒江，坡陡路险，人称“九十九道回头弯”、业拉山“一百零八拐”“川藏九十九道弯”，有人统计其实有一百三十多个弯。

“怒江七十二拐”从最低点海拔3100米，一路攀升到最高点业拉山口海拔4651米，再盘旋下降至邦达镇海拔4100米。长约12千米。作为川藏南线必经之路，对许多骑手或车手来说，正是因为它的险，才更具有挑战价值，每年从这路过的行人无不对这条路充满感叹。

怒江七十二拐，看路名就知，绝对是盖世天险。西藏早年被形容为“乱石纵横，人马路绝”；怒江峡谷是世界第二大峡谷，一个怒字，已知吉凶难料，何况要翻越海拔近五千米的大山。难怪路口竖立警告牌：“您将翻越怒江山多弯急地区，注意安全！”当地人说，一不小心，车子从高山掉落怒江，明天就轰隆隆从西藏滚到云南。

下峡谷，过怒江大桥就到八宿，邦达到八宿这段路就过怒江七十二拐。除了拐弯多，每年雨季最可怕，泥石流常年将公路冲断，被堵几个月是常事，而有“死亡之路”恶名。藏语里，八宿意为“勇士山脚下的村庄”很多人说起川藏公路都谈虎色变，网络文章大多描述危险难行，其实风光极美，沿途经过14座高山、10多条大河，山高谷深，路就像缠在山腰上带子；两千多公里的行程，覆盖着风格各异的植被，还有无数的人文景观，很多人说，走过川藏线就把世上美景全欣赏完了。

自2010年，崭新的黑色油路铺设及拓宽工作全部完工。当汽车和骑行者行驶在这条天路上时，只剩下“荡气回肠”的惊叹了。

红色景点—怒江峡谷

怒江（藏语确俄加谋厄曲），地处横断山脉中部，位于低海拔的怒江峡谷。属八宿县林卡乡的管理范围，距县城38千米，邦达机场约100千米，海拔2700米。相传，文成公主自川初入康区、行至左贡一带，见四处苍山，前挡云烟，后遮去路，如入另一世界，顿觉天际茫茫，思亲之情油然而生，禁不住热泪盈眶，悲从心生，滴滴泪水汇聚，劈山开谷，化为今天怒江。

怒江发源于青藏高原唐古拉山南麓的吉热拍格，雪水聚集成溪，溪流相汇成河。上游藏语叫“那曲河”，因江水深黑，我国最早的地理著作《禹贡》把它称为黑水河，往东流入他念他翁山和伯舒拉岭之间的峡谷中，于贡山县齐那桶涌入怒江，当地的怒族称为“阿怒日美”。“阿怒”是怒族人的自称，“日美”汉译为江，含义为怒族人居住区域的江，故名怒江。

怒江东有碧罗雪山，在福贡、贡山、泸水三县境内，4000米以上高峰有

20余座。两山南北逶迤、绵亘起伏，雪峰环抱，雄奇壮观。

怒江峡谷有高山有急流，山峦山谷相间奇观辈出，险要的峡谷有双纳瓦底大峡谷、齐那桶峡谷，位于怒江上游丙中洛至齐那桶的那恰洛一带，约65千米长，几乎一亩平地，江两岸陡壁直立，山高谷幽，气象万千，是峡谷一大奇观山两边原始森林一望无际。

江边岩石时有崩裂，崩落滚石横陈江边，水击浪打，石块出现很多穿洞，大的直径1米多。

江心的蛤蟆石在水浪冲磨下，平滑光溜，熠熠闪光。

江东与西藏交界的牙关河有不少瀑布，最高的瀑谷高达800多米，瀑高10多米；另一瀑布，瀑谷高400多米，上有水潭，水满四下溢溅，“挥弄洒珠，拊拂瀑沫”，令人赞叹。

齐那桶纳卡洛段，两岸雪山高5000~6000米，江水海拔不过2000米。

怒江桥，扼怒江天险，是318国道线的咽喉要道，战略位置十分重要。十八军54师为架设原钢桥，曾获过“渡江”英雄的称号。在钢架桥头的门上还贴过一副“深山峡谷显好汉，怒江两岸出英雄”的对联，在桥头天柱般的石崖上还写着“英雄阵地”四个大字，以及“加油干”“挖呀”的字样。此地也是革命传统教育基地。

当你走进峡谷，带着无比崇敬的心情瞻仰完英雄的遗迹，眸子中就会跳跃出解放军当年攻克怒江天堑的思绪，黯淡着炮火冲天的幽光，筑起心的堡垒，让胸怀自由飞翔。

绽放邦达草原

邦达草原位于八宿县邦达镇、吉中乡、益青乡辖区内，距昌都市130千米，八宿136千米，海拔4300米，属自然形成的天然草场，面积约为138894.6平方米。如今，又人工种植了1390.8平方米。草原上还有世界上海拔最高、跑道最长的航空港——邦达机场。

每到夏季，草原绿草成茵，繁花似锦，一眼望去，邦达草原一泻千里万里，犹如一幅巨大的绿毯铺设在蓝天与繁花之下，漫步草原，观赏着黑颈鹤、黄羊、马鹿、贝母鸡、草狐、旱獭、水獭、獐子等成百上千的野生动物在草原上嬉戏觅食，人与自然和谐相处，像进入如画般的梦境，灿烂得让人心碎，从头顶滑落到深蓝的苍穹，秘密衍生着草原的芬芳，铺开了星辰一般迷茫。

昌都邦达机场

昌都邦达机场（Qamdo Bangda Airport，IATA：BPX、ICAO：ZUBD），位于中国西藏自治区昌都市八宿县，南距八宿县县城58千米，北距昌都市中心65千米，为4C级军民合用支线机场，属高高原机场（4334米）。

1978年，昌都邦达机场建成通航，时为军用机场；1992年12月2日，昌都邦达机场军民合用改扩建工程动工；1995年4月28日，昌都邦达机场正式开通民航业务；2017年10月28日，昌都邦达机场新跑道启用。

据2020年4月，昌都邦达机场航站楼面积5018.32平方米，设1座登机廊桥；站坪设5个民航机位，其中2个B类机位，3个C类机位；跑道长4500米，宽45米，满足C类、A319同类及其以下机型使用要求；可满足年旅客吞吐量30万人次、货邮吞吐量2200吨的使用需求。

2019年，昌都邦达机场共完成旅客吞吐量37.3319万人次，同比增长14.8%，全国排名第164位；货邮吞吐量1330.5吨，同比增长21.2%，全国排名第110位；飞机起降4210架次，同比增长25.1%，全国排名第178位。

1969年2月15日，为巩固国家边防，经毛泽东主席、周恩来总理批准新建军用邦达机场。

1970年7月，邦达机场正式动工兴建。

1978年8月，邦达机场竣工，机场跑道长度5500米；昌都邦达机场至今留有民航建设史上唯一的机场修建者纪念碑，89名英烈为邦达机场早期修建献出了生命。

1990年，为促进藏东地区经济发展，江泽民主席指示修复昌都邦达机场，开辟民航航线。

1992年12月2日，昌都邦达机场军民合用改扩建工程破土动工。

1994年10月，昌都邦达机场军民合用改扩建工程竣工验收。

1994年3月，国家决定修复后的昌都邦达机场交由民航经营管理。

1994年7月25日，民航昌都站成立，为处级建制。

1994年10月16日，昌都邦达机场通过行业验收。

1995年4月28日，昌都邦达机场投入使用，正式开通民航业务，首条航线为中国国际航空使用波音B757–200执飞的成都航线[4]。

2007年8月8日，国家发改委、中国人民解放军总参谋部批复同意昌都邦达机场改扩建工程项目建议书。

2008年5月17日，昌都邦达机场改扩建工程正式开工。

昌都邦达机场（9)2009年9月25日，昌都邦达机场改扩建工程正式交付使用。

2012年5月3日，昌都邦达机场开通由西藏航空执飞的拉萨航线，结束单一航司运营历史。

2015年10月15日，昌都邦达机场因跑道破损日益严重，飞行区设施设备不能满足行业需求，昌都邦达机场飞行区改扩建工程启动。

2017年10月28日，昌都邦达机场新跑道交付使用，5000米长的老跑道废弃，机场等级由4D级降为4C级。

2019年，昌都邦达机场启动航站区改扩建工程。

2020年第一季度，昌都邦达机场完成旅客吞吐量59820人次，较1995年机场通航时年旅客吞吐量增长7.8倍。

昌都邦达机场是世界上离市区“最远”的民用机场之一，距昌都市区126千米；昌都邦达机场是世界上气候“最恶劣”的民用机场之一，冬季风速达30米/秒以上，极端温度达零下42摄氏度、冻土层厚2米，空气密度仅为海平面的50%；昌都邦达机场有世界上“最长”的跑道之一，其老跑道长达5500米，现用跑道长4500米。

依据国际民航组织（ICAO）292号通告研究结果换算得出（旅客吞吐量按1:10的比例换算货邮吞吐量），2019年昌都邦达机场共推动中国经济增长约9.2亿元人民币，直接带动当地就业约1772人。

浩渺仁措湖

仁措湖位于八宿县郭庆乡境内，海拔4500米，距邦达机场55千米。

昌都市地形复杂，山高谷深，气候多样，素有“一山有四季，十里不同天”之说。

仁措湖这里干湿分明，其中东南部温和湿润，西北和北部干燥严寒，而夏季晚上常下雨，冬春两季风力较大。昌都气候又以寒冷为特点，常年平均气温在7~8℃，但日照时间长，太阳辐射也较强，昼夜温差大，年温差小。

这里地势开阔，环境幽静，绿草如茵，是良好的天然牧场。由于湖水来源于雪山冰川，水源充足，一年四季清澈透明。湖中的鱼类资源极为丰富，尤其是盛夏之际，大量的鱼在碧蓝的湖水中悠闲地游玩，各种各样的飞鸟则在这幽静的地方筑巢栖息。

如果在欣赏仁措湖美景的同时，在湖边钓些鱼烧着吃，而后在湖旁的温泉里面洗澡，那真是一种别有情趣的野外享受。

仁措湖水明山奇，湿地宽阔秀丽，特别是在雪峰、白云蓝天的衬托下，华贵典雅的黑颈鹤展翅欲飞，出淤泥而不染的白鹭伸长脖子高歌，密麻的鸟儿嬉戏觅食，清澈碧绿的湖水倒映上低头吃草的成群羊儿的倩影，顺着斑驳不尽的光线，置于拂过无数风的盛秋，枯草扫落的最轻黄色，你就会展开褶皱的心，撼动着神经的每一细胞，草原湖泊、湖光山色，自然绝美的和谐画卷就成了手中的世界，明亮得不会流失。

悠悠八宿寺

八宿寺位于八宿县同卡镇内，距县城250千米，邦达机场110千米，海拔3800米，属藏传佛教格鲁派寺庙，始建于明代藏历水蛇年——公元1473年，创始人叫洛桑江村生格，先后出现了25名高僧，12代达查活佛。寺庙占地面积1500平方米，系藏式民族风格建筑。

八宿寺属藏传佛教格鲁派寺院，全称循努巴雪桑珠林，又称桑珠德钦林、同卡寺。明成化九年（1473）由宗喀巴弟子格巴·坚赞森格创建，是拉萨四大林中功德林所属的寺庙，也是昌都市较大寺庙之一。该寺第七世活佛洛桑班登江村曾出任北京雍和宫堪布，与祖国内地的宗教文化交往频繁。八宿寺主要建筑有措钦、达坚康、纳久康、门拉康等，有扎厦134个，僧人350名。寺内主供朗达玛灭佛时保留下来的释尊玉面金铜像、泥塑强巴佛。此外，寺内保存有许多历史珍品和大量经卷、唐卡和佛像。其中，有古印度铸造的佛像，吐蕃时期藏族自己铸造的佛像及祖国内地铸造的佛像，明永乐年间和宣德年间铸造的双龙戏珠钹以及万岁圣旨等极为珍贵的文物。该寺大殿中还有第七世、十一世济咙呼图克图灵塔。寺内另有济咙活佛的 3 件袈裟，乾隆皇帝赐给济咙呼图克图活佛的 5 个瓷瓶和赐给七世活佛洛桑班登江村的刺绣彩色百龙图、海狮图各 1 幅，1996年被列为自治区级文物保护单位。

欣赏着壮观典雅的常规曲登、洛雅曲登，雕梁画栋的寺庙建筑样式，精美绝妙的古老壁画、佛像、铜塔、唐卡等。特别是象征西藏与祖国内地交流、民族团结，元、明、清各代的赐物，瓷器、金丝和真丝等珍藏品，倾听感人肺腑的传奇故事时，就会顿生憧憬，心底泛起涟漪，载上粼粼波光的遨游之感，惊叹千古的辉煌漫溢。

多拉神山自然石刻艺术城

我和次旺教授顶着烈日顺山缓缓而上，没走多远，只见一片山石上，蜂窝状地密布着信徒们用坚硬的石头在大石之上敲砸出无数大小不一的石窝，有的碗口大，有的杯子口大小，有的酥油桶口大，我觉得奇怪，便手指白色的石窝气喘吁吁地问道，“次旺啦，你看这石窝，有何意义？”

“我们家，说来你可能不相信，这些碾磨出的石粉是信徒们用来治疗眼疾的！”

“用来治疗眼疾！怎么可能？”我惊奇地问道。

“也许是石粉中含有某种疗眼的矿物质吧！这可是百姓们治疗眼疾的 良药。”

“真神奇，连石粉都能治病！不愧被当地人称之为神山。”我感慨地回答。

随着我俩的交谈，我们不觉来到了一块小房子大的石头旁，其上飘着经幡，还挂满一串接一串的大小石子，有的信徒甚至为了表达自己的虔诚，把自己转山时心爱的佛珠、头发、香包、项链、手镯、海螺、贝壳等物品都献了上去。更显眼的是刻有六字真言的石头旁堆放着密密麻麻的小石头堆，那可记录着信徒转山的次数。

到了每年的藏历5月15日，神山上热闹非凡，到处是熙熙攘攘的人流，歌舞不绝，方圆几里外的白马镇、吉达乡、拉根乡的村民群众要祭神耍坝子，大家沿着神山的大圈行至山顶，在山顶前跪拜，祈祷当年的平安，接着是盛大的歌舞比赛活动，据传，获胜的乡镇将会在本年大吉大利，庄稼丰收，六畜兴旺，一帆风顺。

更让我们心动的是，当我们走进山里，只见漫山遍野，大小不一的山石上自然形成的石刻画，与信徒刻上的佛像、六字真言等相互交错，交相辉映时，让我如醉如痴，流年忘返了，完全陶醉在这自然的石刻艺术城中，震撼得忘乎所以，一幅幅美丽的画面不断地闪现在面前，让我们目不暇接，相机接连不断地记录着快门，完全可以声称为佛教艺术殿堂，不禁让我高声喊叫道，“多么壮观，是一座名副其实的多拉自然石刻艺术城哪！”

山内自然形成的石刻画，可分为两种，一种是石刻图像与字体向外突出，大多为白色，颜色与母体石头不同，如同将字体与图像镶嵌于石头上一般。另一种是母体的大石表层脱落而形成的自然画面，大石头的表层因长年累月地暴晒于阳光之下，再加风霜雪雨的长时间侵蚀，面上沉积了乌黑色的表层，由于外来的种种因素导致表皮脱落而形成各式各样的美丽图案。也有的石刻，是当时佛教徒充分利用此地石头的这一特性，用利器，或是坚硬的石头在大石上刻下的经文、佛像、佛塔图案等。

质朴沧桑的石刻内容有：

佛像类：以释迦牟尼佛像最为考究，还有莲花座。

佛塔类：菩提塔和各种小塔。

文字类：六字真言、其他经文、箭头图案等。

花草类：各种无名的花草。

山水画类：自然形成的山水图案。

当我俩气喘吁吁地走出多拉神山时，太阳已经偏西，日落而坠了，神山在万道霞光的映衬下，显得更加的壮美神奇，圣洁淳朴，掩藏心扉。

茶马古道上的邦达仓

一

邦达仓与大昭寺仅一街之隔，与玛吉阿米毗邻，打开窗子就能看到如潮的朝圣者，推开大门就能感受到拉萨温煦的阳光和老城区的安详与宁静。更有意思的是，它是从茶马古道上发迹的昌都人。

邦达仓的仓，是“商号”的意思，“邦达仓拥有大地，邦达仓拥有天空。”这两句曾经广为流传的西藏民间谚语，指的就是当时西藏商界中翘楚可数的邦达仓家族。

让我们走进邦达仓古建大院，一段尘封已久的往事就将慢慢解开。

邦达仓，现在指的是家的意思，以前不叫邦达仓……

邦达仓（藏语）的意思就是旧的意思，因为邦达仓是搬到这里来了，这地方以前叫邦达（藏语），现在按商业要求，大家给它起了一个邦达大院的名号。

邦达仓，藏语是邦达家族的意思。邦达仓，也是邦达·阳佩、邦达·热嘎、邦达·多吉三兄弟在西藏区内外、国内外商业活动的总称。从民国初年到20世纪50年代末，邦达仓是云、贵、川、藏著名的商号，在印度、缅甸、尼泊尔、不丹等国家也很有名气。

他们三兄弟当中的弟弟多吉，主要在老家芒康发迹的，当时的势力很大。从抗日战争时期，邦达仓也以其骡马商队开辟了陆地国际运输线，有力地支援了抗日战争的大后方，可谓功绩卓越，成为国内外的美谈。到了和平解放西藏的时期，也为和平解放事业作出过积极的贡献，不仅捐赠了枪支弹药、物资等，他们不只是最为显赫的大商人，而且也是对抗战做出过一定贡献的进步人士，还一度为发展西藏的民族商业。

今年55岁的贡旦旺布是邦达仓家族三兄弟邦达多吉的小儿子，他这样介绍道，邦达仓经营了七八十年，以前是我爷爷辈，主营生意。明国初，我们家族就开始走向了顶峰，差不多有60年的光景，还可再往前推个十来年的时间。

在邦达仓家族住进此大院之前，这座大院也是贵族擦绒家族的宅邸，后来擦绒家族在拉萨河边新建了庄园后，才将此卖给了邦达仓，从此，该院便被称为邦达仓大院。

他们兄弟三人各领风骚，老大邦达杨佩坐镇拉萨，老二热岗，主要坐镇印度，老三是邦达多吉坐镇昌都，形成统一的思想来经营自己的邦达事业，生意是越做越大，除茶叶外，还有粮食、粮油、布匹、畜产品物资等。

追根溯源，邦达家族的祖上原本只是佃户农奴，为邦达家族奠定基业的是一个名叫邦达·尼江的商人，他从贩运茶叶的马锅头，通过取得西藏羊毛的经营权而发家，与八廓街大多数从事小本买卖的商户不同。发展得很快，也就在数十年间，财富急剧增加，发展成巨头。

云南的普洱茶可以说遍布整个藏族地区，邦达仓也经营，但还在其基础上进行了大大的拓展。比如说30年代，他们主要从西藏进皮张、羊毛、羊绒，把这些出口到印度和尼泊尔，或到祖国内地。从印度进毛料布匹、糖果之类的物资，堪称“藏族地区之最”。

在抗日战争以前，也就是1936年，当时红军长征经过甘孜地区时，在那里成立了红军的政府机构，当时贡旦旺布的父亲就担任财政部部长，在物资和运输上都积极主动支援过红军。到了七七事变后，日本对后方实行大封锁，切断了西南的交通运输线。邦达家族就另辟蹊径，策划和开辟了从印度到西藏，然后到丽江和康定，再到四川、重庆、上海、云南这样一条完全靠骡马来运输的国际线路。

邦达多吉主持下的“邦达仓”在拉萨、昌都、玉树、甘孜、成都、重庆、丽江、昆明、南京、上海和香港等地都建立了物资转运站，当时，从印度进口毛料、药物等之类的物资，再通过茶马古道向西南运送，多达1.5亿美元的物资来支援国家抗日战争。

1950年，邦达多吉又组织马邦随中国人民解放军进藏，在后勤运输上积极地给予支持。

如今，邦达仓家族虽然消失了，邦达仓家族的生意精神我们仍能在康巴商人的身上看到，家族内紧密团结和资金的互相拆借，慷慨义气，一掷千金，大胆精明，走南闯北的个性已然显现无疑。由此可见，当年邦达仓家族对世人的影响力有多大!

邦达仓一直是西藏最大的商号，拥有两千多头骡马，垄断经营着全西藏的羊毛和药材。帮达家族马帮的铃声，在茶马古道上整整叮咚了半个多世纪，在某种程度上他活跃了我们西藏的整个经济和物质文化的发展，也有力地促进了西藏跟周边国家，或是祖国内地的友谊与民族团结。所以，从民族团结角度也好，经济发展也罢，邦达仓都有非常积极的意义。

贡旦旺布还介绍道，比如说，我在1986年下乡，到日喀则的一个很边远的乡村去，有人问我是哪里的？我说是拉萨邦达家族的后裔时，一个老头子声称，他知道邦达家族。我都有点奇怪，那么偏僻地方的一个老头子都知道邦达家族。

邦达家族作为一个商帮，没有从吐蕃时代就可以算就的显赫出身和天降祖先的神话，也没有世代相传的尊贵谱系，全凭着自己的努力，昂首步入拉萨贵族行列的一匹黑马。

二

邦达仓与大多数拉萨老城里的贵族府邸一样，在外侧用一道毫无特征的厚重石墙将自己封闭起来，仅通过一道曾经辉煌的房门与外界取得联系，这让外来人很难从外观上一探究竟。那么，这座邦达仓大院里面到底是什么样的格局呢?

当清晨的第一缕阳光洒进来，圣城拉萨开始了繁忙且热闹的一天。

我们沿着弯弯曲曲的小巷漫步在八廓古街上，阳光懒洋洋地蔓延着，脚步在一幢幢散发着浓浓文化气息的古建大院前驻足流连，看着那一面面饱经风霜、写满故事的斑驳古老的石墙，时间似乎进入了一种休眠状态，让人不禁沉醉其中。不经意间，再次来到了绕赛一巷，就在这热闹街道的一角，静静地矗立着一座历史悠久的院落——邦达仓古建大院。

邦达仓古建大院位于我们八廓街的东南角，三十、四十年代，才开始有了那些水泥与钢砖，明显地维修过，房子是以前老院子的样式。 拥有比较高的艺术魅力和古建筑美学，是国务院特批的全国重点文物保护单位。其建筑形式和拉萨贵族府邸模式有着异曲同工之妙，为两层高的回廊建筑，围合出一处宽敞的庭院，北部则是镶嵌若干小院的三层主体建筑，建筑内部融合了一系列的生活空间，使得邦达仓大院在某些方面有着不同的特点。

我们可以从外围看到邦达仓大院的门牌，黑底的汉文、藏文和英语三种文字，四周铜做的边框都非常精致，铜铃的门环，大门顶上的样式底色一律用蓝色，门框上镶嵌有以红蓝黄三种颜色为主调构成的吉祥八宝图，用藏式绘画来精雕细刻而成，下面由白布帷帐围起来，无形中就有贵族庭院的一种特征，或是一个典型，不同程度体现了贵族庭院的一些豪华程度。

从东侧的小巷走进大院，只见每一根柱子都涂有鲜艳的颜色，描绘着传统的藏式吉祥图案，从天井上二楼的楼梯，也是当时从印度特地定制的，上面全包了一层光亮的铜皮。连接整个二楼的三面回廊、栏杆均雕刻出精美的花纹，与北部主体建筑正面相接，给人一种十分深刻的印象，整个庭院也渲染出了一层宏伟的色彩。贴花栏杆及铜皮包裹的楼梯更是显示出了当时贵族的奢华和品位。

廊顶的装饰，楼梯的扶手，每个房间的窗棂更是极尽精巧。共有三层主体建筑，曾按等级进行了严格分区，以前的邦达仓大院底层是贮藏室，中层是管家宿舍及家庭小佛堂。再往里面走，还见有两根四方形的石柱，都用各种藏族的花纹，包括两条龙，或是花草的样式等，都能体现出我们西藏建筑样式特色。

邦达仓总共有三个庭院，一进来的是最大庭院，往右手边有个庭院，再往里边走还有个庭院，北边有三层楼的构架，南边只有两层楼。

邦达仓的第二个庭院，还可以看得到楼房建筑的外墙以白色粉刷，窗洞四框均涂刷成黑色梯形窗套，窗口上挑出两层椽子的窗檐。窗户上面的装饰，花纹都具有鲜明的本地特色，在各种结构上都附着装饰图案，赋予建筑外观形象的一种十分惹人注目的意趣。这些建筑构件也反映了当时西藏本土建筑正越来越受到外来文化的影响，富有的贵族们不计代价地从各地运送来新型的建筑材料来装点自己的府邸。石头砌成的墙面也为整个房子高耸雄浑的建筑气魄增添几分色彩。

用石头做成的石梯地板应该没有修复，保持原样，一直延伸到二楼。

进入主体建筑内部，顶层则最为不同，有着大开间的窗户，富丽堂皇的卧室，雕刻有精美花纹的朱红木柱，无一不显示着主人的富有。还会有一种失去方向感的错乱，内部空间复杂，行进在其中，犹如穿行在八廓老城一般，为昏暗的光照和到处上上下下的楼梯增添了一种如迷宫般的惊奇。中间的庭院也为生活在其中的人们提供了自然采光的通风与庇护，也将这么大的空间分割成形态各异的部分。

从上面都盖上铜板来做成的木梯到了第三层，这也比较稀奇，只有贵族的府邸才有这样的楼梯建筑样式。缓缓上升至邦达仓大院的屋顶，这里的风景又“别有洞天”，既可远观八廓街四周的建筑及美景，也能俯瞰庭院内具有民族风的太阳伞下三三两两悠闲晒太阳的人群。置身于这样的建筑里，看着散发浓郁古朴之风房间内的一切，让人不由感叹：几百年来，建筑依然保持着它古朴的模样，而光阴却似长着腿般，匆匆地走过。散发古香古色的传统建筑，充满时代气息的青春活力，看似不搭，然而在这里，它们完美地融合在一起。

整座宅院形成了古朴典雅、庄严硬朗的风格，建筑考究、雕饰精美，细节上精益求精。整座建筑，既有灵秀之美，也不失沧桑古朴之美。每一间房，从外看依旧保留着当时的面貌。

漫步于邦达仓古建大院，此时此刻，你只需静静地走进去，感受悠悠岁月在这里留下的痕迹。

三

曾经辉煌一时的邦达仓大院，经过营业者颇具匠心的改造和装饰，如今变成了一座极具深厚文化底蕴的酒店——邦达仓古建酒店。

走进邦达仓古建酒店的院落，碧空如洗的湛蓝天空下，错落有致地摆放着一些桌椅，其上铺着条纹状的桌布，颇有民族气息。古老的建筑诉说着无言的历史，遵循“能小修的绝不大修，能用原构件的绝不更换新构件，风貌改造则沿用文物修缮方法”原则，修缮一新的邦达仓古建酒店散发着更加浓郁的历史芬芳，焕发着蓬勃的青春活力。它也成为西藏旅游的一张“新名片”。

经精心修复，邦达仓又以另一种面貌呈现在了我们的面前。既保留了原始藏式风格古建筑，既有灵秀之美，也不失沧桑古朴之美。每一间房，从外看依旧保留着当时的面貌，唯一充满现代气息的是如今房间经过改造，带有卫生间，更符合现代人的生活习惯。

从开发角度，我们更侧重于文化文物的遗址遗迹的拓展渠道走，也切合现在的实际。当然，现在由于各方面的原因，导致已有人出租，但愿只是暂时的。

伫立在邦达仓古建大院宽敞明亮的天井里，头顶一片蓝天，使人们恍若走进了那段历史的尘烟中，仿佛看到了曾经在这所“豪宅”里的生活繁华景象。人们往来穿梭，热闹非凡。也许当年买下这座老房子的昌都巨贾也未曾料到，多年过去后，他的这所宅院竟一如从前般“容光焕发”。

岁月荏苒，日月如梭，曾经“拥有大地，拥有天空”红极一时的“邦达仓”，已封存在人们的记忆里，而坐落在八廓街内的这座设计精致、古朴大方的院落，却在旅游经济蓬勃发展的今天，在政府大力保护古城建筑的新时代里，从悠久的历史沉淀中焕发出新的时代韵味与生机。

往日的历史故事已烟消云散，如今留下的只有这不可言喻的建筑，但依然不变的是它的精神内核。如果你有时间，不妨来这里坐一坐，到天井下面要一壶茶，聆听一下那一道道包裹着铜皮的楼梯和一面面饱经风霜的石墙，他们都在为你讲述着这里发生的传奇故事。

走过千年茶马古道

一

八宿县城通往拉萨的公路上已由过去的手扶式拖拉机、自行车、汽车、马车，全换成了客车、面包车、小车等川流不息。

望着路两边山上稀少的柳树或是柏杨树，风从东边迎面吹来，发出沙沙的响声，各种小鸟发出清脆的响声，咋有几分犹如林芝之感，特别是有些绿道旁，农牧民果园里的果树林，有葡萄、苹果、梨子等，红扑扑的果子，真有几分让人伸手摘取几个苹果，解解渴的欲望，也有几分让我们忘记还在西藏昌都八宿县之感。

太阳渐渐偏西了，就要落山，晚霞布满天宇之上，被镶嵌上金边的朵朵云霞，飘飘洒洒地游走着，东边山顶上金色的阳光在渐渐退去，沿道的小河奔流不息地向东方流淌着，在夕阳的辉映下，清澈见底的河水波光闪闪地流淌着，如乳汁般滋养着岸上的人们，其上偶尔也飞过几只小鸟，叽叽呀呀地叫着，歇下来在河滩上觅食，稍有动静就会向更远处飞去，蜿蜒盘绕的河流向东方……

风呼呼地吹拂着，随即沟道里暗了下来，感觉风也似乎有些凉森森的。

斜阳照射着八宿县城茶马古道上的驿站，一排排拔地而起的新式房屋建筑楼房，显得更加的巍峨高大。

藏族民居错落有致，洋洋洒洒地坐落在那里，有一番山清水秀之美。

藏族人的住房多为二层，并以二开间较为普遍。院子比较宽大明朗。阳光充足。地面多以石板或水泥地铺就，有的院子还砌有花台。畜圈和厨房一般都与主房分开，有的摆在主房两侧，有的建在主房对面，或摆在厢房里。

建筑艺术中，还特别重视门楼的民族独特风格。门楼装饰有泥塑、木雕、彩画、石刻、石屏、花砖等，组成一座串角飞檐、花仿精巧、斗拱重叠、玲珑剔透、雄浑稳重和美观大方的综合艺术建筑。不仅造型富于传统民族特色，而且在建筑的布局结构上也独具风格，不同于其他民族。其结构之严谨，造型之巧妙，令人叹为观止。此外，门窗和隔扇的木雕、墙壁的彩绘等部位，都异常精美，构图极其丰富多彩，手法多样，内容广泛，工艺严整。

更值得一提的是，一条遥远的茶马古道就从县城路过，也算是一个古老的驿站，诉说着大家熟知的茶马古道故事。

千年茶马古道，诉说着滇藏、川藏线万千背夫生生不息的命运历程，世代水乳交融，谱写汉族、白族、傣族、纳西族等与藏族历经沧桑的大爱轮回！民族团结因滇茶、川茶而凝聚，民族振兴由血泪而深厚。从文成公主进藏时起，藏民族与祖国内地就结下了深厚而坚固的友谊，彼此用最真诚、最崇高的民族感情维系着民族之间的团结和繁荣。在一千多年的时间里，维系藏、汉民族生存、团结、发展、繁荣的重要纽带，皆因绵延于川、藏之间那条用生命与汗水铺就的茶马古道！但是，由于种种原因，这条浸染着民族色彩的生命之路一直悄无声息地在历史的长河中沉睡着。

中华民族五千多年的历史长河，除了它深厚的文化基础铺就的基石外，还有一种昂扬于众民族之外的中华精神，这种精神让中华民族得以牢牢地屹立在世界东方。精神的宗旨是相同的，精神的力量是无穷的。云南、四川作为与藏族地区距离最近，包含毗邻藏族地区最多、最广的一个地区，义无反顾地承担着维系藏汉民族团结、发展、繁荣的重要使命。而事实也证明，云南、四川人民在千百年来的历史演变中，一直用浓厚的民族感情保持着与藏族人民的贸易往来，这种血浓于水的民族感情使两个民族之间达到了高度的团结与和谐。

在维系川、滇藏民族团结与和谐中，云南、四川茶叶被赋予了重要的历史使命。罗通达先生曾在一篇有关藏茶的文章中写道：从一千多年的吐蕃时代到21世纪的现代社会，茶一直是藏族人民不可缺少的生活必需品，从青衣江畔的雅安到千里之外的青藏高原，茶一直是藏汉之间经济和文化紧密联系的纽带，是祖国统一民族团结的见证……由此可见，藏茶所承担的历史使命和社会责任不可替代！

风雨茶马道，八千里路云和月；汉地藏之茶，一部民族兴衰史。藏茶的生产，以及茶马古道的意义显然不仅止于历史上的茶马交换，事实上它既是历史上汉、藏两大文明发生交流融合的一个重要渠道，也是促进汉、藏和其他少数民族进行沟通联系，是在情感、心理上彼此亲近和靠拢的主要纽带。这种生生不息的拼搏奋斗精神将在中华民族的发展历史上雕铸成一座座永恒的丰碑，千秋万代闪烁着中华民族的荣耀与光辉。

蜿蜒曲折的茶马古道，如同连接汉藏两地的血脉经络，流淌着浓浓的情缘。每一处弯折都是背茶汉子的冒险探索，每一个延伸都是藏家儿女的美丽故乡。

这条源起于千年之前的神秘古道，是西南地区民族经济文化交流的走廊，它不仅拥有壮美瑰丽的地理奇观，还蕴藏着开发不尽的文化遗产，是世界上绝无仅有的一条旅游精品线路。

茶马古道主要有三条线路：即青藏线（唐蕃古道）、滇藏线和川藏线。在这三条茶马古道中，青藏线兴起于唐朝时期，发展较早，而川藏线在后来的影响最大，最为知名。历史上，“茶马古道”几乎贯通整个昌都，这三条道路都与昌都有着密切的关系，其中，滇藏线和川藏线南、北两条道必须经过昌都。

滇藏线起自云南西部洱海一带产茶区，经丽江、中甸（今天的香格里拉市）、德钦、芒康、察雅至昌都，再由昌都通往西藏各地。川藏线则以今四川雅安一带产茶区为起点，首先进入康定，自康定起，川藏线又分成南、北两条支线。北线是从康定向北，经道孚、炉霍、甘孜、德格、江达、抵达昌都（即今川藏公路的北线），再由昌都通往拉萨等地；南线则是从康定向南，经雅江、理塘、巴塘、芒康、左贡至昌都（即今川藏公路的南线），再由昌都通向拉萨等地。

1957年后，国家修通了滇藏、中乡公路，各种物资、生活必需品源源不断地通过昌都运往西藏。彻底改变了“茶马古道”上人背畜驮的落后状况。

昌都境内现主要的交通干线有：川藏公路（包括北线和南线）。

川藏公路北线（317国道）：东起成都市红牌楼，经雅安、天全、泸定、康定、新都桥、乾宁、道孚、炉霍、甘孜、马尼干戈、德格、岗托、江达、妥坝、昌都、类乌齐、丁青、巴青、索县、那曲至拉萨。

川藏公路南线（318国道）：与川藏公路北线同道，在新都桥分岔后，经理塘、巴塘、竹巴笼、芒康、左贡、邦达、八宿、波密、林芝至拉萨。

滇藏公路（214国道）：从盐井到芒康与318线相接，经邦达、昌都、类乌齐、多普玛至青海囊谦。昌都境内（盐井至多普玛），公路长449公里。

省道303线：由邦达经洛隆，边坝、沙丁、比如、那曲至拉萨。邦达至沙丁段长507公里。至此“两横一纵”的交通格局，基本形成“干”字形的现代“茶马古道”。

茶马古道是昌都自然与人文旅游的一条重要线索，自然界奇观、人类文化遗产、古代民族风俗痕迹和数不清、道不尽的缠绵悱恻的故事大多流散在茶马古道上。它是历史的积淀，蕴藏着人们千百年来的活动痕迹和执着的向往。昌都与川西北、滇西北、青东南相交界，同时也是西藏的东大门，具有显著的区位优势，是滇、川、藏、青经济、文化交流的重要枢纽和通道。

茶马古道，起于中原唐宋最繁盛时期，兴盛于明清，民国到达其巅峰。穿行于深山密林沟壑纵横之地，连接着众多不同文化，不同信仰的民族。

在更迭变幻的历史长河中，各方文化相融合，紧密地联系在一起。

茶马古道，其地位早已不是一条普通的商贸通道，它更是一条纽带，一条连结文化沟通的桥梁。

茶马古道对于大家来说应是耳熟能详了，它是一种把云南、四川的茶叶源源不断运进西藏而建立的两地之间的团结友谊和特殊的茶马互市。发展至今，生活在西藏的茶马古道的后裔们还在不断延续之中，并在各行各业中作出了积极的贡献。

在茶马古道演绎着无数可歌可泣的故事，但在滇藏线上，有一个小小的驿站松桂镇，那就是生我养我的地方，我为之骄傲。

二

一队浩浩荡荡的马帮穿梭在深山峡谷，偏远山村，茫茫雪域高原，一串悠扬的铃铛声响遍四方，送走无数的春夏秋冬，日夜奔忙在茶马古道上。

茶马古道起源于唐宋时期的“茶马互市”。因康藏属高寒地区，海拔都在三四千米以上，糌粑、奶类、酥油、牛羊肉是藏族人民的主食。在高寒地区，需要摄入含热量高的脂肪，但没有蔬菜，过多的脂肪在人体内不易分解，而茶叶既能够分解脂肪，又防止燥热，故藏族人民在长期的生活中，创造了喝酥油茶的高原生活习惯，但藏族地区不产茶。而在祖国内地，民间役使和军队征战都需要大量的骡马，供不应求，而藏族地区和川、滇边地则产良马。于是，具有互补性的茶和马的交易即“茶马互市”便应运而生。这样，藏族地区和川、滇边地出产的骡马、毛皮、药材等和川滇及祖国内地出产的茶叶、布匹、盐和日用器皿等，在横断山区的高山深谷间南来北往，流动不息，并随着社会经济的发展而日趋繁荣，形成一条延续至今的“茶马古道”。

有史以来，云南与西藏就以一条悠悠的茶马古道相连，以一种特殊的茶马互市，把云南的茶叶源源不断运进了西藏而建立了两地之间的团结友谊，演绎着一段段感人至深，发人深省的情感，为世人留下了无数传奇与生生息息的故事。

该故事发生在20世纪的30年代中叶，中国西部川藏茶马古道的两个重要连接点，西藏的昌都和四川的雅安。

那时的茶马古道遥远而险峻，匪患成灾，割据的军阀之间时常蔓延着战火，这些都给靠背茶包进藏的背夫们带来极大的困难和生命危险。英国的新东印度公司继承了东印度公司的衣钵，大肆低价倾销外茶，妄图以外茶取代藏茶，从情感上割裂藏族同胞对汉地的联系，从而达到把西藏分裂出去，成为英国殖民地的企图。在西藏以大锅庄次仁的女儿波嘉为代表，在汉地以肖家、杨家为代表，掀起了一场反倾销反分裂的殊死斗争。其间肖、杨、李三家又交织了错综复杂的恩怨情仇和子女间的情感纠葛。加之追随风萧萧而来的日本女子英子，使这一纠葛更加复杂。特别是波嘉和肖家义子风萧萧之间的情感故事，奇特而耐人寻味，令人回肠荡气。詹姆斯·盖尔与曾在印度读书的波嘉有过一段美好的相处，他来西藏既是倾销外茶也是为寻梦而来，使之间的斗争显得并不单纯。再加之军国主义者佐藤为达到瓜分中国的目的，投靠詹姆斯·伯特（新东印度公司董事长）成为其帮凶共同对付藏茶。使得《藏茶传奇》在更大的空间和深度上展开了舞台。无论在藏族地区还是在汉族地区，老詹姆斯都安插得有隐藏很深的奸细，使故事情节的发展更为扑朔迷离，引人入胜。

折多山下。风高月黑之夜，一个黑衣蒙面人手持一把尖刀，从山坡上跃下，直扑不远处的四方客栈。次仁运茶去了拉萨，客栈的一间客房里，他的汉族妻子杨德香刚生下一个女婴。女婴似乎有某种预感突然停住了哭声，睁大了一双眼睛。蒙面人闯进房间，举刀上前。杨德香为救婴儿拼命抓住凶手持刀的手腕，抓断了他手腕戴着的一串珠链，珠子撒落到地上。凶手的尖刀刺进了杨德香的胸膛。就在凶手拔刀刺向婴儿时，窗外飞身射进另一蒙面人，挡开他持刀的手腕，一掌将他击退，抱着女婴跃出了窗外。凶手急切地在四处收拢散落的珠子。门外响起了脚步声，蒙面人只得从窗户中跃了出去。次仁留下照顾杨德香的索朗旺姆和客栈老板娘芷兰端了水盆和茶壶进来，见此凶杀现场惊呆了。芷兰扑到窗前只见一黑衣人踏着凌波步而遁。一道闪电划过天空，黑衣蒙面人回首，凶残冷酷的眼神定格在了芷兰的心中。杨德香的手掌中，攥着颗从凶手手腕上抓下的发着亮光的珠子——夜明珠。

茶马古道就犹如一朵绽放在雪域高原上的雪莲花，讲述着一段段生意人传奇，一段段人间真挚爱情，奏响了一曲高原茶马古道后裔们奔致富的凯歌。

汉藏和其他少数民族团结将继续，茶马古道的精神将继续，祖国的和谐永远继续！

我属于这片天空，不然为何会如此痴迷，如此魂牵梦萦！

心系老百姓 真诚办实事

——全区万名干部下基层昌都市八宿县联合工作组纪实

2011年自治区为加强基层建设年活动区（中）直单位驻村工作组培训会上了解到，为开展好加强基层建设年活动，自治区将组织一万多名干部进驻农牧区千余个村开展工作。这是西藏多年来时间跨度最长、选派干部人数最多、组织规模最大、覆盖面最广的一次活动。

近年来先后开展了“万名干部下基层、宣传党的十七大精神”活动、落实年活动、“反对分裂、维护稳定、促进发展”主题教育活动、“两帮助”活动等。根据区党委一年一个载体抓作风建设的要求，自治区还相继开展了廉政文化建设年活动、领导干部作风建设年活动、效能建设年活动等。这些活动，对于转变党员干部队伍作风、树立党员干部队伍形象、密切党群干群关系，起到了十分重要的作用，积累了十分宝贵的经验。

今年1月5日，区党委从推进西藏跨越式发展和长治久安的全局出发，决定在全区开展加强基层建设年活动，组织全区党政机关、企事业单位组成一千多个工作组，驻村入户、蹲点跑面开展工作，帮助群众解决实际问题，进一步增进与群众的感情，积极探索新形势下深入群众、服务群众、联系群众、宣传群众、组织群众的新途径新办法。这是区党委贯彻落实胡锦涛总书记重要讲话精神的一项具体体现。在全区开展加强基层建设年活动，是深入推进西藏跨越式发展和长治久安的现实需要，是不断加强干部队伍作风建设的迫切需要，是加强基层基础工作的重大举措。活动要求，派驻干部要努力为群众办实事、做好事、解难事，真正使广大农牧民群众切身感受到党和政府的温暖；通过驻村入户、蹲点跑面开展工作，认真解决影响基层科学发展的难点问题、影响基层社会和谐稳定的突出问题和影响群众生产生活的关键问题，做到干部在一线创业、措施在一线落实、办法在一线研究、问题在一线解决、作风在一线转变、典型在一线推广、矛盾在一线化解；积极探索深入群众、服务群众、联系群众、组织群众的新途径、新办法，在此基础上，理出一条清晰可行的科学发展思路；以改革创新的思路，进一步加强基层组织建设，引导基层深入开展创先争优活动，完善基层党员干部联系群众、服务群众制度，把基层组织健全，把基层力量增强，大力提升村级党组织的战斗力和村“两委”班子的向心力，筑牢干部群众反对分裂、维护稳定的坚固思想防线，真正为推进西藏跨越式发展和长治久安奠定更加坚实的基层基础和群众基础。

“我见证过旧西藏的黑暗、改革开放、西部大开发，直至现在的惠民富民政策，祖祖辈辈都没享受过如今这般好的新生活，过去连父母都办不到的事，如今让共产党做到了，党养你一辈子，房子坏了有人帮忙盖，得病了有人管，遇到了困难有人帮，万事都给你安排得妥妥帖帖，在过去谁能做得到呀！这可真正解决了我们的后顾之忧，以至让群众把对共产党的信仰超越了宗教的信仰，更加坚定了对党的信念，心连着党，也能够让我们这些老年人幸福生活，安享晚年……”昌都市八宿县一位白发苍苍的老退休干部握着联合工作组慰问人员的手，热泪盈眶，万分激动地说。还有为民办实事，积极主动解决农牧民的实际困难，得到感恩感谢的动人场面，在万名干部深入农牧区的宣讲活动中随处可见。

准备充分 积极动员

10月19日上午，昌都市八宿县联合工作组组长、司法厅厅长荣生同志紧锣密鼓地召集了区文联的副县级干事、影视家协会副主席秘书长杨年华，区党校的副教授次旺，以及全体工作组成员，对深入八宿县宣讲党的十七大精神和加强基层基础建设活动准备工作提前进行了精心周密的部署。对宣讲材料的准备、人员分工、交通工具、细化工作方案以及与昌都地委、八宿县委的协调沟通等相关事宜作了逐一安排协商。大家一致认为，每一名成员都要在充分认识开展此次活动重大意义的同时，真正把思想和行动统一到区党委的决策部署上来，抓紧时间，密切配合，齐心协力，明确目标任务，高标准严要求，按质按量地完成区党委交予的政治任务。还要结合当地的实际，竭尽全力地为民多办实事、办好事，绝不能为基层增加负担。

10月31日，联合工作组从拉萨风尘仆仆地出发，抵达八宿县的第二天下午，大家就拖着疲倦困顿的身子，召开了昌都地区八宿县“万名干部下基层”活动动员暨宣讲大会。荣生同志从三个方面作了动员讲话：一是深刻认识开展这次活动的重大意义，切实把思想和行动统一到中央的决定和区党委的部署上来；二是正确把握这次活动的指导思想、基本原则、主要任务和目标要求，确保活动积极稳妥进行；三是严格要求，密切配合，形成合力，务求这次活动取得实实在在的成效的同时，还强调要求，密切配合，相互支持；端正态度，求真务实；牢固树立群众观点，真心实意同群众拉近距离；严格纪律，树立良好形象。紧接着，联合工作组成员、区党校的副教授次旺作了宣讲。自此，八宿县深入农牧区进村入户宣讲党的十七大精神和加强基层基础建设活动正式启动。

调研慰问 为民办事

11月3日，八宿县联合工作组分9个小组，赴该县14个（镇）、村、机关和学校开展宣讲党的十七大精神、基层基础调研以及看望慰问“三老”人员和贫困群众活动。

宣讲人员采取组织干部群众集体宣讲，召集座谈、面对面交流，走村入户等方式，尽可能地用通俗易懂的语言，以高度负责的态度，严肃认真、由浅入深地严格按照区党委审定的宣讲提纲，紧密结合实际，向基层干部群众宣讲了党的十七大会议基本情况、会议主题；改革开放以来党团结带领全国各族人民建设中国特色社会主义的伟大历史进程和宝贵经验；当前和今后5年为全面推进我国改革开放及社会主义现代化建设、全面推进党的建设新的伟大工程所作的重大战略部署。

工作组成员与群众促膝长谈，真情交心。通过调研，工作组对干部群众的生产生活、群众对党的惠民政策的了解以及县委、县政府贯彻落实自治区和昌都地区的决策、指示精神等有了初步掌握，对当地在经济社会发展、维护社会稳定以及基层基础建设等各方面存在的主要问题初步做到了心中有数。为下一步帮助基层理清工作思路，明确工作重点，提出解决问题与困难的意见建议打牢了基石。深受基层干部群众的普遍赞扬。

看望慰问活动中，工作组向全县100多位“三老”人员和贫困群众敬献了哈达和发放慰问金52200余元，给他们带去了党的温暖，对党的十七大精神进行了宣讲，非常详细地询问了他们退休后的生活和身体健康状况以及困难群众的生产生活、增收渠道、子女上学等情况。有的同志还自己掏腰包帮助困难群众切实解决现实问题。其中，格桑群培、赤来等老同志表示，感谢党和政府的关爱，一致称颂，不仅党的领导好，国家政策与一系列惠民政策也好，坚决反对分裂，维护稳定，加强民族团结，一定要充分发挥余热，贡献自己的微薄之力。老干部洛桑群培同志向工作组的同志说，县里对各老干部政策落实得非常好，县里有决策性重要会议，还召集他们参加，为他们修建了老年活动场所，配备了健身器材，他们感到退休后的生活很充实，老有所养、老有所乐。作为党支部书记的他，每周都要集中退休干部进行集中学习两次，对上级有关精神及时传达学习。老干部嘎玛才旺动情地说，这几年八宿县发生了翻天覆地的变化，实现了经济快速发展，保持了社会局势稳定，人民安居乐业。

深入乡村 排忧解难

11月4日，联合工作组的一行人到各乡村调研解决实际困难，对茶马古道沿线上的白马镇多拉神山自然石刻画，美丽绝伦的燃乌镇自然冰川的旅游景点的开发利用、做好科学的整体规划；拉根乡的维稳工作，煤矿的开采，面粉加工厂，荞麦、蔬菜、苹果、核桃的种植业，藏猪、藏鸡养殖业，学龄儿童入学率、升学率，百姓的劳务输出，修路建桥；以及林卡乡的葡萄、梨子、西瓜的种植，酿造葡萄酒，合作医疗，“三老”人员，低保等工作进行了调研与指导。特别是对距离八宿县147.5千米，深受地理条件差，自然环境恶劣，地形复杂，沟壑纵深，土地贫瘠，植被覆盖率极低，畜牧业发展缓慢以及自然因素的制约，大大阻碍了经济发展，属全县的特困乡之一的卡瓦白庆乡作了全方位的调查了解。当他了解到卡瓦村因人畜共同饮水，而导致诱发群众的大骨节病，失去正常的劳动能力，严重影响了人们的身心健康，这是整个八宿县的一大困难，而解决问题的办法只有寻找水源挖渠引水，或是搬迁，工作组随即答应给七户需要搬迁的人家解决搬迁费用的要求。还给该乡的4户特困户及基层干部发放了慰问金10000元。初步同意在年前为拉巴村解决40000米牧场网围栏所需资金等。

在西藏自治区“万名干部下基层活动”接近尾声之际，为了尽快地让八宿县充分发挥出茶马古道上的优势资源，旅游业早日成为该县的主导产业，把此活动深入延续下去，于2007年12月1日，文联应县里文化扶贫的要求，派出了文联办公室副主任、西藏影视家协会副主席秘书长杨年华为组长，以从昆明邀请的三名影视专家为成员的文化扶贫小组奔赴八宿县，冒着冬天的寒冷为他们拍摄风光片、纪录片、专题片、画册，于2008年6月出版发行。

风光片《藏东八宿》，主要表现八宿县民风民俗、寺庙遗址、然乌湖冰川的秀丽迷人景观，多拉神山自然石刻画城，寺庙遗址，还有当年解放军进藏时留下的标语口号的红色景点等。通过对八宿县这样一个受自然、地理位置等客观条件的影响，旅游产业基础设施建设滞后，严重地制约了旅游业快速发展的县份，进行大力的宣传打造，充分发挥八宿县自身分布在茶马古道沿线旅游景点上的优势，利用自身资源，以然乌湖冰川景观为主，加大各景点的基础设施，软硬环境的建设，加大其在电视、网站、报刊、杂志等媒体上宣传力度，做好长远的规划策划，使旅游业逐渐成为前景可观的主导产业，滋生源源不断的经济效益，造福于人民。

纪录片《索桥上村落》主要反映该县共有4个偏远的乡镇交通不便，当地农产品运不出去，严重制约了经济的发展。由于公路不通，唯一的通道只有怒江索桥，百姓们苦不堪言。再加上该县农牧民大骨节病区分布较广，有四个乡镇之多，而且交通不便的他们更是属重患病乡镇。目前，全县的患病人数高达8000余人，重病人数多达1000余人，劳动能力完全丧失，严重影响了他们的生产生活。针对大骨节病的实际情况，从根本上解决其现状，让这些丧失劳动能力，生活陷入困境的特殊群体从根本上解决问题，只有搬迁，寻找一处适合村民生活的新环境，而落实此项工作，涉及面广，资金匮乏，需要媒体来加大宣传力度，争取外援，得到各方面的救助，解决具体问题，让群众早日摆脱困苦。

该纪录片在国内外各家电视台、媒体播放后，希望引起国内外人士的高度关注，并伸出援助之手，给贫困的乡村、家庭、困难人员援助物资与资金，来改变现有农牧民群众的贫困现状，改善他们的生活，提高他们的生活质量。宣传八宿县，提高八宿县，甚至昌都市的知名度。吸引更多的国内外投资者、旅游者，给我们百姓带来实惠，给我们县带来不可估量的经济效益。

情系雪域

——记北京援藏干部王守明下乡扶贫纪实

2008年7月的一天，朵朵白云高高地悬挂在浩瀚的天空上，一轮红日在东方延绵的山峦间露出笑脸，放射出火红的颜色。可谓霞光满天，云蒸霞蔚，炸开了天空璀璨的花。

此刻五色一样的彩霞已布满四周的峰峦山尖，映衬着高原的晨曦，只见和煦的阳光穿透层层白浪般的云，露出了笑脸，铺天盖地般照射向被称为“日光城”的圣地拉萨，织成了一种空灵的共鸣……

7月15日

中国文学艺术界联合会的王守明同志圆满完成了第四批援藏任务后，在大家的一致挽留下，转入中央机关第五批援藏团，继续在西藏文联对口支援。

此时，他和下乡扶贫的文联办公室副主任杨年华同志，办公室的达娃同志，老驾驶员王志成同志，以及文联的送行的相关人员在文联院子里等候西藏日报社的高先生他们了。

远远地见到高先生的车子奔驰而来。

9:38分，办公室楼前的大家向我们一行工作组的同志辞行，一声声祝福，一句句真挚的叮咛：“王副主席，这次下乡有1000多千米路程，路途遥远，特别是有些路段塌方，非常危险，那可是闻名了的，您可要保重身体呀……”还带着满脸疲倦的王守明副主席就一声令下：“出发！”两辆车就向昌都市的八宿县，我们的定点扶贫点瓦乡飞驰而去。

其实，大家心里都清楚，王副主席从昨天开始，就得了上吐下泻的疾病。谁都知道，好好的一个人，只要呕吐上一两次，再往厕所那跑上几次，人就消瘦了一圈，瘫倒在床，动弹不得了。王副主席也已经去过医院，吃了药，有了一定的疗效，但由于这病消耗的体力大，看起来还是憔悴不堪，脸色一点都不好，让人看了就心疼心碎。以致大家都为他担忧，都劝他再修整修整，养好病再去也不迟，可他依然坚持，谁劝都没用，大家眼看拗不过他，只好作罢。

即便车开动了，我还劝道：“王副主席，看你的脸色不好，我们要不先推迟一点时间，去医院再检查一下好吗？”

“不用了，我昨天已到过医院，不碍事的。”王副主席轻轻地摇了一下头，有气无力而又很坚决地回答道。

接着，大家伙又都劝他说，我看劝不住了，便趁大家伙劝说的工夫，心想，王副主席不听劝，为了以防万一，我得再检查一下昨天准备的药物以及物品，王副主席特别交代要买些糖果，到时给贫困农牧民的小孩的话，足见王副主席的细心程度。还有就是，火腿肠、密封的小面包、榨菜、卤牛肉、苏打饼干、四箱方便面、蔬菜、电筒、被子、雨衣、雨伞、水壶、饭盒、绳子、拉肚子的药、胃舒平、消炎药、感冒药、以及两瓶花露水等，而且，王副主席已经在拉萨形成了一种非常特别的习惯，包括休息日，他都像正常上班一样在办公室里加班，下午下班后，他回家匆匆吃完晚饭，当人们把电灯拉亮，跟家人欢聚在一起看电视，或是各忙各的事时，他会很准时地来到办公室加班，已经四年多了，从未间断过。昨晚，他即便病了，从医院回来后，又准时坐到了办公室的椅子上……想到这些，就让人感慨不已。

车内死气沉沉的，我想缓解一下王副主席的病痛，于是小声地问道：“王副主席，你能否给我们谈谈如何来西藏援藏的事吗？”

王副主席动了动身子，从前座上回了一下头说道：“自从第三次西藏工作座谈会召开后，全国人民支援西藏，特别是实施西部大开发以来，我就关注西部、西藏，不管是在报刊上，还是电视上，使我逐渐喜欢上了西藏，想了解西藏的风土人情、民风民俗、经济发展等信息。直到现在，在我的影响下，我和我的爱人都养成了观看西藏频道的习惯，家里人也总想在电视上看到我呢……”

“我想也是。”

王副主席停了一会，又接着说道：“我的这个想法已经在脑海里酝酿许久了，可中国文联就没有援藏的名额，直到2004年，我们西藏文联的领导来北京争取援藏名额开始。”

那是2004年的一天，王守明志愿报名参加了北京第四批援藏队伍（中国文联是第一批），经多方严格考核，层层体检，王守明在几十名干部中脱颖而出，毅然别离了家人，坐飞机踏上了来西藏的征程，一路的风尘仆仆，兴奋得嘴里哼着歌儿：“是谁在天地间自由的飞翔，啊！神鹰，你把我的思念带向远方啊！远方。心儿伴随着神鹰飞向那远方，要离开城市的灯火和蓝色的海洋，当那梦想成真，走进宽敞的机舱，俯瞰天外世界，止不住热泪盈眶，父辈们朝圣的脚步，还在回响，啊！神鹰、神鹰，我已告别昨天，找到了生命的亮光，哦，摇摇滚滚的风，哦，飘飘洒洒的雨……”

……

到了拉萨，从几百米海拔上升到接近4000米海拔的环境，当天，王守明的高山反应还有些明显，心跳超速，呼吸沉重。但王守明为了尽快进入工作状态，忍着身体的不适查阅文件、资料来熟悉西藏文联的工作。同时文联也给王守明安排好了日常生活所需用品，领导还经常嘘寒问暖，使王守明更加坚定了在藏工作的信心与实现自己多年的“鸿鹄之志”的理想。

是的，在以后的具体工作中确实得到了证实。

王副主席来到文联后，军人出身的他，给他的第一感觉就是西藏是祖国的神圣领土，其战略地位对国家的安全十分重要，守卫边疆、建设西藏是他义不容辞的责任，说实在的，也是他一次人生转折的重大考验。

他为了尽快地适应工作，在没有任何经验可借鉴的情况下，他一方面开展调研工作，尽可能多地搜集西藏各方面的情况，购买了大量有关西藏知识的书籍；另一方面为自己拟定了详细的援藏工作计划。制定了一系列的工作思路：一是依靠中国文联和全国各文艺家协会，自治区党委政府，西藏文联党组和主席团，西藏文联的广大干部职工；二是借助在中国文联的工作经验，结合西藏文联实际，打造文化品牌，提高西藏文联的知名度；三是努力争取经费和项目，开展文化产业和三产，改善西藏文联办公条件和职工生活条件；四是发扬"老西藏精神"，真抓实干，以实际行动影响广大干部群众；五是积极接受西藏文化熏陶，不但要做一名懂政策、会管理的领导干部，还要在文化艺术上提高自己的修养，做一名名副其实的文艺工作者。他很快就投入到了繁忙的工作之中。

四年多以来，他连节假日、休息时间都没有放过，做了不少有目共睹的实实在在的事，得到了大家的一致赞誉。

也许是触景生情，也许是与去年一样的沿途景色跌撞而来，不觉使此刻还在隐约疼痛的王副主席，回忆起了2007年差不多同时候去昌都扶贫的往事来。

说到底呀！去瓦乡扶贫深入到各村，其实是一次自我挑战极限的生命体验，让他终生难忘，也终身受益。

2007年4月28日晚，由他带队的扶贫考察小组一行4人到达八宿县，黄县长和县扶贫办的同志接待了他们，当他们提出第二天上午就到瓦乡实地考察时，黄副县长笑着介绍：虽然从地图上看瓦乡距离县城并不远，但因为大山的阻隔，根本没有直达那里的路，去瓦乡要开车从八宿县绕行250公里到达怒江边，然后过溜索桥到对岸，再一半骑马一半步行，跋涉两天才能到达瓦乡。他们按照黄副县长的建议调整计划，第二天备齐食品、被褥、马搭、手电等物品，第三天天没亮便离开县城，一路疾行，下午赶到了同卡乡境内的怒江边。眼前的怒江两岸山峰陡峭如斧劈刀削一般，滔滔江水之上横亘着两根钢索，四只滑轮吊着角钢焊成的油箱，晃晃悠悠地滑向对岸。江对岸半山腰悬挂着的那条羊肠小道，是通往夏里乡的路。踏上小道的那一刻，他们就要依靠马匹和自己的双脚走进瓦乡。

夏里乡派出的马驮队在江边迎接他们。村民们把行李放到马背上绑好，他们分别跨上马鞍。考察小组的人都不曾骑过马，马一走动，便觉地动山摇，全身僵硬着不敢动弹。遇到山体滑坡严重和下山路段是不能骑马的，只能牵着马走，就这么骑马加步行一路奔波，晚上9点他们才赶到夏里乡，这里距瓦乡还有一天的路程。

从夏里乡去瓦乡那天是“五一”国际劳动节，一大早他们继续骑马赶路。越往前走山路越加险峻，许多路段马匹走上10多米就要停下来大口喘气，就这样走走停停转过一个山头，马队突然停了下来，原来是一座大雪山拦住了去路。这是一座海拔5400多米的高山，山上覆盖着厚厚的积雪，夏里乡的一位村民牵马试着向上攀登，马匹一下子陷到没肚子深的雪里，村民只好把马拉了回来。眼瞅着马是不能过雪山了，大家只好把行李卸下，徒步翻越雪山。

夏里乡的村民们背着行李，他们背着照相机、摄像器材，大家手脚并用吃力地向上爬。尽管有经验的村民们带他们挑雪浅的地方走，但有时一脚下去雪还是没到大腿根。越向上爬海拔越高，空气越稀薄，人徒手向上攀登十分困难，何况身上还背着沉重的器材。他们几乎是一步一停歇，张大嘴巴拼命呼吸，急促跳动的心脏快要蹦出了胸膛。那是让他刻骨铭心的两个半小时！那是让他永生难忘的两个半小时！当他豪迈地站在雪山之巅俯仰天地时，真的是心潮澎湃、感慨万千！在54年的人生历程中，在援藏扶贫的征途上，他能够有幸徒步翻越5400米的雪山，是一次多么难得多么珍贵的生命体验啊!

上山不易，下山更难。中老年人的膝盖像缺油的轴承，每走一步关节都刺痛无比，他咬牙强忍疼痛，连续行走3个多小时，终于到达了瓦乡的瓦巴村。晚饭后去河沟洗脸，每个人的脸都火辣辣的，大家互相望着，发现彼此的脸都通红通红的。第二天早上脸已经不能碰了，接着就开始肿胀变形、大面积脱皮；如果半个小时不开口说话，上下嘴唇就粘在一起了，必须用水浸润之后才能张开。肿胀、脱皮、皴裂、破溃，他们那张“破碎的脸”让瓦乡干部群众既心疼又感动。后来他才知道，之所以会出现这么严重的后果，是因为被白雪反射的紫外线严重灼伤所致。

瓦乡的4个行政村分散在4座山上，7天时间他们深入到农户、学校、考察了每个村的实际情况，每去一个村都要翻山越岭走上一整天。陪同他们的乡干部曾说：“你们城里人看到雪山都兴奋欢喜得不得了，我们看到雪山就恼火！”当他亲身体验之后，才深刻理解了这位乡干部的话里包含着多少无奈和心酸。

瓦乡实在是太困难了！困难到热心的乡干部和村民们竟然拿不出一顿像样的饭菜和一间像样的房间来接待他们。白天搞调研，他们吃的是自带的干粮，晚上休息时，几个人围着柱子睡在村干部家的地上。因为考察工作的需要，他们必须在瓦乡多待上一天，最后一天，扶贫考察小组和陪同的乡干部已经没有干粮可吃了。

瓦乡的困难真真切切地摆在他们眼前，各村小学1–3年级的孩子们挤在一间又黑又小的危房里上课；教师吃、住、办公都在一间低矮破旧的土房里；夏巴村因大骨节病肆虐而致残的成人与孩童及重病缠身的农牧民蜷卧在卡垫上……他们的眼在流泪，他们的心在流血！面对孩子们执着的坚忍，面对乡村干部热切的期盼，扶贫考察小组的同志为之震撼、为之动容！

由于土地贫瘠，气温偏低，瓦乡的粮食产量极低，每年4~6月为缺粮期，必须给予救济；由于没有医务人员，农牧民看病吃药十分困难，亟需建立卫生所，培训乡村医生，补充药品。政府给瓦乡配备的药品也因为不通公路很难运进去，村里的危重病人更是无法送到县医院救治，学校老师的粮食蔬菜无法供应，去县城买粮往返一次需要10多天的时间，为了少跑两趟、多背些粮食，他们只好放弃吃菜；修公路是瓦乡干部群众最为迫切的愿望；由于没通电，除靠太阳能蓄电池照明外，农牧民家里没有其他的家用电器，乡政府和小学校也没有电脑等办公、教学设备，只有尽早解决电力问题，才能让大山深处的农牧民了解外面的世界，让孩子们通过网络接受现代化的教育；由于缺少资金，三所小学的教室都是危房，1–3年级学生混坐在一间教室里上课，而且有的教室里没有课桌椅，老师没有办公室，筹措资金，改善办学条件是扶贫工作的重中之重。

四年多的援藏期间，他走遍了西藏七地市60多个县的数百个村镇，瓦乡是他见过的最艰苦、最贫穷的乡村……

车内略显得有些安静，只见王副主席由靠在座椅上沉睡变成了直立状，大家心里不由得暗自高兴。于是，在我的示意下，达娃向边觉师傅建议，能否放一会音乐，轻松轻松。边觉师傅心领神会地打开了录音机，车内立即响起了《青藏高原》的歌声。

“呀拉索，哎……是谁带来远古的呼唤，是谁留下千年的祈盼，难道说还有无言的歌，还是那久久不能忘怀的眷恋。哦，我看见一座座山、一座座山川，一座座山川相连，呀拉索那就是青藏高原。是谁日夜遥望着蓝天，是谁渴望永久的梦幻，难道说还有赞美的歌，还是那仿佛不能改变的庄严。哦，我看见一座座山，一座座山川，一座座山川相连，呀拉索，那就是青藏高原……”

大家的情绪被带入歌里，雄心犹然。

12:30分我们来到工布江达县松多镇的一家小饭馆里，眼看着王副主席的脸色大有好转，精神也好多了，他趁饭菜还没上来之际，从摄影背心的口袋里拿出来了一小袋药，打开正准备吃呢，我见了觉得有些奇怪，便问道：“王副主席你吃的是什么药呀？”

只见他笑了笑，眨巴了一下眼睛，回答：“这是我从北京来援藏时，从医务室取的，很管用的。”

“王副主席都什么时候的药了，怕是过期了吧？”我一面说着，一面拿过药一看，不觉大声地叫道：“王副主席这药都过期了好几年了，不能再食用了，否则后果不堪想象，达娃，你还是从车子里取点药给主席吧！”

我们匆匆吃过饭，一行人又上路了。

于7：10分我们到达林芝市的鲁朗县，边觉师傅直接把车开进了鲁朗县政府宾馆，此时，王副主席又发话道：“我们还是住对面的小招待所吧，宾馆可要100元呢，而对面的只需15元，挺干净的，还不错。”

与我们同路的赵先生有些不愿意地小声说道：“这王副主席也太抠门了吧，根本不像是北京来的，倒像个地地道道的老农民！”

我听到了赵先生的怨恨声，不觉凑上前悄声解释道：“不是老农民，是节约！作为西藏文联副主席，主要分管行政、财务、基建、文化活动、项目运作以及西藏摄影家协会工作，同时还分管自治区分配给文联的定点扶贫工作，如是大手大脚，不以身作则，那还了得。”

我如此这么一解释，大家也就没再吭声，随便吃了点饭就上床睡觉了，第二天，我们还得赶路呢。

7月16日

东方升起霞光万道，太阳刚刚从山顶露了出来，照得金黄的山林在晨曦中明暗清晰，好似层林尽染，一朵朵白云潇潇洒洒地随意飘落在半山腰，或是山峰尖，因而显得更加巍峨壮丽，雅江的水不停地翻滚流向远方……

我们等不及鲁朗镇的人们沸腾起来，趁他们还在沉睡，就急急忙忙吃了点早餐，一行人又开始上路了，时间正好是8：30。

车在前行，随着音箱里又传出美妙的“在每一天太阳升起的地方，银色的神鹰要去古老村庄……是谁在天地间自由的飞翔，啊！神鹰，你把我的思念带向远方啊远方。心儿伴随着神鹰飞向那远方，要离开城市的灯火和蓝色的海洋，当那梦想成真，走进宽敞的机舱，俯瞰天外世界，止不住热泪盈眶，父辈们朝圣的脚步，还在回响，啊！神鹰、神鹰，我已告别昨天，找到了生命的亮光，哦，摇摇滚滚的风，哦，飘飘洒洒的雨……”歌声时，赵先生又开口问道：“王副主席，你们去昌都下乡，为什么不乘飞机呀？那多省事呀？反正也是为了工作，提高工作效率嘛！”

“不行的，我们可不能像你们老板哪？”我接过话回答。

“我真是想不通，又不是自己掏腰包，何必受苦呀？”

“赵先生，这你就不懂啦，我们不仅有财务制度，还有我们定点扶贫乡的群众仍然处在贫困线上，人心将心嘛……”

赵先生似懂非懂，却不再言语。

我接着说：“我们西藏文联的定点扶贫地瓦乡地处八宿县西部，海拔3400~5400米，由于自然环境极为恶劣，瓦乡至今不通公路，也没有电力设施。”

“还要过索道呢？”达娃冷不丁地说。

此时的王副主席也开腔说道：“是呀！瓦乡是我带领西藏文联扶贫考察小组历经艰难实地考察、亲身体验之后，才更加深切地感受到扶贫任务之艰巨，而且刻不容缓。”

见王副主席说话了，我也大声问道：“王副主席，你们去年的扶贫工作是如何落实到位的呀？”

王副主席摆正了一身子，打开了话匣子。

从瓦乡回来后，我向文联的领导进行了专题汇报，经过反复讨论商谈重新修订了扶贫计划，并着手实施。

今后，西藏文联将节约开支挤出部分资金，并动员干部职工集资捐款，在每年青黄不接时购买1万斤粮食送到瓦乡各村农牧民家中，同时为特困户送去衣被等生活必需品，为小学生送去新校服。

请中国文联给予支持，在瓦乡各村建立希望小学，学校建成后逐步配置图书、电脑、体育器材等设备，使瓦乡的孩子们能在安全、宽敞的教室里接受现代规范教育。

广泛动员社会各界力量，积极寻求社会资助，争取尽早在瓦乡建立卫生所，解决农牧民看病治病以及卫生防疫问题。

我们还打算积极联系卫生部门关注夏巴村的大骨节病防治问题，联系水利部门帮助瓦乡解决各村饮用水和基本农田灌溉问题，联系电信部门、广电部门解决瓦乡两个自然村的卫星电话和电视接收系统问题。

2007年10月下旬，我亲自把第一批扶贫物资—100套学生服装、1台笔记本电脑、1辆北京战旗客货两用车送给瓦乡政府，用以解决学生校服、乡政府移动办公和文件传输联络，同卡至八宿段粮食、蔬菜、药品等急需物资的运输，以及危重病人的转诊救治问题。

党的十七大进一步提出为全面建设小康社会的奋斗目标，我作为一名中央面的援藏干部，扶贫是我的责任之一，我将在做好西藏文联对口支援各项工作的同时，尽最大努力，克服一切困难，帮助瓦乡摆脱贫困，向小康社会迈进。

晚上8：30分到达八宿县城，在那儿等候已久的八宿县领导张新成书记、四郎多吉县长、人大常委会主任达娃、瓦乡的杨书记等一行人，让我们工作组先吃饭垫垫底，可王副主席却说：“我们已在波密县吃过了（其实都已经过去好几个小时了），我们先研究一下明天的工作安排吧。”

刚住下，擦了一把脸，大家就来到了王副主席的房间，一碰头，我们才发现，由于瓦乡的驼队，最近几天下雨了，一时赶不过来，再者，这条路线也实在危险，县里放心不下，我们只好另辟蹊径前往瓦乡。

直到晚上9：20分，我们在饭桌上还在讨论第二天的工作日程……

7月17日

上午8:30分，我们吃过早点。天空有些不作美，下起了蒙蒙细雨，县领导一再要求我们休息一天，可王副主席执意要走，没有办法，县领导只好安排了预先定好的捐赠仪式。

9：10分，大家在县委大院冒雨举行了“捐赠一万斤粮食（20000元）和风光片《藏东八宿》10000张光碟（38元×10000张=380000元），纪录片《索桥上的村落》，专题片《藏东八宿谱新篇》，摄影画册《古道八宿》3000册（3000册×280=840000元），折合人民币1420000元的仪式。”

更不巧的是，雨越下越大，县领导又来劝说，都没能说服王副主席。可我们在县粮食局里购买的一万斤粮食（面粉和大米）怎么运上山的问题，又摆在了大家的面前。我们只好迎难而上，让县里帮忙找了一辆东风汽车，到仓库里装粮食，可大家伙刚把粮食往车上一装，才发觉，事情远比我们想象的还要糟糕得多，车厢帆布像小老鼠咬过一样，到处漏着雨呢。大家只好碰头研究，还是王副主席有经验，果断地说道："杨主任你带上边觉师傅，立即到街上买一些雨布回来，记住要保证车厢板铺一层而外，粮食上面也要盖。"

"好的，王副主席你就放心好啦！"

如此这般，好像折腾的时间也不少，直到11：20分我们才把东风车装好。

大家好不容易上路了，车刚刚驶过怒江大峡谷，又要攀爬闻名遐迩共有108弯的怒江大山，我们刚喘过气，没驶出多远，柏油路就换成了土路，虽然山不算高，但此路已经多时没有人维修，坑坑洼洼，感觉就是一条自然形成的路似的，走起来特别的艰难，更不用说提速了，路况之差，真让人难以想象，甚至跟乡间小道差不了多少，既窄又高低不平，平时120至130的时速，只能30余千米的速度，两辆"4500"越野车，如甲虫一般颠簸在土道之上。车内的王副主席稍不小心，头就会撞到车窗，只好时时抓牢扶手。

一路的歌声也被时不时的惊叹声，或是小声的怨恨声所替代，真让人有些受不了，感觉五脏六腑都要被颠出来了一般，心慌头也疼了，我都想喊出声了，可看了一眼大家伙，也就忍住了，此时，随同的洛桑副乡长倒开口了："大家要坚持住，很快就到镇里了。"

"大家要挺住，不管怎么样，我们坐的是车子，明天开始，我们得用脚去丈量，骑马爬山了。"王副主席突然开口说道。

随着王副主席的声音，车还在艰难地前行着，好似蜗牛一般。200余千米的路，直到下午6：06分，太阳都已经放出残缺的霞光，染红了半边天，我们一行才抵达同卡镇。

那儿的镇领导，还有早就等候在那里的泽仁江村副县长等一帮人急忙把我们迎进了招待所，可大家刚把床铺安排好，王副主席又把大家召集在镇里的临时会议室里。

于6：10分，我们开始研究第二天的行程，并认真听取了泽仁江村副县长，瓦乡赤来旺堆乡长的汇报。

瓦乡地处藏东怒江高山峡谷地带，地理位置十分险峻，是八宿县不通公路、最为贫困的三乡之一。由于生活无法保障和办公条件不具备，目前瓦乡政府是在夏里乡与夏里乡政府合署办公，乡干部每年春、夏、秋季到各村布置、检查工作2~3次。乡与各村之间及村与村之间只有非常狭窄危险的骡马驿道，冬季大雪和夏季大雨道路将中断。道路通畅时也只能一半骑马，一半步行。交通的不便给生活在这里的村民带来了极度的贫困。

瓦乡共有4个村委会；7个村民小组；94户人家；572人，其中男279人，女293人，劳动力229人；总耕地面积1248.15亩。全乡共有4个村党支部，群众党员35名；一座寺庙，3个教学点。2006年人均收入1510.56元，其中现金收入821元。

修建通往夏里、瓦乡、拥乡的公路已全面开工，两年内可完成到各乡政府的公路，但要等怒江大桥建成后才能通车。大桥已进入招标阶段，已在建设之中，预计要两年半建成，全线通车约要三年。

乡政府工作条件极其简陋。由于交通不便，给乡政府干部及当地工作人员带来了生活上的困难，连基本的吃饭问题都不能保证。所有粮食和菜类都是他们自己去县城买回，从乡政府到八宿县城，要骑五个小时的马，再从怒江边爬四个小时的山才能到通公路的同卡乡，如若在同卡乡能够搭上顺路的车，还要近一天时间才能到达县城。如此，给乡里的干部和工作人员带来了生活上的极度不便，他们随时都有可能断粮停炊。尤其是各村小学的老师，他们更是常常无菜可吃，无米下锅，他们要自己翻山越岭到县城买粮、买菜，来回一趟要一个星期，苦不堪言。

瓦乡所属三个村的三所小学的学生都是在简陋破旧的危房里上课，另一个村子没有小学。教师没有住房和办公室。瓦巴村小学是在一座老屋里上课，老屋里光线黑暗，桌椅简陋不说，且时刻都有坍塌的危险。夏巴村小学只是一间不足60平方米的一分为二的房屋，里间是两个老师的卧室，外间便是教室了。茹帕村与前两个村小学比较相对好些，有两间教室。而居住在山顶的雪科村连如此破旧的小学也没有。

雪科村受盘羊侵扰，严重影响庄稼收成；夏巴村因水质等原因，造成多名少年患大骨节病。该村20岁以上的人没有大骨节病，20岁以下患大骨节病的人越来越多；特困户无钱修建安居工程住房。当地村民建一套住房需要3万元，对特困户政府补助2.5万元，要房子建好后支付，但他们无力支付；贫困户买不起太阳能照明灯；村里缺医少药，群众看病十分困难，病重的人也很难送到县医院治疗；多数村民因缺粮而吃不饱肚子，每年有两个多月的断粮期……

7月18日

上午7：10分我们起床，吃了点方便面，就准备装车上路。

在晨曦中，同卡镇政府的工作人员为我们送行，大家就像亲人别离一般落着泪。一位镇干部控制不住情绪，带着哭腔说道："王副主席呀，你去年也是从这里出发去的瓦乡，当时正值隆冬，天上飘着雪花，我们都劝你不能进山了，你却执意要去，当你回来时，整个人都仿佛变了，脸上脱了一层皮，嘴巴都干裂了，真让人心痛……"

"是呀！王副主席，大家都被你的这种精神所感动，特别是四郎多吉县长也多次提到你的事迹，号召我们大家向您学习呢！"另一位老同志也说道。

王副主席再也压制不住自己激动心情，高举起双手，回过头高声说道："是你们大家给了我重上瓦乡考察的勇气与决心，谢谢你们才是呀……"

看着此情此景，也让王副主席想起了自己跟就职于《中国摄影报》总编助理、编辑部主任的爱人李京津分别时的情景来。

由于他自己长年累月地回不了家，两口子也没小孩纠缠，李京津只好来西藏看望丈夫，可都来了好几次，每次来都想象着和别的家庭一样，让王守明抽空带她四处游览，可没有一次实现了愿望，总是被繁忙的工作绊住脚，把她一人丢在家里。

这不，此次来藏探亲的时间都到了，王守明还在忙自己繁琐的事务，正在筹备一次世界性的摄影展览，还有举办由西藏自治区文联、西藏自治区文化厅、西藏自治区广播电影电视局、西藏自治区教育厅、共青团西藏自治区委员会联合举办的“格拉丹东”杯首届全区少儿歌曲创作大奖赛，一切准备妥当，领导也邀请好了，可财政下拨的资金不够，王副主席只好发动大家积极筹措，四处求爹爹告奶奶才找到了10余万元的赞助金，总算有惊无险地圆满完成了此次活动的任务。

等王副主席把手头的事忙完，李京津也该回北京了，王守明紧紧拉住爱人的手，感动得热泪盈眶，总觉得对不起爱人，轻声说道：“我对不起你，你的这么一点小小要求，我都无法满足，我……我欠你的实在太多太多了……”

而贤惠通达、善良干练的妻子，也流着泪说道：“守明，我不怪你，我知道你的工作忙碌，热爱西藏，甚至迷恋西藏，你就安心地在西藏工作，注意身体，注意休息，注意饮食，北京那边的事有我呢，有我……你就放心……”

王守明看着远去的车，好久好久都放不下高举的手，直到车消失在茫茫的大道上，他才惘然若失般走回到了自己的办公室。

上午7：50分，我们的车缓缓前行了。

当车穿过非常狭窄的山间小道，很艰难地开到怒江边上时，已经是10：20分了，仅十来公里的路，硬是走了两个多小时，也到了该与车辆说声“再见”的时候了。

更让人意想不到的是，对面负责搬运粮食的农牧民还没到，说是他们正在过一个什么节，好像是庆祝青稞收割的日子，大家都忙于欢度节日，找人很难，一时半会来不了人，而东风车又要返回县里，没办法，我们几个人只好自己下起粮食来，每一袋不是很重，可讨厌的是，白色的面粉黏人，等把一车粮食下完，大家伙都成了白面人，面面相觑，相互逗乐，笑得前仰后合。

又过了一个时辰左右，夏里乡外八村的农牧民们才出现在江边的岸道上。

我们下车的地方离索道口还有些距离，农牧民们还得穿过悬崖峭壁上的小道，才能把粮食一袋一袋地运到索道口，那么高的悬崖，往下一看滚滚波涛，奔腾不息的怒江，让人心就会不自觉地怦怦直跳。

粮食一袋袋地从索道上运了过去，是该轮到我们上索道了，不觉有些头昏脑胀，暗暗思索将如何过索道呢？我再看看王副主席，却一脸满不在乎的样子，我索性把眼一闭上了索车，只听索轮在不停地吱呀吱呀叫唤着，万丈之下是翻滚奔流不息的怒江，感觉时间好似停了一般，也不知过了多久才抵达彼岸，随着索道慢了下来，我一看还离岸足有四五米远，只见一村民把绳索的铁钩往身上一挂，四肢便倒挂在铁索上，很麻利地爬了过来，一点点地把我们拉到了岸，到了此时，悬着的心才算落了地。

粮食是运过了怒江，可如何把粮食运到夏里乡政府，江村副县长只好发挥自己是八宿县“拥瓦公路”指挥部总负责人的优势，把工地上正在施工的拖拉机调了过来运输粮食，可江边离夏里乡政府还有十来千米的距离，路况又很差，估计了一下，一共四辆拖拉机，来回六次方可装完，最少也得天黑才能运完粮食。

王副主席跟我们一合计，一行工作组只好分成两个组了，达娃他们一组坐拖拉机，跟随拖拉机队先去乡政府，我和王副主席、李师傅三人前去拥乡考察校址的事，等把一切安排妥当，王副主席又说道：“年华你先把请来的10名农牧民搬运工的钱结了。”

我回答着：“好的！”便走到离这最近的外八村请来的等候已久的10名农牧民搬运工面前，把250元的劳务费交给了他们，我本想多给一点工钱的，即便自己掏腰包也可以，可我又想起了泽仁江村副县长的交代，劳务费不能给得太多，要按规矩来，否则我们后面的工作组付钱时，就麻烦了，要给他们付必要的劳务费，但不能养出坏习惯来。想到泽仁江村副县长的嘱托，我把伸向口袋的手缩了回来。

当我走上一个小山坡，一看时间已是下午4：10分了，由泽仁江村副县长带队的三辆摩托车已经停在了那里，等我们上车了。我一看这路够吓人的，说路，也就是农牧民们刚刚修的毛糙路，沿着怒江边的山崖上修建而成的弯弯曲曲的羊肠小道，而且全是石头子，有的地段狭窄得不能平着两人走。其实，这条路我已经是第二次享用了，去年，拍纪录片、风光片、摄影作品集的时候，也走的这条路，正当我迟疑之际，王副主席又开口说道：“去年，我们下乡时，索朗就怎么也不敢上摩托。”

“这也难怪人家，这路也够考究的。”我回答。

“总之，大家要小心，千万马虎不得。”

我借机指着我们的摄像师，半开玩笑地说道：“李师傅，你可不能当第二个索朗，让我们大家都陪你！”

“杨主任你放心好了，我不但不会当第二个索朗，而且还会出色完成拍摄我们的纪录片《摩托县长》的任务。”

我们说着都上了车，前次我就惊讶骑手们的车技，这次更加地佩服了，即便在这样坑洼不平，曲折的土路上，有时还要过河过沙滩，上陡坡，可摩托车依然如走平川，这也是我们要策划拍纪录片的原因，正因为这里的工作人员，因道路不通，完全为了工作，不知有多少次穿梭在这条道上，才练就了这等硬功夫。说实在的，他们的车技如是参加全国摩托车大奖赛的话，他们是不会示弱的，也有可能脱颖而出夺得桂冠呢。当然，也有几次，明显地感觉到，离翻下怒江只有毫厘之差了，惊恐之余，也有几分侥幸心理。

不知为啥？飞快行驶的车突然停了下来，一问才知，山崖上有岩羊，我们顺着泽仁江村副县长手指的方向，就见有三只岩羊攀爬在悬崖之上，不时地塌落下石头子，有的石子落在了路中间。

正当我们看得发呆的时候，泽仁江村副县长说道：“这个时候，也是我们最当心的时刻，万一岩羊塌落的石头砸着工作组的领导咋办？我们接待的每一个工作组，县里的领导一再吩咐，千万要保证领导的安全，可这条路的危险系数实在是太大，有时会让你防不胜防，我们也是捏把汗哪？”

当听了县长的话，本来想安慰几句，可心里却酸酸的，反倒说不出话了，暗暗流下了的泪珠。我看了看王副主席，因为他戴着一顶太阳帽，一副墨式眼镜，看不太清楚，可从他一言不发，只是呆呆地看着前方的姿态上估计，心情可能跟我们差不多，甚至……

下午5：50分，我们抵达拥乡。近处看拥乡，就好似祖国内地的一个小村庄，四面环山，前面有一条清澈见底的河，让人感觉非常的奇怪，我们路经八宿县的所有河流，不管大小，全是浑浊的，唯有这条河有些特别，问了才知道，其实当地人也感到不可思议，这条河一年四季就这样清亮。

这个拥乡政府所在地，也就能容纳百把人的样子，这哪像是乡政府哟。

当我们走进乡政府，这里已经挤满了人，其中大部分是学生，墙边、窗口、还有残墙上到处都是人头，个个睁大眼睛，微笑着看着我们，好像把我们当成了演员一般。

只见天井大约有20多平方米的样子，四周都是一层楼的低矮土墙屋子。

我们跟着泽仁江村副县长走进了一间必须低头，否则就会碰到屋顶的房子，里面最显眼的是一台电视机，一部卫星电话（此地还没通有线电话）。桌子上摆着一盘炒青稞，几杯刚刚倒上的酥油茶还在冒着热气，再往门口、窗口一看，全是人头。

也就在这时，拥乡的书记手拿酥油茶壶，一边倒茶，一边给我们劝道：“各位领导喝茶！”

这时一位乡干部模样的人走了进来，把一个袋子放在了桌子上，然后，慢慢打开，啊！原来是我们藏族朋友喜欢吃的麻花，以及用青稞面油炸的东西。

泽仁江村副县长带着试探的口吻问道：“王副主席、杨主任，现在时间已经不早了，我们今晚就在拥乡休……”

没等泽仁江村副县长说完，王副主席就抢过话题说道：“县长这可不行，我们得按原计划进行，否则，我们就完不成此次任务了，我们现在就去考察校址。”

我们在房子里呆了没几分钟的时间，茶才喝了一口，根本就没缓过劲来，一行人又在拥乡乡长的带领下，来到了拥乡小学的校址，一看就让我们大失所望，地盘太小了，只有三小间房子，一个十多平方米的小天井，跟日本驻华使馆“利民工程无偿援助”项目的要求，他们画的图纸仅在占地面积一项，都相差甚远，可能只有他们要求的七八分之一左右的地盘，哪容得下教室、办公室、图书馆、电教室、食堂、教师宿舍、厕所，还有操场等建筑设施，更要命的是这个投资605901.06元的项目，他们要亲自过来考察，不得有半分半毫的虚假成分，因此，王副主席同我们又在周围看了一圈之后问：“乡长，我们能否把地拓宽一点，比如，房子后面的这几块田。”

泽仁江村副县长看了一眼乡长，乡长心领神会地回道：“不行的，这是农民的地，半分半厘都动不得。”

其实我们心里也很清楚，这拥乡本身就坐落在偏坡形状的地势上，田地本来就少得可怜，如何征用农民的地嘛。县长一看，事情要黄，忙问乡长道：“乡长，还有其他选择的吗？”

乡长犹豫了一会，大声回答道：“有，还有一个地方，只是远了一点！”

“那你就带我们去看一看吧！”

于是，我们一行人又跟着乡长来到了大路上，一直往西走去，乡长说是不远，其实也足有两千米那么远，这段路程也够我们走的了，又饥又渴，累得也够呛。我先是把衣服脱了，丢在肩上，接着是拴在腰上，渐渐地就落了伍，休息了好几次。还顺便问起了身边一直跟着的2007年从河北师范大学附属的民族学院毕业，7月分配到拥乡小学教书的余波老师道：“小伙子，你老家是什么地方的？”

“我原籍在陕西，属西藏的第二代。”

“那你是如何到这里的呀？来时的路况咋样？”

“大学分配的原则是，你从哪里来，回哪里去，这样我就分回了西藏，后又分到了这里。对了，一提到路，我心里就发麻，我们来的时候才艰苦呢，先过索道，再骑马一天才到这。你们还好一点，骑摩托来的。”

我一看，得追上去了，才招呼小余也一起追。

而王副主席那么大的年纪，起码比我大十岁，艰难程度就可想而知了。

好不容易到了，在乡长手势的指引下，才弄清楚，原来已经走出了村子，在大河的对面，一山坡下，一个相对平整的地方，且不说多远，要过一座年久失修的木头桥。抗震性就更差了，上面是高耸入云的陡坡，如是下场雨，或是地震等原因，山石土坡滑落下来，伤了学生咋办？存有不少隐患。眼看这地不行，老乡长又带我们往回走了50米左右，指着对面的空地说道：“那块地怎么样？”

其实，这地方也跟前面的差不了多少，都得过河。

一看太阳也快落山了，在拥乡乡长他们的多次劝说下，我们始终如一地坚持要走，也为了争取时间，只好急急忙忙上了路。

等我们到达夏里乡政府所在地，已是黄昏时分，大家也心焦坏了，时间正好指向8：30分。

7月19日

今天由于各村的驼队没有过来，再加上下着蒙蒙细雨，我们只好在夏里乡休整一天。说是休整，何不如说是工作呢。

我们像往常一样，7：30分就起床了，洗过脸，在王副主席的带领下，来到夏里乡完小考察，因瓦乡和夏里乡一同办公，如是在拥乡建不成，在这里也说得过去。

完小全是用土墙盖的单层房子，除了破旧而外，地盘几乎符合外国资金的要求，可想要在这里建，还得跟乡里县里进一步洽谈，更何况连乡政府都要搬迁重新建设，这又降低了不少的可行性。

8：30分吃过早饭，我们又请来了泽仁江村副县长、瓦乡赤来旺堆乡长、瓦乡洛桑副乡长，准备进一步研究一下扶贫方案，以及明天从乡里出发，19号到达瓦村，20号到达夏巴村，21号返回县里的具体工作。

接着我们汇总了泽仁江村副县长、瓦乡赤来旺堆乡长、瓦乡洛桑副乡长的汇报情况，以及我们所了解、掌握的情况，针对瓦乡存在的问题，我们本着实事求是的态度，对2007年的扶贫工作进行了总结，对下一步需要逐步解决的问题也制定出了初步扶贫方案。

一、不断深入基层，积极交流，找准解决问题的突破口

我们工作组以王守明副主席为组长、杨年华副主任为副组长的工作组深入到八宿县、乡、村做了深入细致的了解调研工作，并向县委县府、乡政府的领导进行了认真交流，全面地了解了瓦乡的具体困难，并着手进行解决，当场解决不了的也向相关部门进行了呼吁与协调，取得了实实在在的成效。

可喜的是修建的通往夏里、瓦乡、拥乡的公路已全面开工，两年内可完成到各乡政府的公路，但还要等怒江大桥建成后才能通车。如今，大桥已进入招标阶段，已在全面施工阶段等。我们经多方的探讨和研究，更进一步地完善了文联对瓦乡扶贫的工作思路，在此基础上，文联党组根据具体实际，制定出了一系列切实可行的扶贫工作计划。

瓦乡和夏里乡政府的办公地，八宿县政府已做出搬迁重建的决定，只要公路一通就可实施。因此，目前要考虑帮助乡政府改善办公设施及建中心小学的设想都不太切合实际。根据乡党委、政府领导的要求，为了保证乡政府工作人员以及各小学老师生活的基本保障，解决他们生活上、办公上的困难，也是关心和稳定乡级干部的工作情绪，巩固乡政府的领导机制，同时也方便了群众看病送医送药。为此，我们为乡里购置了一辆价值6万元带斗的北京吉普车，主要用于运送粮食、蔬菜、药品和重病人等生活用车。给他们解决了两台电脑，以及配齐了U盘。

针对瓦乡建设中心小学的条件尚不成熟，为解决村里孩子上学难和老师住房及办公用房的问题，我们拟定在瓦乡所属地建一所投资60万元的希望小学项目。此项目，经文联多方与日本驻华使馆联系协调，争取到了“利民工

程无偿援助”项目，目前，只等八宿县选好建校的具体地点就可以实施。

还有针对夏巴村只有一个教师，雪科村也只有一名教师，开展工作极其不便，老师如是碰到什么事情，学生只好放假，为了便于工作，要求增加一名老师的问题，我们也跟县里进行了及时的沟通，提出了可行的办法，得到了县领导的支持。

二、讲求实效，以文化扶贫为基点，切实造福于民

为了继续深化西藏自治区“万名干部下基层”为民办实事的号召，根据文联对口扶贫八宿县提出的“文化扶贫”的要求，我们文联经多次研究，反复酝酿之后，制定了切实可行的方案。通过八宿县历来受自然、地理位置等客观条件的影响，旅游产业基础设施建设相对滞后，严重制约了旅游业快速发展的八宿县。必须要进行大力的宣传打造，充分发挥自身分布在茶马古道沿线旅游景点上的优势，利用自身资源，以然乌湖、来古冰川的景观为主，多拉神山自然石刻艺术城、溶洞、邦达草原、仁措湖、八宿寺、怒江峡谷以及当年解放军进藏时留下的标语口号红色景点等，加大各景点的基础设施、软硬环境的建设，加大其在媒体上宣传力度，做出长远的规划策划，使旅游业逐渐成为八宿前景可观的主导产业，滋生源源不断的经济效益，造福于人民的思想理念。

三、积极为群众排忧解难，解决具体的实际困难

我们工作组在骑马深入到偏远的瓦乡、夏里考察，凡是沿途碰上贫困户、五保户、有丧事家庭的就会拿出资金，进行现场解决帮扶，共资助了2000多元的现金。我们还为了缓解农牧民在过冬季节缺粮而吃不饱肚子的问题，我们专门从县上购买了5000斤面粉、5000斤大米（价值20000万余元），送到了每户农牧民手中，也解了他们的燃眉之急。

根据雪科村的草场与庄稼长年累月地受成群岩羊的困扰，有时甚至把农牧民辛辛苦苦种植的庄稼一扫而光，严重地危害了他们的生产生活，急需网围栏。以及当地农牧民的生活生产用电特别的困难，已经影响到了他们的日常生活，又没有建设小型水电站的可能，需要解决水电机等问题。我们扶贫

小组积极与自治区扶贫办、自治区财政厅的农业发展处协调协商与申报，有了着落，就等该乡报上后续的材料，便可以解决长时间困扰他们的照明难与网围栏的问题。

我们还针对该乡少数农牧民患有大骨节病的情况，积极向自治区有关部门报告他们深受大骨节病害的痛苦，呼吁党、政有关职能部门引起高度的重视，争取征得上级有关部门的帮助，及早地帮助解决村民患大骨节病的问题。

特别值得一提的是，我们帮助协调着手解决了瓦乡上千百年以来，考出的第一个高中生的一些实际困难。由于该学生的父母经济困难，家里连像样的东西都拿不出来，根本无法供她上学，当我们了解到了此情况之后，我们积极与乡里县里地区进行沟通，确保了她的上学。回到拉萨之后，我们又给她送去了过冬的被子、帽子、衣裤、手套、鞋袜等生活必需品，王副主席还自己掏腰包当场给了她300元的现金（为了保证阿旺泽珍在金钱上的使用，我们还把钱交给了他的班主任达贵老师），让该学生能够正常就读于西藏拉萨高中。阿旺泽珍同学既高兴又感激地表了态，说是一定不会让关爱她的人失望，她会好好学习，用实际行动来报答关心过她的人、来报答党、报答社会。此事得到了阿旺珍泽的同学、老师、高一年级组刘树群组长、学校领导的一致好评，这是后话。

四、大力宣传，不断提升八宿瓦乡的知名度

我们继八宿的风光片、纪录片、画册等一整套宣传品之后，我们又为瓦乡拍摄了纪录片《情系雪域》《即将消失的驮队》《摩托县长》（此项工作正在作后期的剪辑进行之中。）并在相关的电视、网站、报刊、杂志上进行了有力的宣传，不仅得到了昌都市干部群众的一致好评，同时也得到了文联、扶贫办，以及自治区领导的一致好评。

下一步我们文联定点扶贫工作，将继续根据自治区党委、政府和扶贫办的部署和要求，努力工作。把扶贫工作列入党组每年度的重要工作日程，每季度召开专题会议研究扶贫工作，检查督促工作计划的落实。以党组书记亲自抓扶贫工作，党组一名成员、副主席具体抓各项工作的力度来具体落实，一名处级干部为组长，两名得力的干部为成员，组成强有力的工作组，建立一种长效机制，力争多为群众办好事，办实事。

王副主席还结合实际对瓦乡开展下一步工作，提出了指导性工作思路：

1.大力发展农牧业，充分发挥好自身的优势；

2.调整优良产业，增强农牧、边贸、劳务增收的意识；

3.增强市场商品意识，引导农牧民做市场经济的主体；

4.增强艰苦创业意识，不能有“等、靠、要”思想，主要靠自己勤劳 致富；

5.增强科技意识，进行品种改良，形成种植、收获、运输、销售一条龙，如，虫草，要利用好本地与外地存在的差额进行产销；

6.科技种植农田，调整农作物结构，试种优良品种，科学管理，改良新品种，科学放牧等；

7.增强法制意识，遵守社会公德。

到了晚上，各村的驼队渐渐到达夏里乡的院里，看着我们送的粮食，如久旱的土地遇上甘甜的雨露，个个眼中流露出惊喜的目光，仿佛看到了瓦乡富裕的美好明天。把他们高兴得合不拢嘴，一位农牧民握着王副主席的手说：“大奔布拉（大干部之意），你可真是我们救苦救难的活菩萨，救命的大恩人哪！就像知道我们的苦处一样，当我们就要缺粮断炊，需要粮食时，你们就把粮食送到了我们的家门口！”

一位老阿妈接着也说道：“共产党，毛主席呀古都（好），是我们的活菩萨！大米白面既改善了我们的生活质量，又能让我们在过年时吃上好口味的大米白面了！”

他们还专门为我们准备了篝火晚会，大家轮流给我们敬青稞酒、唱藏歌，然后在篝火旁边围成一圈，载歌载舞，不时邀请我们加入。

一时间，优美动听的歌声就打破了寂静的天空，飞向瓦乡大地，向所有的农牧民报告着欣喜的消息……

这种篝火晚会，只有我们的藏族农牧民们碰上了喜庆的节日，或是来了高贵的客人时，才举行的一种庆祝方式。

人们逐渐散去，而此时的王副主席却觉得有些伤感，人有七情六欲嘛，不觉让他回想起了逝世没几年的父亲来。

对父亲，王副主席一生都难以忘怀，觉得对不起父亲，古语就已说了，“忠孝不能两全”。王副主席却为了西藏的援藏工作，选择了“忠”字。

2004年12月份，正在外地出差的他接到了父亲病危的通知，可手中的事一时半会又放不开，等他把事情办得有些眉目的时候，家里又发来了父亲去世的噩耗，王守明心里非常悲痛。可他心里也很清楚，得把手里的事情做完呀！不然，外地的工作，谁来接替自己呀。等他紧急把事情处理妥当，赶回到家里，父亲已经去世好几天了。当他第一眼看到父亲的遗像，就不顾一切地冲了过去，把它抱在了怀里，伤痛一股脑地涌了上来，心绪翻腾不息……

伤心归伤心，父亲的后事得处理，想到这些，王守明只好收住男子汉的眼泪，把亲戚朋友叫来，匆匆处理完，一共也就是四天的时间，人家常说，守孝守孝，自古就有，三年不能出门的，这是老祖宗留下的遗训，如今他又要回西藏工作了，这些难道王守明不懂吗？不是的，起初他连提都不敢向亲人提起，可也得面对现实，当他刚把想法一说，亲人们就气愤得大声地嚷嚷起来，先是老母亲说道：“守明哪！这就是你的不对了，不指望你在老爸落气的时候守候在身边，孝道该尽吧？不学古人三年，或是七七四十九天，一星期该呆吧！”

……

不管亲人们如何劝说王守明，他还是坚持要走，等他们气消了一些，他就逐一地向亲人们说明原委，讲清道理。

于第五天的早晨，他忍受着悲痛，暗暗流着泪水，毅然踏上了回归西藏的路途。

7月20日

早上8：10分，大家就集中在院里给各个村分配粮食。

一时间，院内就挤满了等着分粮食的农牧民群众，整个院落就沸腾起来了，有说有笑，一片欢腾。不一会，驮队的马也牵进来了，一袋袋粮食从昨晚堆积的房子里搬了出来，堆成了小山丘一样高。

专门管此次扶贫粮食的一位副乡长按照事先拟定好的分配方案，一村一村地照表分配着。

西藏自治区文联瓦乡扶贫工作组下拨粮食分发情况表

村名	人数（人）	户数（户）	大米（斤）	面粉（斤）	合计（斤）	负责人签字（章）
瓦巴村	270	42	2397.6	2379.6	4795.2	
夏巴村	167	30	1482.96	1482.96	2965.92	
茹巴村	85	13	754.8	754.8	1509.6	
雪科村	41	8	364.08	364.08	728.16	
备注	西藏自治区文联瓦乡扶贫工作组共下拨面粉5000斤，大米5000斤。瓦乡村民共563人，人均面粉、大米共17.8斤。					

瓦乡人民政府

2008年7月19日

10：45分，第一批马帮从院落里叮叮当当浩浩荡荡、无比壮观地赶了出来，说是让他们先在前面转弯处等一等，便于我们的拍摄，可畜生毕竟是畜生，它才不会考虑人们的心思，没有吃的，就先跑了。

等最后一村雪科村的粮食装完出来，已不见了他们的踪影，我们只好与泽仁江村副县长他们告辞，也匆忙上了马，跟随在了马帮的后面。平时，我们见电影电视里狂驰的马扬开四蹄、潇潇洒洒地飞奔的情景，是多么地让人羡慕和向往，可当你骑上马才知道与现实不是一回事，即便你把骑马的要领基本掌握了，使唤起马来不一定顺心，马毕竟是牲畜，你让它往东它偏要往西，你让它停它要吃草等，有时还会把你吓出一身冷汗来，因为，你上得了马，有时还下不了马，上下都得有人帮忙呢，再者，骑上两三个小时的马，两腿和屁股就感觉酸疼起来，时间再长一点，恐怕就够你受的了。

马帮上了一山坡之后，就进入了长满森林的山涧，两边是高高的山峰，山路崎岖难行，加上马帮就显得更加的艰辛了。

更让人意想不到的是，天上还飘起了蒙蒙细雨，我们只好穿上雨衣前行，等我们爬上了一个非常滑的陡坡，上到了宽阔一点，有树林草又长得好一点的地方，我们都想下马休息一会，也正当此时，王副主席先开口道："大家先下马歇一会吧！"

随着王副主席的喊声，我们都下了马，可也就在这时，"嘭"的一声把大家的眼光都吸引了过去，只见我们摄像的李师傅，他的马钻进了树林，马钻过去了，可李师傅的身子被树枝挂落了下来，而脚又被钩子死死地挂住了，人被受惊的马拖出去了很长的一段距离，正当我们束手无策的时候，还是我们的农牧民们有经验，只见一年轻力壮的汉子冲了上来，喊叫着以迅雷不及掩耳之势拉住了马的缰绳，制服了受惊的马，才把李师傅救了下来，幸运的李师傅毫发未损，这时，我们才松了一口气。

大伙吃了点干粮，喝了一点水，大约休息了十多分钟，我们在老乡们的帮忙下，一个接一个地上了马。

穿过了好几座山峰，我们好不容易到达了一处，方圆有十来千米，碧绿碧绿的青草成荫，在斑驳的阳光照射下，犹如一幅巨大的绿毯铺设在天与繁花之下，显得更加的娇艳无比。

已经卸去马鞍的上百匹马帮在草原上有的低头吃草，有的在打滚，有的在无忧无虑地奔跑……

草原与湖光山色从头顶滑失到有些阴云的苍穹，秘密衍生着草地的芬芳，铺开了星辰一般迷茫，就像进入了如画般的梦境。

此时刻，农牧民们也生起了火堆，开始烧茶了，一股股烟雾直升天上而去，偶尔还从远处传来几声悠扬的牧民的牧歌声，这样的景致会让你顿生憧憬，一切的劳顿也就烟消云散，唯有感叹，自然绝美和谐的画卷就成了手中的世界，明亮得不会流逝。

当我们还在拍照的时候，洛桑副乡长却过来说道：“王副主席我们走吧！”

在我们发愣之际才搞清楚，原来呀，在我们休息的地方，马帮中有几匹马钻进了林子里，而他们又没注意，到了半道上才发现，所以派了几人回去寻找去了这是原因之一，另外他们是雪科村的，与我们去瓦巴村的方向不一致，他们准备今晚就在这里搭帐篷过夜。所以我们只好与他们依依惜别上马继续前行。

也不知翻过了几座山，我们终于可以远远地看到瓦巴村在山脚下搭起的白色帐篷了，要下山了，我们就不能骑马了，到了此时，我们才发觉还是骑马比下坡强多了。不是有这样一句古话，“上山容易下山难嘛，”的确如此，一走起路来，脚就发软，脚脖子就疼痛难忍，可路你还得走呀！就这样，大约五六公里的路，原本以为过一会儿就可抵达，却休息了一次又一次，硬是走了两个多小时才到营地。

早已等候在那里的瓦巴村的村书记等一行人，给我们敬献了哈达，并把我们迎进了专门为我们准备的一顶帐篷，立即给我们端上了饭菜，其实也就一盆青椒炒的猪肉罐头，而且瓷盆还是漏的呢，油还不断地往外渗，不一会就把临时当桌子的箱子都浸湿了。还有一锅米饭，米饭是夹生的，也许是他们没用高压锅，或是用平锅煮成的，大家都很清楚，高原的海拔高，水的沸点低，必须用高压锅才可以压熟面条，米饭就更不用说了，即便这样我们还是吃得非常香，因为饥饿好吃饭嘛，何况这一餐已是他们这儿的奢侈品了，罐头、蔬菜也不知他们从哪儿搞到的呢！

接下来，他们给我们倒上了茶水，也就是茶叶在水里煮一下，烧开后加一点盐，还有糖果等，气温还有点低，稍稍感觉有些冷。

这时，大家把我们请了出来，欣赏农牧民们跳的锅庄舞，一曲完了之后，洛桑乡长与村领导给舞者献哈达，主席立即向我吩咐道：“年华你赶快准备几十条哈达，我们也该上去献一下哦！”

“好的，我们没有，只好去买了。”

在洛桑副乡长的带领下，我赶紧买了二十条，可当我们上去献哈达时，又上了一帮舞者，只好又向洛桑副乡长吩咐再加了二十多条才够。

农牧民们精彩的锅庄舞蹈表演，以及朴实优雅华贵的着装，让我们不时按下了照相机的快门。

紧接着是他们的独唱，空旷、质朴、豪爽、悠扬甜美的歌声一时间冲破天际，回荡在悠悠的山谷之间，让你耳目一新，陶醉忘归。

再是拔河、抱抱石头等娱乐活动，直到玩得尽兴，天将黑了，大家伙才收拾东西回村里，到了村庄已是黄昏时分，只能隐隐约约地看清道路了。我们也帮着农牧民们把运回来的粮食统一搬进村长的家里……

9：01分，我们到了村书记的家里，并召集了村干部进行了一些商谈：

一是要宣传党的富民政策，“三个代表”重要思想等。

二是鼓励、引导、帮着出点子，出新思路，让此地农牧民早日脱贫奔小康。

王副主席还鼓励大家道：“现在你们瓦巴村里还有特困户，但不要怕，不要急，有我们共产党政府的关心和帮助呢！受扶助的户也要自强、勤劳，靠自己的双手先富起来，起模范带头作用才行……”

村书记还反映了村里唯一的电视已坏，卫星接收器也拆了，放在了一间安全的屋子里。向外面了解信息与党的方针政策的工具，就唯有一台收音机了。原来学校住的宗遗址的房子，也成了危房，为了小学生的安全，我们准备搬迁到村西头那边等情况。我们经过协商之后，王副主席当场就一一作了回复。

他们还给我们工作组的同志敬了青稞酒，一杯接一杯，一碗接一碗，我们喝的哪是酒，是情的泪水。

11：50分大家散去了，我们一行五人才睡在了书记平时当卡垫，客人来时又可当床用的屋子里。

7月21日

8：10分我们起床，本来想补拍一些马帮出发的镜头，可不巧的是，天上下起了大雨，不说倾盆大雨，也是肆虐的沥沥下个不停，书记的小院也积了不少水，是从昨晚的后半夜开始下的，而且丝毫没有要停的意思。

我们又泡了几袋方便面，想着吃完饭也许雨会渐渐停了，可哪曾想，雨势依旧。看着这雨，再加上有些寒冷，我都有想留一天的想法了，不是有这样一句俗语，“下雨天留客嘛。”

我们等了两个多小时，天上的雨还是没有停，只是稍微下小了一点，王副主席再也等不及了，说道：“我们出发吧！”

洛桑副乡长、村书记、村长等人看了一眼天空，都想硬留我们，生怕雨淋湿着我们，更怕冷着我们，可王副主席依然坚持要走。

于是，洛桑副乡长就安排了马匹，村里安排了两人要送我们一直到县上。

冒雨来送行的农牧民们紧紧地握着我们的手舍不得松开，泪流满面地不让我们工作组一行人离开……

11：12分，我们穿上雨衣，又行经在了弯曲的山道之上。好似欲与天公试比高的山峰，直插云天。陡峭险峻的山路，有时悬于山岩之间，穿崖而过，有时横山而绕。“蜀道难，难于上青天。”在这也黯然失色，华山险，有攀岩时的手触之处，可这儿全无手攀之处，只好屏住呼吸，每前进一步心跳加快一点，就是一个感叹号！长期生活在大城市的王副主席，哪见过这架势，可还是毅然前行、前行……

马匹偶尔跌落的石头，只听得到刚滚落的响声，却听不见落底之声！陡峭的悬崖深不见底，高耸的山峰延绵起伏，一座接一座，威武、雄伟地矗立在边界的尽际……

王副主席走在第三，陪我们的一位瓦巴村的村长牵马在前，我们几个紧随其后，这样一队人马才缓缓前行。行走此路，只能往前看，万万不能往下看，令人毛骨悚然、提心吊胆……

高耸的山峰长年云雾弥漫，犹抱琵琶半遮面一般，让人望而生畏、生奇，我们翻过一山接着一山，总以为快了，哪知一峰接一峰，总有八九座峰之多。

偶然间，远处还会传来优美动听的歌声："峰峦四季云雾缭绕，六月瓦巴好风光，民众纯真边寨村。隐隐雪峰水迢迢，边陲深山秋时晚，七月青山又绿水，八宿瓦巴天边远……"

也许是王副主席感慨今天的路难走，或是明天路将更难，或许是……

王副主席张口朗诵起了李白的《蜀道难》来："噫吁戏！危乎高哉！蜀道之难，难于上青天。蚕丝及鱼凫，开国何茫然！尔来四万八千岁，不与秦塞通人烟。西当太白有鸟道，可以横绝峨眉巅，地崩山摧壮士死，然后天梯石栈相钩连。上有六龙回日之高标，下有冲波逆折之回川。黄鹤之飞尚不得过，猿猱欲度愁攀援。青泥何盘盘！百步九折萦岩峦。扪参历林仰胁息，以手拊膺坐在双，问君西游何时还，畏途巉岩不可攀。但见悲鸟号古木，雄飞雌从绕林间。又闻子规啼夜月，愁空山。蜀道难，难于上青天，使人听此凋朱颜。连峰去天不盈尺，枯松倒挂倚绝壁……"

我们几人望着王副主席，暗思，他平常最喜欢的是摄影，咋的今天却朗诵起了诗歌，多长的诗竟然一字不漏。

我们就这样一连翻了好几座山，有时山峰陡峭得直上云梯一般；有时冒雨不说，还要冒雪，大朵大朵的雪花随着放肆的狂风，直往你脸上砸，疼痛难忍；有时天上漏下一丝丝的光线，心里赫然舒坦了好多……

2：10分，我们到达瓦巴村牧场，整个牧场只有两顶黑色的帐篷，我们几人拖着疲惫的身子下了马，一位慈祥的老阿爸帮我们拴好马，大家就七手八脚地把干粮袋提进了老人家的帐篷，入账才发觉，地是湿湿的，角落上放着烧火用的干牦牛粪，一床氆氇，一木箱，中间放着一生火的炉子，可见设施之简陋，我们趁老人家烧茶水之际，取出随车携带的饼子、榨菜、凉菜、卤肉等干粮，洛桑副乡长还带了糌粑和一壶酥油茶。王副主席一手拿着糌粑，一手拿着卤肉说道："大家吃不惯的，也可吃方便面。"

我们吃着干粮，也许是饥饿的原因，吃得无比香甜，野味十足。有的津津有味、大口大口嚼着饼子和糌粑，有的一口接一口享受着酥油茶馨香，有的狼吞虎咽吃着康师傅方便面，有的啃着猪蹄、鸡腿……

朴实、善良、豪爽的藏族老人家还特意给我们拿了几碗酸奶，可我们都没有胃口，也许是冷的原因吧，不然，平时我是最喜欢吃的，只有帮我们牵马的小伙子吃了一碗。

老人家手提酥油茶壶守着，谁喝了一口，就立即加满酥油茶。其实说酥油茶还有些说不上，因为，这酥油茶呀，只是在茶水上加了一小坨蜡黄色的酥油而已。即便这样，对我们多时没进餐的人来说，也够奢侈的了，我不禁脱口而出：“好一顿美味十足的野餐。”

王副主席也笑着说道：“是呀！值得回味的一餐，大家吃好了吗？”

大家回答：“好了。”

洛桑副乡长也说道：“茶足饭饱了，那上路吧！”

王副主席还特意交代道：“这是我们在瓦乡地盘吃的最后一顿饭了，把剩余的干粮全留给老人家吧！”

我见王副主席一直不吭声，为了打破僵局，便向他问道：“王副主席，你援藏期三年已满，原本可以回北京享福了，为何还继续援藏，又加入了第五批援藏干部的行列呢？”

“首先出自个人对西藏的不熟悉到认知，一份浓浓的热爱，直至有了 情节！”

非常简单的几句话，却道出了他的心声，是呀！他能一直保持不畏艰苦、奋发向上的良好精神状态，原动力就在此，只有动了情，才会有源源不断的付出不是吗！正因为如此，他才做到了在素有“世界屋脊的屋脊”之称的西藏高原，始终牢记自己是一名援藏干部，摆正了自己的位置，“朴朴实实做儿女、认认真真干工作、缺氧没有缺精神、艰苦没有降标准”，做到了“思想过硬、工作过硬、生活过硬”，经受了艰苦条件下的锻炼和考验。把实现人民的利益作为工作的出发点和归宿，在大是大非面前始终保持清醒的头脑，坚持正确的政治方向，坚定地维护祖国统一和民族团结。始终保持和发扬艰苦奋斗、无私奉献的精神。西藏不仅海拔高、地广人稀、气候异常、自然环境恶劣，而且交通线最长，基础设施最落后，物价指数最高，生活工作条件最艰苦的自治区。几年来，他没叫一声苦，没有退缩，而是以顽强的毅力，扎根高原，奉献青春，做到了“再苦不怕苦，再苦不叫苦，苦中见精神，苦中建功业”。

始终保持积极进取，奋发有为的精神状态。由于自然、历史等原因，西藏的社会、经济、文化发展与祖国内地相比有很大差距，工作条件和工作基础都相对落后，面对这种实际情况，他本着求真务实的态度，紧贴实际，勤奋开拓，建功立业，确保做到“不负众望，不辱使命，不留遗憾”。脚踏实地，立足于西藏文联现有的条件，千方百计地寻找切入点，选择突破口，发挥主动性，积极进取、奋发有为地开展工作。

坚决贯彻“三个离不开”的方针，特别注意加强同藏族干部、群众、长期在藏汉族干部、其他省援藏干部的团结，形成“同志、战友加兄弟”的密切关系。

更难能可贵的是，他为了文联的工作，甚至非常细小的事情都不放过。如，干部职工的水管堵了等，可以说是废寝忘食，忙忙碌碌，人家都说文联的工作人清闲，可谁又见王副主席几时不忙。

王副主席在四年多的援藏时间里，春节都只有2004年回去过一次，仅仅一个月的时间，也算是跟亲人短暂地聚了一下，而且还有大部分时间在中国文联，以及相关的部门跑项目，做着从西藏带回来的，未完成的事情。

春节，别的援藏干部回老家跟家人团聚团圆去了，可他却坚持在西藏值班工作，2006年和2007年的两年间，正碰上文化下乡，他就带领几位摄影家，深入到县乡村开展“送欢乐下基层，为农牧民拍合家欢照”活动，把欢乐送到了农牧民的家门前，却把自己的欢乐深深地藏在了心坎里。

他为文联操碎了心，几年如一日，为文联的发展做出了不小的业绩。如，2005年批准建设的2500平方米职工周转房建成，使36户干部职工住进了新楼房；2006年又恳请自治区政府批准建设2450平方米的文联办公楼，也于2007年6月竣工，为此西藏文联办公条件基本实现现代化。还有参与策划的“金色朝霞”受助少儿汇报演出活动；西藏民族艺术团赴澳大利亚和新西兰文化交流演出20余场，反响巨大；2006年西藏大当代画家代表团赴澳大利亚访问，举办美术展览引起巨大轰动等。

四年里，他共为文联争取了如下物质资金：2004年他给文联争取资金500000元（其中捐赠图书，折合人民币400000元），2005年现金200000万元，2006年现金200000元，2007年现金6750000元，2008年争取捐赠物资，折价人民币180000元。为改善和发展文联作出了很大的贡献。

不管西藏什么地方有灾有难，他都会义无反顾地掏自己的腰包捐钱捐物，同时，他自己也会深入第一线进行拍摄，他反映的青藏铁路建设的摄影作品《西藏女孩》在“新西藏摄影大奖赛”上还获了一等奖呢。

4：13分，我们开始下山，这艰辛的路程就更加不言而喻了！

8：36分我们才回到县里。

在我们下乡扶贫工作任务即将完成、就要返回拉萨时，我久久地注视着眼前这位头戴太阳帽、体魄强健的王副主席，心潮澎湃，感慨万千……

西藏各项事业突飞猛进地发展，多亏了有像王副主席这样一批接一批援藏同志们的无私奉献！

我相信西藏人民一定会感谢这些援藏工作者，一定会把这些援藏工作永远铭记在心……

小说篇

踏尘香巴拉

青藏高原的东北部，上万只藏羚羊连成黑黑的一片浩浩荡荡地迁徙着；四肢细长，身背虎斑纹的藏野驴，时而被野牦牛惊起，放开四蹄一队接一队地狂奔乱跳；肥肥胖胖的棕熊，摇摆着富态之姿，炫耀着自我；鬼头鬼脑的藏雪狐，带着一身的洁白与黄色灵敏地穿梭于草滩和雪峰；胖乎乎的旱獭站立在洞口，瞪着大眼，叫个不停，好似在咏歌颂扬着万物；白、灰、黑色的野兔一个接一个地放开长腿奔跑追逐着；灰白色的兔鼠穿洞追跑，万里羌塘洋溢着无限生机……

六月的天气，绿草葱葱，成群结队的牦牛漫山遍野，洁白的羊群如浮云般在嫩草间飘荡，黑白相间的帐篷镶嵌在广阔无垠的草原上，把远处的延绵不断的山峦压得很低，更加显出了原野的空旷，湛蓝湛蓝的天空，犹如在头顶，伸手便可抓到一般，一只雄鹰在天空中自由地飞翔。

这里草场茂盛，牛羊肥壮、山清水秀，几千户藏族随水草而转移，搭帐篷迁居。如有外敌侵入，便万民为兵，齐心共抗，虽然不是强大无比，但任何人都不敢进犯，日起日落，月升月沉，他们就这样世世代代安详地生活着。

然而有一天，不幸降临。部落首领骑马外出时，不小心从马上摔下来，伤势很重，走路需有人搀扶。到第二天，所有臣民们的脚也都伤了，一夜之间成了瘸腿部落。这是族里的传统规矩，凡是首领得了病，臣民们必须跟着首领得一样的病。不管男女老少都得故意为之，有的用棍棒打伤、有的用石头砸伤……

更不幸的是首领的脚刚好，另一个病魔又向他袭来，首领得了一种不治之症，不久将要仙逝。消息传开，部落里立即笼罩上了一层阴影，人们相互转告，一时间臣民们惊恐万分。部落里德高望重的七个长老就像盲人持手杖不知至何处？只好召开了紧急会议，大长老热朗巴扎道，“今天召集大家来，主要商量首领病症的事。目前，已请尽有名的活佛诊断，都一致认为，首领得的是绝症，大家得想个办法。”

“我们先辈的首领都是在战争中或是颐养天年仙逝，接着由儿女继位，使得部落得以发展至今。”二长老尼达次仁道。

“是的！我们祖先的首领‘金’出生时，她母亲梦见了老虎，虎为山中王之意，才供奉为王的。”三长老宇白扎西说道。

“后来，‘金’首领又在整个部落面临危机，猎杀不到动物全体臣民饥饿之时，是他从树枝跳跃中得到启发，发明了弓箭，大大提高捕猎效率，部落的臣民才得救。”四长老尼玛衮觉道。

“又在推举首领时，得到了神的指示，‘金’是神的化身，应该是全体臣民统领者，才登上王位的……”五长老阿美曲宗道。

“‘金’统领的我们的先民剽悍好战，一生在征战中度过，首领一继位，立刻带领臣民为继续扩大地盘而战斗。在万里羌塘中不断地扩展，以至于首领一生都不知争得了多少地盘？拥有了多少臣民？首领在征战的土地上从未停留过，只知勇往直前……”六长老林色曲吉道。

“祖先们经过无数代的不断努力，才得以在此安居乐业，并在长期的生活实践中不断摸索，才制定了本族规矩，这是先辈们用生命与鲜血换来的，应责无旁贷地遵循。”七长老明珠托央道。

“如今，我们的首领年轻有为，如日中天，前景无限，是部落的希望，可他……”热巴大长者又道。

“规矩是祖先定的，我们应该具体情况具体处理。”尼次二长老道。

“二长老你在说什么？那是叛逆、背叛……”宇白三长老指责道。

“绝对不能有违祖先遗训叛逆之事。”其余六个长老也齐声说道。

帐篷外成千上万的臣民，用渴求的眼光等待着七位长老……出来了，出来了，七位长老终于出来了，慢慢排成一列，热朗巴扎长老大声说道，“现今，首领得了怪病，已离快乐仙逝不远了，经商定，我们决定跟随他陪葬而去！”

“愿随首领而去！愿随首领而去！愿随首领而去！”臣民们齐声高呼。如雷般的呐喊声响彻云霄，撼动着山川草木。这人山人海在不久的将来就会随首领的死自愿地陪葬，成为一种信仰的牺牲品，他们临死不惧的神情和执迷不悟的心态让人感叹！同时还跳起了欢快的舞蹈，这一壮观的场景足以感天地泣鬼神。

此刻，谁都没注意到，从远处走来了一位活佛，骑着一只梅花鹿，巨大的鹿角足有一米多长，活佛面带笑容，神采奕奕，秃头，银白闪亮的胡须随风飘飞。梅花鹿似乎很通人性，径直走到七位长老面前停住了。活佛问道，“请问长者们，这里有何节日欢庆？”

“活佛，不是节日，是族里的陪葬仙逝活动。”

“什么陪葬、仙逝？谁仙逝呀？”

“我们的首领即将仙逝了，大家得陪首领而去。”

“什么？这成千上万的人们……”

“是的，整个族人。”

“不是妄语吧！”

“活佛，不！是族人规矩。”

“我在世百年了，没见过死前还欢庆的！怪哉！千万别仁心大似须弥山，智慧仅是马尾毛啊！”

“活佛，你不知道我们族人的信仰。”

“长老们，能让活佛看看你们的首领吗？”

“俗话说，百只旱獭一禅师，百个山兔一智者。活佛也许是……可以，请进吧！”

活佛低头进了帐篷，只见首领躺在床上已不能说话了，大长老禀报道，“尊贵纳金·平措单增首领，这位活佛想拜见你。”

“仁波切见过首领。”

纳金·平措单增用眼神示意仁波切活佛坐下。活佛顺从地坐好后，问道，“纳金首领，本活佛能为你切脉吗？”

首领点了点头，于是仁波切伸手拉过他的手，帮他号起脉来。脉沉迟、微弱……可断定此病无法医治。但为了挽救整个族人的生命，仁波切闭目冥想后，笑了笑。七位长老迫不及待地问道，“活佛，有救吗？”

“有救！”

只见活佛点了点头，热朗巴扎大长老更是急切地问道，“尽快救首领呀！”

活佛摇摇头，点点头，把七位长老都弄糊涂了，齐声哀求道，“活佛，求您老快救救我们的首领吧！”

“断指戳不破蓝天，豁唇吹不燃火炭。一个不知从何而来的活佛，能救我们的首领吗？”三长老说道。

活佛逐渐睁开眼，慢慢地一字一句道，“有道是一个喇嘛一种护佑法，一尊神像一种朝拜法，一方土地一种进香法。你们的纳金·平措单增还有救的，佛祖会佑护他，但得去一个叫香巴拉的圣地。”

“香巴拉在哪里？仁波切请告诉我们。”

“遥远，遥远得很，非常地遥远……”

大长老心想，雷声再大也是空响，红光再艳终渺茫。可首领他已是灯盏将油尽，鸟老羽落了。不妨一试，便说道，“仁波切你放心，只要到那里能治好首领的病，即使到天边，我们也要去。”

“香巴拉那个圣地，是个极乐世界。香巴拉国，其如圆形，周边雪山围绕，内作八瓣莲花形，每瓣花形间有河流贯穿其内，国土中心的莲花蕊为大雪山，每瓣之内各有一十二俱胝城邑（俱胝为梵语量词单位），共有城邑九十六俱胝。每一俱胝城邑有百亿邦土，每一俱胝有一统御邦土之王侯。中央又复有雪山划成四大部洲之相。其中心有迦罗波城，彼城南方摩罗耶苑中有法王月贤所建之时轮构象，东为近湖，西为白莲湖，北为法王具神等之住处集分大宫殿。那里的首领是金刚手（恰那多吉）化身的绕登·芒果巴，掌管着九百六十万个域邦组成的幸福王国。那里没有贫穷、困难、疾病、死亡、嫉妒、仇杀，人与人之间的尔虞我诈。那里花常开水常清，庄稼总在等待收割，甜蜜的果子总挂在枝头。那里遍地是黄金，满山是宝石，钱失去了作用。那里的人用意念支配外界的一切，觉得冷衣服会自动增厚，热了会减薄。想吃什么美味会飞到跟前，吃饱喝足，便自动离去。人的寿命用千年来计算，想活多久就多久，只有活腻了的人，想尝尝‘死’的味道，才会快快活活地去死……”

听了这番话语，七位长老满面笑容地拉着活佛的手。出了帐篷，热朗巴扎长老急切地大声喊道，“族人们！先静一静！安静一下！”欢跳的人们一下子静了下来，把注意力都集中在了热朗巴扎大长老身上。只听他继续说道，“真是烂皮袍中裹英雄，牛皮鞘里藏利剑。站在身旁的这位仁波切明示，首领的病能治好，可要去一个非常遥远的名叫香巴拉的国度。”

刚等长老说完，人们发出一阵接一阵的欢呼声，相互拥抱在了一块，跳跃着，舞动着，七位长老也激动地拥抱在了一起。等大家回过神来，想拥抱活佛时，已不见他的踪影，只听见空中回荡着“香巴拉国在西边，要记住结善缘即身能成佛……一直往西……西……走……”的声音。

时间不等人，当天晚上，热朗巴扎就召集了六位长老，再次讨论急速营救首领的方案，说道，“各位长老，首领只要有一丝希望，我们就得抓牢，我看，仁波切的话挺有道理。”

“是的！我们宁可信其有。但一定得大事要持重，佛经反复诵才行。”二长老答道。

“孔雀自持翎毛美，鹦鹉夸口六字咒，猴子炫耀屁股红。这位自称仁波切的话能信吗？路途遥远，我们怎么到达啦？”七长老疑问道。

“我们来一个族人大迁移怎么样？”三长老说道。

“好！为了首领，为了族人。就如太阳催天亮，日暮招夜来，时间紧迫，就这么定下吧。”大长老回答。

“好！”大家都应声道。

“那么！由二三两位长老带领部落中最强壮的青年打先锋，抬上首领急速前进。”大长老进行分工道。

“是，我们坚决完成任务。”

“四五两位长老带领中青年男人及妇女，赶着牲畜作为第二队列。”

“好的，我们会不顾一切，克服重重困难往前走的。”

“我与七长老带领老弱病残及小孩们作第三队前行！看这样分配，有何意见？”

“没有！”众人答道。

“那好！大家回去分头准备！明早同第一道太阳光线一起出发。”

第二天，臣民们天不亮就起床准备，当太阳第一道光芒照射向草原时，大家出发了。年轻人在尼达次仁二长老、宇白扎西三长老的指挥下，合成无数批人马，定了时间速度，一批走累了，二批、三批、四批、五批跟着上，昼夜兼程地抬着首领向西赶着路。

几个月过去了，纳金·平措单增的病渐渐有所好转，虽不能下地，但精神多了。十个月过去了，纳金·平措单增的妃子生了一个男婴，纳金·平措单增首领得知后，大为高兴，病也好了许多。一年后，热朗巴扎大长老及明珠托央带领的队伍，准备翻越海拔6000多米的唐古拉山。

在一个风和日丽的清晨，天刚亮，大家就动身进发，翻越这座高傲的雪峰。第一天还算顺利，但是到了第三天，人们开始有些不太适应环境气候了，天气骤变，下起雪来，而且雪越下越大，狂风吹个不停，热朗巴扎指挥大家道，“要手牵手，慢慢跟着，不能停下来。”

雪夹着冰雹残酷地下着，狂风猛烈地刮着，长长的队伍，极缓慢，极缓慢地爬动着爬动着。突然，一位老太婆用悲哀的声音喊道，“我的羊、放生的羊……”

一看！一只羊已掉进悬崖边的雪里，正在拼命地挣扎着向上爬呢！大伙还来不及劝阻，哭喊的那位老太婆已滑了下去，抓着羊正想往上拉！哪知脚下的雪承担不了这么重的负荷，慢慢地裂开了缝，大家还来不及喊出声，连人带羊掉下了万丈深渊，胆小的都闭上了眼。大长老，七长老冲过来大喊道，“老太婆、老太婆……”但雪峰中没半点回音，只有呼啸的狂风，大朵大朵的雪花。大长老心想，不能在峰顶待的时间过长，不然还会出事的，就继续带领悲痛的人们下了山，扎了营。

长路漫漫，队伍又出动了，长时间的跋涉，使几位老人劳累过度，确实迈不开步伐了，大长老便派年轻一点的人扶着他们走，但走不了多远，又瘫了下去说道，“不行了，确实不行了，身体难支呀！就让我们休息一会吧？”

“这样会掉队的。”大长老担心地回答。

“你们能走的先走吧！我们留下来，歇一会就会跟上你们的。”一位老人有气无力地说道。

“好的！明珠托央七长老你就留下来照顾他们吧！”

“好的，大长老！”

“等大队人马扎下营，再派人回来接你们。”

可越休息越跟不上大伙，拉的距离越远，他（她）们就这样掉队了。

热巴长老派出几批营救人员，数日之后，只有1人被救，其余11人死亡。

自从那一日，大队人马走后，掉队的人们不敢多休息，刚缓过气来，就出发了，但由于路程遥远，所带的食粮渐少，到了后面几天，吃的糌粑全完了，身上带的东西也丢了，为了追上队伍，拼命地往前赶，穿越大片大片的无人区。到了最后一天，好几人已不能动弹，站不稳了，就爬着走，手脚都磨出了血，也顾不上了。此时，陪伴他们的只有被放生的十来只羊和三头牦牛了，还有七长老的藏獒名叫夺吉，此时已饿得半死，喘着粗气，眼睛里充满着哀愁与无助。七长老眼看自己心爱的夺吉就要饿死，想着夺吉为了保护自己，曾经与大黑熊生死搏斗，差一点就断送了生命，最终以忠诚与勇猛超能耐地发挥了自我，咬死比它庞大的黑熊，救下了自己的主子，夺吉也被大黑熊咬得遍体鳞伤，身上没一块好皮肤，在长老精心护理了好几个月才渐渐恢复了身子，奇迹般地活了下来。

还有一次，族人的羊群受到狼群的攻击，又是夺吉身先士卒，第一个冲了上去与狼群拼斗，接连咬伤四只野狼，并在三只藏獒的协助下，大获全胜，只可惜的是，夺吉永远失去了三个藏獒伙伴，自己也被咬成重伤，并丢掉了半只尾巴和一只耳朵为代价。

七长老看着夺吉，眼泪一滴接一滴地流个不止，懂事的夺吉也流出了眼泪，主子与藏獒就这样长时间地相视着，也不知过了多长时间，大长老终于下了决心，慢慢地从身上拔出藏刀，然后把自己的裤腿吃力地卷高，咬紧牙关狠下心就是一刀，一大块鲜活的肉就割了下来，递到了夺吉的眼前，紧接着一股殷红的血流了出来，口里断断续续地说道，“夺吉，你就吃吧！吃了这块肉就不会被活活饿死了！我的生命恐怕维持不了多久啦！但你可不一样，为了我们寻找的香巴拉，为了整个族人的生命，你就吃吧！吃下它你就有力气上路了。”

让人不可思议的是，夺吉竟然仍着饥饿临死不屈，原本唯命是从的夺吉到了此时也不再听话了，任凭大长老怎么下指令，夺吉依然呆若木鸡，就是不吃主人的大腿肉，接着大长老倒下了，用颤抖的手抚摸了一下夺吉的头，夺吉舔了舔长老的伤口，静静地依偎在长老的身旁，与主人同时闭上了眼睛……

熬到了下午，三位老人相继饥渴而死。做了简单的祈祷仪式后，剩余的几位继续向前爬行。当太阳落山时，七位老人也因多日没吃任何东西停止了心脏跳动，活活地被饿死，只剩下一人！

“好样的！与死神的考验中，在信仰面前，在生与死之间，选择了信仰，宁愿升天，也决不动放生的牛羊！如杀了放生的牲畜，人可活命，但信仰丢了。大家为她（他）们祈祷吧！”明珠托央七长老流着泪说道。

“唵、嘛、呢、叭、咪、吽……”

二长老看着前面的大山有些惊奇地说道：“三长老你看，前面的这座雪山半截子都高耸入了云间，我们是不是到了天边了？”

三长老的心里也是一团迷雾，支支吾吾地回答：“是呀！白雪皑皑，不会是……啊！我曾听说过这山叫界山大阪，其上终年积雪，高耸入云，说是无人能过哪！只听说有上山的，就没有听说活着下山的。”

一听这话，大家都议论纷纷，不知如何是好？二长老见了眼前的场景，再看了一眼还在昏迷中的首领，为了不动摇大家的意忘，便大声地说道："大家不要管是到了天边，还是到了哪里，总之，不到香巴拉救不了我们的首领，即便是下油锅，上天入地我们也绝不能停留。"

"对！二长老说得对，我们别无选择，唯有一鼓作气地往前冲！往前冲！"三长老也说道。

"上！大家继续抬上首领给我爬！"

在二长老的鼓励下，一下子，人人都恢复了干劲，精神焕发，斗志昂扬，继续向前艰难地走去。

那一天，天气格外的晴朗，万里无云，一丝丝凉风扑面而来，暖和而又刺眼的阳光，照射得大家伙都睁不开眼。大队人马犹如一条长龙行经在崎岖的山道上，攀爬在丘陵的白雪间。

有的人脚已肿得鼓鼓的，哪走得动路，只好拉着马的尾巴往上爬，有的手拉着手，队伍就在这样互助下，缓慢地爬到了山腰。此时，连马都气喘不止，身上流着汗，二长老心疼得直掉眼泪，早已不忍心骑马了，可没走多远，跟在二长老后面的那匹马就一头栽倒了，就再也没能起来，死都不瞑目，二长老、三长老都伤心欲绝，费了好大的劲才给它合上眼，这已是倒下的第三十余匹马了，大伙嘴里重复不断地念着"唵、嘛、呢、叭、咪、吽……"

大家含泪坚持向上攀爬着，攀爬着，直至到了山顶。三长老确实坚持不住了，便对二长老说："二长老，我再也走不动了，你们先下去吧！我坐在这儿休息一会，喊几句给大家鼓鼓劲。"

"不行呀！三长老。"

"大伙都耗尽了力量，此刻正需要鼓劲呢！二长老你就放心吧！"

只见三长老已站不起来了，半跪着弹起弦子唱起动听的歌。二长老含泪拍了一下他的肩，带领人马向前爬去。二长老的歌声激励着大家一步一步地迈上了大坡，可他却一直坚持到最后一人才上来。

前进的路诱惑着大家，接下来的路，更加艰辛，是始料不及的，积雪淹没了他们的膝盖，有时到胸脯、肩膀，只好趴着身子，游泳般前行。时常狂风大作，手拉着手彼此看不见，没水喝只好吃雪，没引火材料只能用雪和着糌粑吃，没铺床之地只有铺于雪之上，还需时不时地起来抖掉皮袄上的积雪，不然就会被雪掩埋。时间长了，大家得了雪盲症，看不见东西，脚又生冻疮，还要忍受呕吐和缺水而吃雪的困扰。特别是由于严寒，三长老的手指上冻掉了一块肉，毫无知觉，大家面临着生死的威胁，也不知坚持了多少天，才终于爬上了一个分水岭的地方，眼前出现了一片广阔的原野，一面明镜似的湖泊，静静地躺在草原的边缘，在阳光下闪烁着粼粼的波光。

长时间以来他们已看惯了雪山，爬的是崎岖坎坷的山路，现在眼前豁然出现了一望无际的绿绒毯般的草原，一潭明净湛蓝如宝石般的湖，着实让人赏心悦目。怎叫人不欢呼雀跃呢，一下子，整个队伍都沸腾了。

大家以为可以放松一下了，于是找了一块背风的地方，搭起了帐篷，想好好地休整休整。没想到的是，当大家进入梦乡熟睡的时候，几声狼叫，把大家伙从沉睡中惊醒。大家立即爬起来，握紧了手中的武器，二长老与三长老走出帐篷门一看，不看则已，一看吓了一跳，也许由于大家伙吃饭时留下的牛羊骨头，招引来了狼群；也许是狼群想袭击他们呢！只见十多道蓝光向他们射来，很是可怕、可恶。

夜里的狼眼好吓人，以前只听人讲述过，现在目睹了才知道有多么的可怕。二长老悄悄地碰了一下三长老说道：“怎么办？”

“不用怕，有的是经验，区区一群野狼就想占我们的便宜，没那么容易！”

“我不想听你这些，现在如何对付他们？”

“你通知下去，共有十六只狼，我与你对付最前面的那三只，其余的狼，由他们十多个人共同对付，记住要配合好，听我的口令同时射击，不然会有麻烦的。”

“为什么？”

“你看！山顶上还有一只狼王。”

二长老一看，果真还有一只狼蹲在山岳顶上呢？头朝天，在注视着我们呢。二长老又问道：“那狼王会怎么样？”

“它会召唤来这附近的狼群，如果没估计错的话，这地方还有别的狼只。所以，我们要一举成功，同一时刻打死这十多只狼才行。”

三长老刚安排完，大家准备好的一刹那，狼群都一齐扑向了马群，只听三长老一声，“打”，箭与飞刀一齐射向狼群，十来只狼都中弹，可其中的一只狼却反身向三长老扑了过来，来势凶猛，张着血盆大口，眼看就要伤着人了，大家都屏住了呼吸，惊呆了。想再上箭已来不及了。三长老好一个临危不惧以迅雷不及掩耳之势拔出了长长的腰刀，一刀砍死了那条大灰狼，连叫唤的机会都没给它留下，大家齐声嚎叫道：“好！”

“三长老，你太棒了。”

“好了，大家就别再吹捧我了，大家再看看山丘上的狼王。”

只听见狼王一声长啸，疯狂地逃走了。

三长老接着说道：“狼王跑了，它的兵被杀死了，但狼还有可能回来报复。凭我多年放牧的经验，我们得生一堆火，因为狼最怕火，我们也可御寒，一举两得！”

二长老也接过话道：“三长老说得没错，我们把白天拾的柴火牛羊粪烧上，几个佣人分三班倒，不能让火灭了。”

“好的。”大家齐声道。

这样他们才放心地睡到了天亮，正准备起床。有一人报：“二长老、三长老，不好了！”

“咋不好呀？怎么回事？”

“一只……只……只大黑熊慢腾腾向我们这方向走来了。”

“快去叫大伙起来，做好应战准备。”

两位长老顾不上整理好衣服就冲出了帐篷，不一会大伙都跟了出来，只听二长老说道：“前段时间听说这儿有一只大黑熊经常出没，有一妇女被大熊所伤，额头以上的肉皮都撕开了，包括脑门上的皮，血淋淋的让人看了都害怕。”

三长老也补充说道：“你指的是那件正当狗熊咬伤人的时候，他哥赶来一刀砍伤熊的头部，方救出的那个妇女的事吧？”

二长老大声问道：“那妇女后来怎么样了？”

“妇女虽被救，但流血过多，让人把皮一针一针地缝好后，没几天就命归黄泉了。”

这时，只见黑熊好似要攻过来了，径直向他们这方跑来，三长老大声喊道：“大家上马，让我一人对付这大家伙。”

“好！大家都跟我走！”二长老也喊。

大家走出没有多远，那黑熊果真向三长老扑了过来，只见三长老腾地一跳避开了，跳到了熊左边，想乘机攻击，熊像人一样站立了起来，两只前爪当空将三长老压了下来，三长老看躲避不及，只好就地十八滚，滚出了一丈多远，可能是只饿急了的凶家伙，又一步窜了过来，想把猎物压于身下，长老看猛兽凶残，只好来一个鲤鱼打挺站了起来。大伙都被眼前的一幕惊呆了，都想举箭射击，又怕伤到长老。二长老确实忍耐不住自己，大声叫道：“三长老我来帮你。”

在二长老拿出飞刀，直掷向猛兽时，三长老舞开了安嘎（用皮、毛绳拴住，尾细头粗半尺来长，四方柱体的铁器做成），一面左躲右避，一面瞅准时机，安嘎好似变戏法一般，在空中旋转着，借力直劈向猛兽，半尺长的安嘎全砸进了熊的头上，血如注一般从熊的头顶中喷射出来，大吼了几声就偏偏歪歪倒了下去，二长老的飞刀也深深扎进了猛兽的脖子。

又是一阵欢呼，“哇……哇哇……哇哇哇……”

有几位小伙子从未见这阵势，早已吓破了胆，撒了一地的尿，招来了大家的一阵笑声。

笑声止了，大家收拾好东西，继续赶路。

浩荡的队伍抬着首领日夜兼程，但人员也不断地减少。

这不，远远地就见到，黑压压的几百头牦牛，上千只羊挤满广阔的原野，缓慢地向前移动着。牛吼马啸羊叫声织成一片，掩盖了大片无人区的寂静与安宁，好像是成千上万的农奴在呐喊，在诉说着践踏后的凄惨景象，葬身于火海的冤魂野鬼，躺在匪徒刀下血淋淋的尸首，被强奸掳夺后惨淡的撕心裂肺的喊叫声……

一伙非常残暴，实行烧光、抢光、杀光政策的强盗正向他们逼近。是的，这伙杀人不眨眼的强盗，干尽坏事，草原上不少部落的臣民都遭了殃。紧接着又是一场生死搏斗，残酷的战争。二长老与三长老指挥着已经司空见惯的残杀，虽然人员伤亡又一次大大地增加，但最终还是取得了胜利。

就这样，大队人马不管风吹雨打、大雪冰雹、强盗匪徒、猛兽猎豹的袭击与高山雪峰、大江大河的阻隔，坚定看不到香巴拉不罢休的信念，一直朝前，勇往直前……

若干年后，纳金·平措单增的先头队伍，抵达西藏阿里与新疆的交界地带，首领也断气仙逝了，整个队伍停止了前进。尼达次仁、宇白扎西长老立即派人告知热巴大长老。全族人知晓后，悲痛不已，跪倒在地，哭喊不止……

经几位长老达成一致意见，族人全部停止前行。因其一，伤亡惨重；其二，耗去的人力、物力、财力太多；其三，首领已死，按族中的规矩，首领的儿子可以立为新首领了，纳金·平措单增是在征途中死亡的；其四，寻找香巴拉之事，暂告一段落，等族人安顿好后，缓过劲后再继续。

族人的一部分人长期定居在了阿里与新疆交界的地方，以小首领为主的一部分人就留在了改则，逐渐发展壮大成了改则本（部落）。

文成公主的眼泪流成怒江传说

怒江与文成公主有着密切的联系，留下了一段感人的故事。

相传，文成公主一行人，自四川初入康区，已经见前面的山峰由绿色变成了白雪皑皑的雪峰，树木也逐渐稀少，由绿树变成了低矮的小草，再而就变成光秃秃的山峰，荒漠一片。当她们行至左贡一带，公主见四处苍山，天际茫茫，怀乡思亲之情油然而生。想起了在离开长安前，太宗皇帝的话来。

有一日，太宗皇帝叫来文成公主，和蔼地对文成公主说道："你心甘情愿地与松赞干布成婚，对我甚为重要。如果我逼你与他成婚，只会有害无益。天降大任于你，只有倾心竭力方可胜任。"

"父皇，女儿的心都要碎了。"文成公主极力控制住自己，不让眼泪流出。"但我知道别无选择，女儿会尽力维护大唐的安宁。"文成公主讲到此，停顿了一下轻声说道："也许上苍选定我为吐蕃人弘法。为此女儿应该感谢父皇对我委以重任。"

到了第二天，太宗皇帝起身说道："文成，我来是想问你，你是否同意我在早朝上宣布，天子的爱女，大唐公主文成，接受吐蕃国王松赞干布的求婚？"

文成用清楚、坚定的语气回答道："愿意！"

太宗皇帝与文成相互鞠了一躬，努力克制心中相互拥抱一下的冲动，任眼泪流淌则更是不可能的了。最后，文成公主面色苍白，十分顺从地坐上了自己的马，再次给父皇作了一揖，就在几百双眼睛的注视下举止得体地与父皇分别了。也许从此就天各一方，永无再见之日，一想到此，文成公主伤心欲绝。

文成公主越想越伤心，心都要碎了，再也控制不了自己，眼泪禁不住如泉涌一般，泪水汇聚，劈山开谷，化为了今天的怒江。

文成公主和亲记（一）

唐太宗派兵灭了东突厥后，又派出得力干将李靖击败了西南称霸一时的吐谷浑，打通了西域这条重要的交通要道。大大促进了西域各国与唐朝的交往，他们纷纷前来大唐，远在西南雪域的吐蕃，也派使者来了。

当时吐蕃的赞普名叫松赞干布，是个能文能武，智勇双全的人才。他在十三岁的时候，就精通骑马、射箭、击剑等各种武艺，而且爱好民歌，善于写诗，深受吐蕃人的爱戴。他的父王去世后，吐蕃贵族分崩离析，发动了叛乱，松赞干布赞普就靠着他的勇敢与才智及大相录东赞的辅佐，很快便平定了叛乱，稳定了雪域高原。

志向远大，身藏雄才伟略、鸿鹄之志的年轻赞普松赞干布，并不满足草原上吐蕃的贵族生活。他为了学习唐朝的文化，曾派出使者，翻越大山，走过草地，长途跋涉，来到长安要求跟唐朝建立友好关系。

唐太宗皇帝也听过吐蕃的名声，非常愿意跟他们结交，互通往来。还派出使者前往吐蕃回访。

过了两年，松赞干布又派使者到长安向唐朝求亲，唐太宗没有答应。吐蕃使者怕松赞责备他不会办事。回到吐蕃后，向松赞撒谎说："唐天子快要答应把公主下嫁给我们啦，因为吐谷浑王也去求亲，才把我们求亲的事给耽搁了。"

吐蕃和吐谷浑两国之间本来就在闹摩擦，松赞干布听了使者的汇报，更加怨恨吐谷浑，皱起眉头大声说道："如此猖狂，看你得意多久。本赞普非灭了你这国家不可！"使臣一听，心里暗暗高兴，也附和道："是的！尊敬的赞普，不消灭吐谷浑难解我们心头之恨，他们也太小看尊敬的赞普了，应该立马聚集人马打他个措手不及。"

年轻的赞普一听这话，怒发冲冠，拍案而起，大声下令道："夫人，传令下去，立即调集三军将领，攻打吐谷浑。"

身旁的录东赞大相若有所思，想劝说点什么，但最终没有说啥。并按照赞普的布置，马上出动二十万人马，进行了短暂的调整，备足了粮草，就开始大规模地进攻吐谷浑。吐谷浑王没有跟吐蕃打过多少仗，眼看赞普的军队斗志昂扬，英勇无比，攻势很猛，一时难以抵挡，就退到环海一带，作长远打算去了。

气势高昂的松赞干布打败了吐谷浑后，乘胜打到唐朝境内的松州，松州的军民没有准备，结果又被吐蕃军打得落花流水，吐蕃大获全胜。松赞干布赞普满心欢喜，不觉有些骄傲自大，不可一世起来，派人前往大唐，威胁地说道："唐朝的皇帝听好了，如果不把公主嫁给我，我就带兵打到长安。"

唐太宗一听，有些动怒了，招来众大臣，大声喊道："侯君集大将上前听令！"

侯君集立即上前一步，回答道："侯君集听令！"

"朕派你立即领兵全力反击吐蕃大军，一更准备，三更出发！绝不能让他们在中原如此放肆。"

"侯君集领命！"

大将侯君集领命之后，当晚三更就带领兵将出发，丝毫不敢怠慢，马不停蹄，日夜兼程地赶往松州，布阵反击吐蕃大军。此时，吐蕃将士挑起跟唐朝的战争，本来就不是心甘情愿，有些怨言，而且又是长途跋涉，气候又有些不适应。眼看唐朝派大军前来，都纷纷劝说让赞普退兵。松赞干布眼看蛮干下去，也不是办法，很有可能遭到失败，何况自己的目的是迎请心仪已久的唐朝公主，不是来开疆拓土，为吐蕃争夺地盘而来。想到这，就主动向唐朝求和。

唐太宗听说吐蕃要求和好，他本来就对吐蕃有好感，欣赏赞普松赞干布，这样一来，也就同意与吐蕃友好往来，答应讲和了。

公元640年，松赞干布赞普回吐蕃后，心里一直惦记着唐朝的公主，大相录东赞也感觉，如果赞普求得大唐的公主为妻，真可谓一举多得，既增进了与大唐人民的团结，友好地相处，免去了政治威慑力，还可加强物质文化的交流，相互促进。更重要的是如此一来，在西域就可以高枕无忧地发展自己了。想到这，主动进言，并要求前往大唐，松赞干布赞普一听录东赞之言，正合自己的心意，当即许诺。就这样，松赞干布派出了一队使臣，能干智慧、有勇有谋的使者禄东赞，带领一百人的出使队伍，备了五千两黄金和无数珍宝的厚礼，前往长安求亲。

唐太宗很乐意接见了吐蕃大相禄东赞，禄东赞彬彬有礼，诚心诚意地传达了他们的年轻赞普想跟唐朝友好往来，互结良缘的心愿，说得娓娓动听。让唐太宗动了心，很是满意，龙心大悦。就在皇族女儿中，挑选一位美丽温柔，贤惠大方，聪明智慧的女子，封为文成公主，把她许嫁给松赞干布。

据说，使者禄东赞是个绝顶聪明，智勇双全之人。后来，在青藏高原流传着一个“五难求婚使”的动人故事。禄东赞大相在长安求亲的时候，来求亲的各国使者很多。唐太宗下了一道命令，要前来求亲的使者先解答五个难题。哪一国使者能够解答，就答允跟那国和亲。这可难坏了大家，真可谓考人，难住了其他的求婚者，只有吐蕃求婚使者禄东赞脱颖而出。

第一道题目是要求把一根很细的丝线，穿过一颗有九曲孔道的明珠。其他使者束手无策只见禄东赞把丝线系在一只蚂蚁的腰部。蚂蚁带着丝线，爬过明珠的九曲孔道，丝线也就带过来了。

第二道题目是用一百匹母马和一百匹小马驹儿放在一起，要求辨认出哪匹马驹儿是哪匹母马生的。禄东赞把母马和马驹分开关了一天，断绝了马驹儿的饲料和水。第二天，再把它们放在一起。饿慌了的马驹儿分别奔到自己的母亲那里去吃奶。它们的母子关系也就认出来了。

禄东赞通过了一道道考试，最后一道是要从二千五百名美貌年轻的女子中，找出谁是文成公主。这道题更是困难重重，禄东赞凭借他的聪明才智，找到了文成公主的奶娘，问清楚公主的喜好，用她身上发出的气味，从几千名盖住脸的美貌女子中，一下子就把那仪态端庄大方的公主认了出来。

这些传说真真假假，不好辨认，也有可能只是传说。但是，它却反映了吐蕃人民对唐朝友好的愿望和完成这个使命的使者的赞美。

公元641年，十六岁的文成公主在江夏王李道宗的护送下，动身前去吐蕃。朝廷为公主备了一份十分丰厚的嫁妆。金银珠宝，绫罗绸缎当然是少不了。除此以外，还有许多吐蕃没有的谷物、果品、蔬菜的种子、药材、蚕种。她还带了大批的医药、树种、工程技术、天文历法的书籍。特别是释迦牟尼佛的十二岁等身像，也一同护送到吐蕃。

文成公主出嫁的消息传到吐蕃，从唐朝边境到吐蕃，一路上都有人准备好马匹、牦牛、船只、食物，接应文成公主。松赞干布亲自从逻些赶到柏海迎接。松赞干布和文成公主在那里举行了隆重的婚礼。

婚礼结束后，松赞干布和文成公主越过雪山高原，一共历时三年的时间，才到逻些城。公主入城的那天，逻些人民像过盛大节日一样，载歌载舞，夹道欢迎。松赞干布还在逻些按照唐朝的建筑格式，为公主专门建造了一座宫殿，给公主居住。充分显现出松赞干布对文成公主的溺爱，只是人生苦短，他们的这段万里相距的情缘维持的时间仅仅几年，留下了万千的不舍与依恋。公元650年，松赞干布死去。唐太宗也于前一年病死，接替他的是太子李治，这就是唐高宗皇帝。

赞普死后，文成公主没有回到大唐，二十出头就守寡，在吐蕃整整生活了四十年，她为汉藏两族人民的友好联系和发展藏族经济文化作出了贡献。直到现在，在西藏的大昭寺和布达拉宫，还供奉着松赞干布和文成公主的塑像。

文成公主庙修建在青海省玉树县结石镇南约20千米的通天河畔。相传系吐蕃藏族为纪念文成公主而建。这是一处藏式平顶建筑，高9米，长宽均约10米。庙内正中有文成公主浮雕石像、依山势凿成，像盘腿端坐，通高8米，其两旁有8名浮雕侍女分两层侍列。文成公主和侍女像均雕刻精湛，造型浑朴生动，神态端庄，反映了唐代雕刻工艺的高超水平。庙内两侧墙壁上有两个活佛画像，雕像对面壁上亦有绘着竹笋、石榴、棉花、宝镜和馒头的壁画，记录了当年文成公主教当地藏族人民耕作与纺织的事迹。庙宇面临溪流背倚高山，掩映于苍松翠柏之间，是西藏佛教徒和海内外游人朝拜与游览之所。

（选自巾帼故事《文成公主》）

文成公主和亲记（二）

唐朝贞观十二年（公元638年）九月辛亥日之夜，正当京城长安一派繁荣安乐、歌舞弦管之声响彻云霄之时，在距离长安西南两千多千米的松州（今四川松潘）城下，却是刀光剑影、血肉横飞，喊杀之声震动着附近的雪原。吏部尚书兼当弥道行军大总管侯君集的部下左武卫将军兼阔水道行军总管牛进道率领的两万步骑兵，一举攻入围困松州的吐蕃军大营。吐蕃军因已在松州城下停顿了好长时间，所以防备松懈，怎抵挡得住牛进道的铁骑横冲直撞？霎时，便溃不成军了。

这时，正在大营睡觉的吐蕃第三十二世赞普（即国王）松赞干布（又名弃宗弄赞）听到唐兵打败了吐蕃前军，便披衣急起，刚要上马去增援。就见前面军营火光冲天，他一时间也不知唐兵来了多少。这时，他的大论（宰相）禄东赞匆匆赶到，对他说："赞普，唐兵强悍骁勇，我军已败，赶快撤到拉木措雪谷去暂避。"

此时，松赞干布正窝着一肚子的火，松州没攻下，还来个大撤退，他对禄东赞嚷道："唐兵不宣而战，偷偷前来进攻，我……要和他们拼个死活！""我的赞普，唐兵已经打过来了，再拼下去，损失只会更大。再说，赞普，你的原意本是想出兵侵扰一下唐境，让唐天子赐婚，要是再打下去，两国伤了和气，这事还能有指望吗？"

松赞干布不响了，只得怒气冲冲地挥鞭对部下说："你们还愣着干什么？快撤！"

吐蕃军撤到拉木措雪谷后，松赞干布在大臣们的护卫下，巡视了营帐，安抚了随同来的党项、白兰等羌人部落头领。此时，正是高原九月的天气，浓云密布的天空，顷刻间便漫山遍野地飘起了雪花，但吐蕃军并不怕冷，纷纷将马匹及随军所携带的牛羊驱赶到旷野去放牧。同时，吐蕃庭掌政头人都齐集在赞普大帐，商议下一步与唐朝是打还是和的问题。

原来，唐朝时的吐蕃王国，创建于现在的西藏、青海一带，是少数民族政权，当时，吐蕃已先后战胜了吐谷浑、党项等羌族小国，逐渐强大起来，号称有“胜兵二十万”，威胁着唐朝西部边陲的安全。贞观三年，十三岁的松赞干布继位为赞普，在许多大臣的辅佐下，强大的吐蕃终于成为唐朝的劲敌。

但是，松赞干布一直钦慕中原文化，非常想与唐朝通婚，使蕃汉结成一家。可是，他的努力一直未获成功。贞观十二年（公元638年）八月，松赞干布听说突厥、吐谷浑的可汗都被唐天子赐婚公主。尤其是国力较弱的吐谷浑可汗诺曷钵，不仅许配了宗女弘化公主，还被唐朝封为河源郡王。对此，年轻气盛的松赞干布便觉得面子上下不来，因而也赶快派使者到长安请婚。

谁知贞观皇帝李世民此时对吐蕃还不太了解，又加上吐蕃派去的使者态度傲慢，李世民很不高兴，没有准许。使者觉得回去无法向松赞干布交差，就采取嫁祸于人的办法，谎报说：“唐朝天子本来是想许婚的，因被吐谷浑的诺曷钵挑拨，才收回了成命。”他挑拨了吐蕃与吐谷浑的关系。松赞干布不明真相，自然更加无法忍受，便决定以武力威胁，出兵二十万攻破吐谷浑、党项和白兰等部，并出兵包围松州，向唐朝炫耀武力，逼迫唐朝许婚。谁知，强盛的唐朝随即发兵，一举将吐蕃击败于松州城下。

在赞普召集会上，大臣俄梅勒赞力主继续对唐用兵，而大相禄东赞则坚决反对，他说：“赞普原意是要请婚，而不是打仗，再说，眼下蕃唐两家都是强国，就好比两虎相斗，死伤的是无辜百姓，依臣之见，不如息兵罢战，派得力使者赴长安，表达我们的诚意。”

俄梅勒赞道：“赞普自登位以来，在天神的护佑下，东征西讨，无不胜利。唐兵深入边陲，运粮不便，我们一定可以打败他们。”

松赞干布觉的两个讲得都有道理，正在犹疑不定的时候，忽然，侍臣甲瓦匆匆来向大家报告说：“启禀赞普，不好了，小论（副宰相）朗布等八位大臣，听说赞普还要与唐朝打仗，都自缢身死了。”

“啊！”松赞干布和在场的人都吓了一跳。

小论朗布是一位德高望重的大臣，他与禄东赞一样，也是反对松赞干布出兵的，他曾劝说了松赞干布好多次，但没有被采纳，便进而拒绝履职。与小论朗布同时反对出兵的，还有另外七位大臣，他们也都是当年跟随松赞干布的父亲朗日论赞作战的有功老臣。想不到，他们竟会以死来谏松赞干布罢战撤兵，这使松赞干布十分震撼，他含着眼泪对禄东赞说："看来，你和小论朗布的想法是对的，这次出兵，我军损失很大，看到那些死伤的兄弟，我的心里也十分悲痛，我决定撤兵回逻些（今西藏拉萨市）。现在，我派遣你为奉唐使，前去向唐朝天子朝贡，并敬献黄金五千两，珍玩数百件，请你务必拜请唐朝天子，能赐婚于我一位公主作为妻子。你一定要圆满完成使命！"

禄东赞再次受命，说："臣以为和总比战好，与唐朝打仗，对我吐蕃没有什么好处，现在赞普信任我，我将不辱使命。"

数日后，吐蕃庭向唐军统帅侯君集发去了罢兵息战的文书，主动撤回逻些了。

说来也奇怪得很，自从松赞干布决定撤兵并派使者向唐朝求婚以后，连日来正下着的雪也突然停住了。高原的太阳，驱散了乌云，那金色的光芒，把一座座雪山照耀得更加晶莹透亮。在一个明媚的早晨，大相禄东赞率领一支装满黄金和各种礼品的驼队，在百名骑兵的护送下，出发向东，直往唐朝都城长安驰去。

文成公主刚回府她的贴身宫女紫箫就跪地叩见，并欣喜地说："公主大喜，听说皇上马上要将您赐婚了。"

"这么说，赐婚的事是真的了？"文成公主道。

"那还有假？听说皇上今天把老丞相魏征、大将军李世勋、中书舍人马周等大臣召到九成宫，会商了整整一个下午，让公主下嫁的事，就是这次召见中定下的。"玉华答道。

随侍公主的另一位贴身宫女绮霞刚刚与文成公主一起回来，她迫不及待地问紫箫："那么，皇上御前会上是否已定下让咱们公主下嫁哪一国的国君？"绮霞问道。

"皇上只是下旨选定咱们公主这次作为下嫁的对象，至于究竟嫁给哪一国可汗，皇上还没下圣旨呢。"玉华道。

“为什么要把咱们的公主嫁到塞外去？”绮霞又问。

紫箫比绮霞年长两岁，她对绮霞解释说：“还不是因为咱们的文成公主人长得太漂亮，而且又有才学，为人又贤惠，善识大体，早已名声在外。听说这次有好几个国的可汗来向皇上求亲，指名道姓非咱们的文成公主不娶。贞观皇上也特别喜欢咱们公主，一直希望为公主物色一位好夫婿，让公主一辈子幸福。所以，允婚也很慎重，至今还下不了决断。”紫箫的话，其实也是说给文成公主听的。

绮霞吐了一口气，说：“喔哟，说来说去，咱们公主的婆家还没定哪！好啦，吃饭吧，肚子都快饿扁了。”

几个姑娘连忙让文成公主宽衣、净手、侍候她吃饭，可是，文成公主一边吃，一边却满腹心事。

女儿家，出嫁前最关心的是父母给自己找了个什么样的夫婿：长相英俊不英俊？脾气好不好？会不会体贴妻子？还有，家境、门第怎么样？文成公主当然不需要考虑家境和门第，她贵为公主，下嫁时皇帝会准备丰厚的嫁妆，几辈子也吃喝花费不完。但是，夫婿是什么样的人，她是十分关心的，尤其是，她这次下嫁的将是番邦属国的可汗，这就不能不使她心事重重了。

还在半个月前，朝廷内外就沸沸扬扬，说京城里突然来了许多外族求婚使团，其中有以大相禄东赞为正使的吐蕃求婚团，人数达两百人，另有天竺法王使团百人，格萨尔军王求婚使团百人，大食国财富王使团百人，巴达霍尔王使团百人，南诏国太子求婚使团八十人等，这些求婚使节到达长安后，便四处活动，搞得士庶官吏人人皆知，他们贡献给皇帝的礼品也堆积如山，据说原先的国库都存放不下了，只好在九成宫后面的偏殿辟出一块地方专门来贮藏这些财物。

文成公主原先并没有很关心这件事，她想，这次来求婚的，都是国力强盛的一些可汗，他们当然希望与皇上的亲生女儿配亲，以增进两国的亲善关系，自己虽有公主的封号，其实不过是位宗室女儿，论辈分排序，是当今皇上的堂侄女，反正轮不到自己的，所以也没有将这事放在心上，依然整天在宫中与紫箫、绮霞他们几个姑娘读读书、弈弈棋，有时也弹弹琴。

有一天，文成公主前去朝见皇上的徐贤妃时，徐贤妃笑着对她说："文成公主，皇上这几天正为你的终身大事操着心呢。"

"这……"文成公主羞得不知怎么回答才好。

徐贤妃又道："你也许已经知道了，这些天，京城里来了好几个国的求婚使者，皇上打算选几位公主下嫁，你也在候选之列呢！"

旁边紫箫忙问：皇上让公主嫁给哪国的可汗?

"这，恐怕没这么快能定下吧。"徐贤妃淡淡地说。

文成公主回到自己寝宫后，抑制不住内心的激越情绪，几个贴身宫婢都来关切地询问。弄得她更加心乱如麻，这时，她忽然觉得自己虽贵为公主，内心却是非常寂寞的，她不由得想起了自己在这个世界上血缘最亲的人——江夏王李道宗夫妇。

李道宗是当今皇帝李世民的族弟，字承范，十七岁时便跟随李世民南征北战，颇得信任与眷顾，他屡立战功，封为江夏王，在朝中任礼部尚书。李道宗有个亲弟弟名叫李道兴，曾被封为广宁郡王，贞观九年任交州都督，因不服南方水土，染上时疫而死。

文成公主从记事起，就被养于宫中，听奶娘芸娘说，她可能是广宁郡王的女儿，生下以后。因郡王在外州为官，遂寄养于京中江夏王王府，一次贞观皇帝驾幸江夏王府，看到幼小的文成公主后非常喜欢，便将她抱入宫中恩养。广宁郡王在交州病故后，皇上很是悲伤了一阵，还流了泪，为了表达自己对广宁郡王的思念之情，便立即下诏封他的女儿为文成公主，这样一来，江夏王李道宗便由文成公主的亲伯父变成了堂叔父。李道宗夫妇从来没有对文成公主谈起过她的身世，只说她是宗族之女，可能是出于对文成公主的爱护，同时也为了避嫌。文成公主知道了这层关系之后，虽然不敢认亲伯父李道宗，但她对江夏王夫妇的感情却非常深厚，逢年过节前去拜见不说，遇到了什么疑难问题，总要过府去向他们请教。

文成公主决定就自己的婚事去向李道宗夫妇打听，她带着绮霞来到江夏王府，拜见了婶娘王妃后，便对她说："婶娘，听说皇上将要把我许婚外藩可汗，不知这件事王叔讲起过没有？"王妃听了，非常诧异，说："王爷回来从没讲起啊！"

"那就算了，可能皇上还没将这事定下来。"文成公主说。

王妃听说皇帝有可能要将文成公主许配番邦的可汗，不禁有点心酸，她想，侄女这么柔弱，嫁到远离京城万里外的偏僻地方去，语言又不通，生活习俗不同，不要吃大苦了吗？想到这里，她便只好安慰文成公主说："公主，传闻的事，你也不用多想，如果皇上真的要将你赐婚番邦可汗，婶娘一定会让王爷替你说话。"

文成公主拜谢，说："父皇是圣明的，想来他一定会深思熟虑为女儿考虑周全。妾倒不怕远嫁，而是希望能碰到一位对我大唐能友好、恭顺的可汗，这样，女儿也可不断孝敬父皇和皇叔父。"

文成公主没有探听到任何确实消息，便返宫去了，但她总觉得徐贤妃的话不是随便说说的，看来，这次如果要赐婚番邦可汗，自己是首先在考虑之列，想到这里，她便机敏地暗示紫箫要多长一只耳朵，及时打听事情的进展。

一天，突然有位内监捧旨来到后宫，对文成公主说："皇上有旨，宣你到九成宫见驾。"

"现在就去吗？"文成问道。

"马上随奴才去，车子已在宫门口候着了，——哦，宫婢一个也不准带。"

"臣儿遵旨！"文成答道。

满腹狐疑的文成公主随太监来到九成宫御书房，只见皇帝和徐贤妃都在，文成公主向他们行了参拜大礼后，便垂手侍立于徐贤妃一侧。

李世民对她说："文成，朕的好女儿，你可能已经知道了，这些天，西南夷诸国派了五六批使节来为他们的可汗请婚，有的还指名道姓要娶你。朕为了偃武修文，保边疆之安宁，已经将皇妹衡阳公主下嫁了突厥可汗，女儿弘化公主下嫁了吐谷浑可汗，现在，朕正在考虑为你物色一个可汗招为驸马，不知道女儿有什么想法？”

文成公主一听，忙轻启朱唇，奏道：陛下，女儿深荷父皇厚恩，只知终身感戴，女儿唯父皇之恩命是从。

“好，好，好，”李世民听了，爽朗地笑着对徐贤妃说，“朕的女儿都是能顾全大局的。”他又对文成公主说：“只是嫁出去之后，那里生活很苦，住毡帐、餐风沙，与牛羊为伴，你不怕苦吗？”

“要说苦，父皇当年南征北战削平群雄，长年累月人不解甲，那才叫苦呢！再说，女儿要去的地方是可汗王庭，条件比可汗普通的臣民要好，为什么就不能过？如今，万邦归一，胡汉一家，女儿过去，可以向可汗和他的臣民宣示大唐天子的恩威，让胡汉永远结为兄弟，解兵息戈，靖边宁静，以报答陛下大恩于万一。”

这一番话，出自一位久居深宫的金枝玉叶之口，李世民听了怎会不喜欢？他当即赞道：“朕的女儿如此体会朕心，朕还有什么不满足的？只是这次请婚的有好几国可汗，不知女儿愿意嫁给哪一国可汗？”

文成公主顿时腼腆起来，说：“父皇，女儿并不了解各国可汗的情况，但我想，父皇何不考察一下各国请婚使者以选择一位有德行的可汗呢？”

徐贤妃也马上赞同，说：“公主这个主意很好，哪家的请婚使节能赢得考试，说明其可汗是位贤明的君主，公主下嫁就能婚姻美满。”

李世民乐呵呵地笑着说：“朕再召亲臣商议一下。”隔了数日，紫箫从朝中探听到，皇帝真的出了很多题目让各国请婚使节进行考试。吐蕃使者禄东赞顺利地通过考试，禄东赞在诸国求亲使臣们的一片妒羡的眼光下，被召进宫去晋见文成公主了。

现在，他是作为吐蕃的大相来参见未来的吐蕃国赞普妃文成公主的，因此，需要执君臣之礼。他刚被引导入文成公主居住的披香殿，便见绣榻上坐着一位天仙般美丽的姑娘，她那鹅蛋脸又白又嫩，白得比美玉还晶莹剔透，犹如月亮的光华。她的一双丹凤眼中，镶嵌着两只乌黑的眼珠，它们好像两只会说话的鹦哥，那眼神，既温和，又充满着无穷的智慧。尤其是公主眉宇中心的一粒美人痣，它不仅使公主变得越发娇艳动人，而且那鲜红的一点，又似跳动着的一颗真诚、善良的芳心。禄东赞正是记住了这颗红痣，使他能在环佩琅珰，脂香肤腻的三百位美女中认出了文成公主，从而最后通过了贞观天子的考试，为他的赞普松赞干布争取到了大唐皇帝的许婚。禄东赞虽然是第二次见到文成公主，但他仍然是一副诚惶诚恐、谦和恭敬的态度，按照唐朝廷的礼节，向公主行了三跪九磕之礼，然后俯伏于地，奏道："外臣禄东赞参见大唐文成公主，公主千岁千千岁！"

文成公主微微点头，说："大相是吐蕃国首相，可以用吐蕃礼相见。"

禄东赞称谢，当即说道："赞普蒙大唐天子许婚，就是唐天子的女婿，蕃汉一家。臣是赞普的奴仆，也该用大唐礼仪晋见公主。"

文成公主见他说话、行事颇合中原礼法，非常高兴，对他说："大相到中原后，不知道生活可过得惯？"

禄东赞道："小臣自到上国，住在馆驿中，受到朝廷很高的礼遇，牛羊肉、乳酪等从来就没有缺少过，不但如此，小臣还有幸喝到了中原的美酒，吃到了大唐百姓日常吃的精美菜肴和各种点心、饭食，实在是福分不小。尤其是来到长安以后，小人和几位蕃使在学习中原汉语的过程中，聆听了不少儒生讲授的《诗》《礼》经籍，懂得了许多做人的道理，臣等深为叹服，也明白了中原朝廷能够建造如此广大的京城和壮美的皇宫。是靠了中原高度的、博大的文化。"

"啊，你们竟开始学习中原礼仪经典了？"文成公主没有想到吐蕃使者这样好学上进，太出乎她的意料。她忙答道，"大相的品格，真是令人钦佩，也给我很大启发。我已经是赞普的臣民了，将来在吐蕃国生活，所以，也要学习吐蕃语，并能适应高原边陲吐蕃族的习俗，为此，我想趁皇上为我准备大婚的这段日子里，学习一些吐蕃语和了解吐蕃国的情况，不知大相能否给予帮助？"

禄东赞听了，方知文成公主虽身在皇宫，却早已心系吐蕃，深为感动地说："小臣早就听说公主不仅美貌绝伦，而且博学多才，极为贤淑，今天听了公主的一席教诲，更是令人钦佩。公主下嫁赞普后，同是吐蕃国主，小臣理当侍奉。学习吐蕃语之事，就由小臣安排，但不知何时可以开始？”

文成公主道：“就从明天开始吧。”

“一定遵命，小臣将物色好吐蕃的女通事，前来应侍。”

“那，就说定了。”文成公主又道，“还有一件事，父皇对于我的婚事，十分关心，并询问我需要什么作为陪嫁，我想金玉珍宝，吐蕃国也不缺乏，因此想带一些于吐蕃国臣民有益的东西，作为晋见之礼，这件事，也请大相予以指点。”

禄东赞听了，更为文成公主周密的思虑所打动，他随即回奏道：“公主千岁所言，足见对我吐蕃国臣民的仁爱之情。臣来东土之后，对大唐的建筑技艺深为钦佩，还有，我吐蕃大部分地区都不从事农耕，只有放牧，公主如能带上一些芜菁种子，及营造工匠、治病的药方等过去，那么，我吐蕃百姓将永世感戴。”

“大相的建议，我一定认真考虑，并进行准备。”文成公主说：“我想，这次既然万里赴蕃，不妨多向父皇要一些实用的东西，说不定将来会对我吐蕃国的兴旺昌盛有用。”

从此以后，文成公主便天天学习吐蕃语，了解吐蕃的风俗，她又是个虔诚的佛教徒，听说佛教在吐蕃尚不普及流行，便决心要在嫁过去后，弘扬佛法。她还天天跪在释迦牟尼金佛像前祈祷，并率领紫箫、绮霞等宫女一日三次跪请释迦牟尼佛祖允准，待等西嫁之日，请佛像一起西行入蕃。

贞观十五年（公元641年）春正月，李世民颁下圣旨，决定派遣礼部尚书、江夏王李道宗为专使，持节护送文成公主入吐蕃完婚。李世民这一任命，既使文成公主高兴，又遂了李道宗夫妇能最后为亲侄女尽一份爱心的愿望。

出发的日子越来越近了，文成公主先到江夏王府，与王妃洒泪辞别，同时，也对将入蕃主婚的亲伯父进行了慰谢。

李世民又召见了吐蕃使禄东赞，召见仪式是在明德殿进行的，皇帝对禄东赞能圆满完成使命表示了赞赏，同时，对这位中年吐蕃使的聪明才智和好学精神也极为欣赏。他对禄东赞说：“朕将爱女文成公主赐婚给你们的赞普，为了两国永远和好下去，你已不辱使命。”

这年正月丁丑日，浩浩荡荡的送亲队伍，在江夏王李道宗的率领下，由长安出发了。徐贤妃、江夏王妃等一批诰命夫人也代表贞观天子将文成公主一直送到渭水河畔，方才挥泪话别。文成公主便在李道宗的护卫下，坐在一辆香车上，缓缓向西行驶，她的侍女紫箫、绮霞和奶妈芸娘等也陪同入蕃，侍候公主起居。

文成公主的送亲队伍十分气派，前头是五百名禁卫龙骑兵，龙骑兵后是十僧十尼护持的释迦牟尼金佛像，佛像后是两车共三百六十卷经书及法器、佛事用的服饰等。接下来，是正式的嫁妆，计有金鞍玉辔、金玉书橱、珠宝珍玩、各种金饰物，以及各种花纹图案的锦缎垫帔，文成公主的日常衣物、衣料共数十箱，赐给松赞干布和文成公主的大婚礼服各数套。另有卜筮经典共三百种，医学论著四种，治四百零四种病的医方一百种，医疗用器具六种，各种烹饪食物上百盒，各种饮料数百瓮，识别善恶的明鉴（史书）、各种经籍图书、诗文著述，以及数十袋芜菁种子、农耕器具若干，另有营造工匠男丁三百名、营造技艺著述六十种，载着日用生活必需品的骡马、骆驼数百匹。送亲队伍所过之处，沿途地方官员扫清道路，在城门口迎送，前来观看的老百姓人山人海。文成公主在车帘中，虽然看不见外面的热闹情景，但依然被官员百姓的欢呼声和真诚的祝愿所感动。

禄东赞被暂留长安，但他心系故国，征得唐朝廷的允准，他修书一封，命手下人日夜兼程，先行入蕃报告松赞干布，让他准备迎接。

行了数月，文成公主的队伍来到鄯城（今青海西宁），稍事休息后，便又继续出发，取道赤岭入吐谷浑。这时，公主因连日劳累，又加上不适应高原气候，竟感冒咳嗽不止，李道宗十分担心公主的身体状况，一日数次前来询问。公主见队伍停留在半途，每日要消耗掉许多食物，便对李道宗说：“叔父，我并没有什么大病，为什么不早些出发？”

“前面要过赤岭，此处道路险峻，已命蕃汉人役先行开道，再过数日，你的身体稍好一些，就可以出发。”李道宗奏道。

但文成公主不希望因为她的病而耽搁时间，她说：“我的身体没有什么大病，不要紧的，吐蕃赞普和那里的百姓听说我们已从长安出发，一定早就在翘首盼望了，我们应当早些前去。听说前面还有许多高山峻岭，如果在这里就畏缩不前，何时才能到达吐蕃？”

李道宗见文成公主催着起程，也不便延违，遂关照紫箫和绮霞悉心照料她，于是便命令队伍继续赶路了。遇上了一阵夹带着风沙的雪雹，这里已是青海高原，沿途地形复杂，一会儿是连绵不断的崇山峻岭，一会儿又是一望无际的草原。虽然已是春天，可此刻在这塞外荒漠，依旧是千里冰封、万里雪盖。道路也越来越难走，上坡的时候，经常要许多人手推肩扛，把车子和物品等抬过去。

大风和沙雹一连刮了两天两夜，真是刮得天昏地暗，日月无光，刮得连人的眼睛也睁不开。晚上，他们只能露宿在山谷的低洼处。文成公主的帐篷还比较宽敞，并且还生了火，但当她看到许多蕃汉军人在冰冷的帐篷里冻得瑟瑟发抖时，不禁生出怜悯之心。

这天，队伍正在一片雪原上艰难地行进着，风，还在拼命地刮着，差点将文成公主的香车顶篷刮走，李道宗来到公主车前，对她说：“公主，没想到塞外高原上，连春天的气候也如此恶劣，你受苦了。”

文成公主在帘内答道：“我坐在暖车里，用不着走路，还能言苦吗？叔父此番为了我，吃尽了苦头，我内心真有点过意不去呢！”

李道宗却连忙说：“我久经沙场，什么苦没吃过？为公主出这趟差，用不着穿冷冰冰的盔甲，就算是享受了。”

李道宗与文成公主边走边说，不仅驱散了旅途的寂寞，也减少了公主因恶劣天气产生的烦躁和焦虑，他们相互鼓励，增加了战胜困难的信心和勇气。

这时候，前卫的龙骑兵中尉突然飞马来到军中，向李道宗报告说：“禀江夏王，臣等在前面巡哨开路，抓获一名奸细！”

“先看押起来，等到了宿地，再带到大帐来审问。”李道宗回答。

龙骑兵中尉答应着走了，李道宗为了不惊动公主，便命继续冒着风雪赶路，直到夜晚时分，才在一片草滩上停下，扎营歇宿。中尉遂将白天抓获的奸细押进李道宗大营；李道宗一看那个跪着的人，约五十多岁年纪，身上穿着老羊皮袄，头上戴着一顶毡帽，他向李道宗叩见后，便嚷道："小人不是奸细，小人要见江夏王爷！"

"你是什么人？"李道宗回道。

"小人是河源郡王和弘化公主派出的迎唐使者，奉命在草原上四处寻找入蕃的文成公主，不是奸细。"迎唐使者回答。

"是吗？本人就是江夏王，你有什么凭据可以证明你是从河源郡王处来的？"李道宗道。

"小人是郡王府管家，名叫桑布顿珠，随身带有关防文书。"

"给他松绑，并让他将文书呈上！"李道宗对随侍的卫兵说。

桑布顿珠被松绑后，从怀中取出盖有河源郡王大红印的关防文书交给了李道宗，李道宗看罢，原来那文书上说，获悉文成公主即将入蕃，河源郡王夫妇已奉大唐皇帝圣旨在天海子建造了一座行宫，请公主及随从等前去歇马，留住一段时间以恢复旅途疲乏。李道宗很高兴，便笑着命人款待桑布顿珠，并歉意地请他坐下，说："大管家请原谅，刚才多多得罪了。"

桑布顿珠却不计较，他说："弘化公主听说文成公主降临鄙国，早就像盼星星、盼月亮似的盼着，如今已有十多天弄得寝食不安，生怕文成公主走了岔道，所以派出十八位宫廷大臣分十八路在草原荒漠上四处寻迎文成公主，没想到让我这一路给碰上了，哈哈，就凭这一点，当一天奸细，也值得。"

他的话逗得李道宗也哈哈大笑，说："大管家如此说，反使本王不好意思了。河源郡王与弘化公主为文成公主考虑得如此周密，实在是太感谢他们了，我回朝复命时，一定向皇上奏告他们的盛情。这样吧，你今天就在大营好好歇一夜，明天就在前队领路，我们即可直奔天海子了。"

李道宗随即将桑布顿珠到来的消息向文成公主作了报告，文成公主也非常高兴。

第二天，庞大的送亲队伍向天海子出发了，由于有桑布顿珠领路，所以走得非常顺利，仅仅三天就到达了天海子。

天海子的行宫，当然不是长安城中皇宫的概念，说到底，那不过是一幢幢石屋和土屋，仅数十间，不高。行宫前是一个大草滩。这里地势平坦，还有一条季节河流从草滩中间流过。风沙早停了，积雪也渐渐融化了，人们不再感到寒冷。远处，草原上洒满了星星点点的牛羊群，草原一下子变得如此宁静、美丽。

文成公主的队伍到达天海子行宫时，只见宫门内外旌旗飘扬，吐谷浑的河源郡王诺曷钵和弘化公主率领着盛装的男女臣民，早早恭候文成公主和江夏王李道宗的到来，这时，鼓声喧天，爆竹之声不绝，大家行过见面礼，弘化公主就含着激动的泪水，一把搂着文成公主哭了起来。

河源郡王和弘化公主为了欢迎文成公主的到来，在行宫中举行了盛大的宴会，他们请唐朝来的客人喝牛乳羊酪和青稞酒，吃烤牛羊肉，还让吐谷浑王宫里的侍女跳起了民族舞蹈，一直欢宴到很晚才散席。弘化公主担心文成公主旅途太劳累，便赶紧将她送到寝宫，让她好好休息，并教了她不少习惯高原生活的方法。

第二天，李道宗正打算去答谢诺曷钵，忽然，有一位吐蕃使者，从松赞干布处赶来迎候文成公主，李道宗当即赐见。这位吐蕃使名叫楚几那勤日桑，是松赞干布赞普庭的内相，他一见李道宗，便禀告说：“公主和送亲队伍，现在，他派人正在柏海建造行宫。”

李道宗大喜，说：“赞普对文成公主如此敬重，说明了我们之间的友好关系，自古蕃汉两族本为一家，我们希望他们的婚姻美满、幸福。”

内相又道：“这里离柏海仅数十天路程，请公主在这里多休息些日子，然后再出发。”说罢，便告辞了。

李道宗刚刚送出楚几那勤日桑，诺曷钵就来拜访，他一见到李道宗，便神色紧张地说：“出大事了，情况有变，江夏王知道吗？”

李道宗诧异地说：“出什么事了？”

诺曷钵道：“小王从吐蕃使者手下人处了解到，松赞干布已经娶泥婆罗（今尼泊尔）国王女儿墀尊公主为妃，其王妃并未废黜，现在又娶文成公主，将来大唐公主到了吐蕃，究竟谁算赞普的嫡妃呢？此事不可不弄清楚。”

李道宗对这事一点思想准备都没有，他听了非常吃惊，说：“吐蕃赞普竟是这么一个人，与我大唐通婚，岂可儿戏？”

他当即召见吐蕃内相楚儿那勤日桑，一见面便劈头问他：“你们吐蕃人言而无信，为什么赞普已有王妃，还要向我大唐求婚？”

内相见李道宗很生气，忙解释说：“吐蕃赞普惯例，是可以娶几位赞普妃的，就像唐天子亦可以娶好几位妻子一样，小臣弄不明白，王爷为何为这点事大惊小怪？”

一句话把李道宗堵住了，既然唐天子可以有三宫六院，为什么赞普不能有几位王妃？但是，大唐天子的公主是不能作为次妃的，他依然怒气冲冲地说：“这件事，赞普是欺瞒了唐天子的，如果朝廷早知道赞普有妃，文成公主就不会来了。现在我们的公主虽然已到达这里，但究竟是否可以成婚，尚需向大唐天子请旨定夺。”

一霎时，室内气氛异常紧张，吐蕃内相见李道宗很生气，眼看一场婚事要散伙，他很害怕和担心，因为伴随婚事破裂而来的，将是两国间的一场血腥的战争。于是，他耐着性子对李道宗说：“王爷千岁，此事还请求您能冷静下来，我们赞普一向钦慕中原文化，对大唐怀有崇敬，所以才请求赐婚公主，其意在能使两国永远和好，人民安居乐业。王爷还是应顾全大局，以宽大的胸怀，请求朝廷和公主予以谅解，务必使事端不致扩大为上策。”

李道宗听了，沉吟了半晌，他是个富有政治经验的大臣，从理智上判断，吐蕃内相的话是颇有道理的，但是，在语气上仍不能不严厉，说：“此事本王也不敢自专，即使事态恶化，其咎也在你们吐蕃。”

楚儿那勤日桑又说道：“王爷的话是不错的，但这是站在贵国方面权衡利益而言。就我们吐蕃来说，泥婆罗处在吐蕃国疆之南，赞普娶泥婆罗公主，也是为了国家安危大计，论关系吐蕃与泥婆罗仅是友好邻邦而已，而与中原则是一家，因而此举亦望大唐能够谅解。”

李道宗也不再与吐蕃内相辩论，便挥手让他退出。他不敢迟缓，便马上将此事奏告文成公主，文成公主也感到很吃惊，但她是识大体、顾大局的贤惠女子，思考了一下，便对李道宗说：“叔父，这件事论理吐蕃赞普应该早就说清楚才对，但是，现在事已至此，吐蕃赞普又不日就来迎亲，要是我方突然变卦，会不会重起边衅？那样，也就辜负了父皇赐婚的一番美意了。”

李道宗道：“可是，如果这样入蕃，公主不是要受委屈了吗？”

文成公主轻轻地说道：“只要两国和好，我一个女子，个人得失是微不足道的，即使受点委屈也不要紧。我不顾万里辛劳，告别亲人，远嫁吐蕃，难道真的就只为了赞普妃的名分、羡慕赞普的权势、贪图吐蕃国宫廷的享受吗？我是能深切体会父皇赐婚的苦心的。”说着，文成公主的眼圈也红了。

李道宗仔细品味着文成公主的话，觉得她讲得非常真诚、贴切。是啊，作为金枝玉叶的公主，锦衣玉食、良田美宅、奴仆成群对她又何足怪？在中原地方随便选个驸马下嫁，皇上也会满足公主的这些基本要求的。难道当吐蕃赞普妃的生活条件，能比得上中原的王公、驸马？公主也知道出塞当赞普妃是要吃苦的，但这些天来，她一直高高兴兴地在准备进行万里跋涉，一路上历经艰难险阻，从未动摇过远嫁的信念，这还不是为了蕃汉两国百姓能从此解兵息戈、和睦相处？这一切怎不叫他这位当叔父的对她产生由衷的敬佩？他忽然觉得，尽管自己是看着这位侄女从小长大的，但其实对她并不了解。

不过，在名分问题上，李道宗终究觉得如果不力争一下，那么就亏待了文成公主，于是，他便对公主说：“公主，等见了赞普后，臣还是会当面责问他的，一定要他定下公主名分后，才许成婚。”

文成公主却劝道：“叔父，依我看来，这事也没什么大不了的，赞普为了求亲，花费了很大的精力，礼仪周到隆重，还亲自到柏海来迎亲，我想他娶亲后，一定会尊重大唐的，叔父不必过分担心。况且即使现在正了名分，假如我不能讨赞普欢心，将来他也有权废掉我的嫡妃名分。所以，争名分其实是图眼前虚名，而两国能和好亲密，才是最可靠的。”

“可是，皇帝陛下会不会为此而生气？”李道宗道。

“父皇是个通情达理之人，再说，大相禄东赞在吐蕃已有夫人，父皇不是也力主将郡主段氏赐婚于他吗？”公主说到。

这一番话，说得李道宗心悦口服，他当即派人将吐蕃内相请来，向他宣示了文成公主的口谕，示以天朝博大为怀，赐婚原议不变，并责成内相立即筹划迎亲大典。弘化公主也体察文成公主心情，日日陪着她在一起叙谈，偶尔也与她一起外出巡视或散发布施。

过了将近一月，文成公主玉体疲劳已经恢复，李道宗下令起驾，向柏海进发，河源郡王和弘化公主恭送文成公主至百里之外，然后依依不舍地辞归了。

过了数十日，文成公主在李道宗和吐蕃内相的护卫下，如期到达柏海。这时，又有吐蕃使者前来禀告：松赞干布赞普的大帐就在离此不远的柏海边上，他将举行盛大的迎亲典礼，迎接文成公主和随同来的唐朝使节。李道宗很高兴，便建议公主在此处安营休息，以便准备参加明日的迎亲大典。

柏海位于青海省黄河源头以东，黄河从源头约古宗列出发，经过星宿海时，依然是一条条涓涓细流，它们都注入柏海。只有穿出柏海之后，它才成为一条名副其实的大河，从此便奔腾不息，直下中原，流入大海。在唐朝时，柏海是吐蕃到都城长安的一条重要通道，那里草滩上青草鲜美，牛羊肥壮。

二十五岁的松赞干布，这时已成为吐蕃的一代英主。他从小就向父亲论赞索学习了骑术和射箭、武术、击剑的技艺，十岁时，便成为勇武的壮士。十三岁时，论赞索（也译作朗日松赞）被部落贵族毒死，他在叔父的帮助下接了王位，然后立即下令查清了阴谋者并将他们统统处死，同时，又打败了搞分裂的贵族势力，建立了统一的国家。平定了内乱后，松赞干布又将王都从雅隆河谷的跋布川迁到富庶宽旷的逻些，并在山上建造了王宫（即今布达拉宫前身），逻些位于吉曲（今拉萨河）下游，具有西藏高原政治中心的地位。松赞干布迁都后更加踌躇满志，他要通过与唐朝的联姻，来提高自己在邻国的威望，同时也学习中原的政治文化制度，使吐蕃更加强盛，兴旺。

松赞干布的赞普大帐，是一顶非常大的牛皮帐篷，上面饰有各种花纹图案，这顶特制的大帐，可以容纳上百人居住。他决定在大帐中迎接唐朝的公主和送亲大臣。得到蕃使的报告，说文成公主第二天就可到达时，松赞干布兴奋了一夜，他命人在大帐四周遍插旌旗，牛羊全披红挂彩。同时，又在帐前草地上铺上大红毡毯，让吐蕃官员都换上鲜艳的衣服。他自己则精心梳洗打扮，穿上饰有无数珍珠的名贵衣服，戴上缀着一颗很大绿宝石的帽子，亲自在大帐外十里之遥迎接。

临近中午时分，文成公主的送亲队伍到达柏海，松赞干布抬头见当先的是一位五十多岁的唐朝郡王，他气宇轩昂地坐在马上，锦衣玉带，身佩紫金鱼袋，腰挂宝剑，威风凛凛，他的身后，是随之而来的鼓乐队伍，一见赞普时，美妙动听的丝竹之声顿时在草原上奏响了。松赞干布知道这位唐官就是江夏王李道宗，论辈分，他是公主的叔父。松赞干布连忙趋前一步，双膝跪倒，按中原礼节，以晚辈身份，口称："臣侄婿松赞干布迎接江夏王王叔！"

本来李道宗见面后就要责备松赞干布不该娶泥婆罗公主的事，但他见赞普竟屈膝恭迎，执子婿礼这样恭谨，气便立刻消失了一半，倒不能发脾气了，便赶快下马搀扶，说："赞普请起，大唐天子命小王送文成公主入蕃，因路途遥远，行程迟误，有劳赞普久候了。"

松赞干布见李道宗对他十分友好，心中大喜，便赶快邀请李道宗先行，李道宗拒辞不肯前行，松赞干布反而说："叔王是文成公主和臣的长辈，又衔大唐天子圣命莅蕃，自然应该走在前面，臣将扶公主香车随侍于王叔父之后。"

李道宗见赞普这么说，便也不再客气，便走在最前面进入赞普大帐，松赞干布请李道宗在帐中央先宣读贞观天子赐婚给吐蕃赞普的正式诏书，自己向东而跪，恭恭敬敬地听完宣读后接了圣旨，然后再向东北方行三跪九叩的遥拜礼，认了贞观皇帝为岳丈。做完这一切后，便扶李道宗上座，再以子婿礼进行参拜。这时，李道宗便请文成公主出见赞普。

这时，在香车中的文成公主早已盛妆完毕，在一派鼓乐声中，先是奶妈芸娘抱着装盒在前导引，然后由紫箫和绮霞一班侍女搀扶公主轻移莲步，缓缓从香车中出来，在一派鼓乐中走进吐蕃赞普的大帐。

松赞干布拱手迎接文成公主降临，他见公主果然如天仙般美丽非凡，她穿着一件粉红色的锦缎夹袄，下面着一条绣有山川日月的彩色花裙，肩上披着大红的丝绒斗篷，那斗篷一直曳到地上，身后一位侍女不断地为她捧着拖地长裙，斗篷的背面则绣着有凤来仪的图案。公主的头上梳着高高的发髻，上面缀满珠翠，一方纱巾盖在头上，使她的脸隐隐约约的，勾起人们的无限遐想。当公主走近松赞干布时，李道宗在旁为他们两人作了介绍，说：“公主殿下，这位就是吐蕃国松赞干布赞普殿下！”

文成公主忙用婀娜的身姿向松赞干布施礼，并轻轻地说：“大唐文成公主敬问吐蕃赞普安乐！”

松赞干布也忙向文成公主欠身施礼，说：“吐蕃赞普臣松赞干布恭迎文成公主殿下！”这时，帐内响起了一片欢呼之声，在一派音乐声中，松赞干布上前用手轻轻搀扶着文成公主，缓缓将她送入后账，公主身后的二十名侍婢也穿着华丽的衣饰，捧着公主的奁匣及衣物，随公主往后帐安顿。

松赞干布迎毕文成公主，便宣布盛宴开始，他让李道宗坐了首席，自己陪于下首。席间满是珍馐，还命随来的吐蕃女婢欢歌跳舞。李道宗则代表贞观皇帝向松赞干布赏赐了中原服饰，松赞干布也回献了珍珠玛瑙等贡品。席间，松赞干布忽然对李道宗说：“叔王可能已经知道，臣在逻些已经先娶墀尊公主为妃，但臣自从得知大唐天子赐婚以后，即与墀尊公主商定，文成公主不但是正妃，她还将位在墀尊公主之前，请江夏王回京后，向唐天子奏明。”

李道宗没想到松赞干布会主动提起这一敏感问题，而且还宣布了处理办法，觉得赞普与唐朝公主联姻的心地是虔诚的，不由心中大喜，便马上说：“此事小王已经得知，文成公主宽厚大度，本不欲再事计较，现在赞普既已有安排办法，两国间更是没有任何隔阂了，臣回朝之后，一定向天子复命，天子圣心也一定会高兴的。”

松赞干布听说文成公主早已谅解了自己，更是感动不已，他随即命手下的中枢三大臣、内务六大臣、外务六大臣都依次向李道宗敬礼如仪，李道宗为了表示友好，也命人将从中原带来的美酒敬奉给松赞干布手下的大臣，大家击桌而歌，节拍而舞，沉浸在欢乐之中。

松赞干布和文成公主的婚礼，决定在吐蕃的逻些王宫内举行，新房中的婚床正在日夜布置。因柏海到逻些尚有数十日行程，李道宗便就此告别，回朝复命，文成公主垂泪拜辞。松赞干布又向李道宗行了跪送礼。

江夏王送亲的队伍东归后的第二天，松赞干布便卫护文成公主出发向逻些而去。当年初夏，文成公主终于到达逻些，受到吐蕃臣民的盛大欢迎。

婚礼是按汉族的习俗礼仪举行的，至期，松赞干布换上了贞观皇帝所赐的唐朝驸马都尉服饰，文成公主也按汉族新娘的样子打扮起来，并蒙上了红盖头。全逻些的人们都用歌舞来欢庆这一大喜事。当夜，松赞干布作为新郎又按汉礼入了洞房，与文成公主举行了夫妇大礼。当他掀起公主的红盖头时，只见在红烛的照映下，文成公主那俊俏的脸，犹如天上的满月，显得非常动人，松赞干布幸福地笑了。而在文成公主眼中，她也第一次发现，松赞干布原来是一位身材壮实、面貌英俊、长相伟岸的丈夫，那唇上的一撮髭须，更使人觉得雄姿勃发，不愧为番邦英主。松赞干布凝视了文成公主许久，遂对满面含羞的文成公主说：“公主，见到你真是叫人高兴，你的脸，比雪山映照下的彩霞还美丽千万倍，我的祖先没有一个人能和中原公主通婚的，现在，我有幸娶了大唐的美丽公主，这实在是上天的赐福，是吐蕃臣民的万千之喜。我要为你在逻些新筑一座城，以便向四邻和子孙后代永远夸示”。

成婚后的文成公主，依旧按汉族习俗进行生活。她依礼接见了墀尊公主，两人以姐妹相称。文成公主又带着松赞干布参拜了释迦牟尼佛像，并向他宣讲了佛教教义，让随同入蕃的僧尼诵念佛经，保佑蕃国昌盛、人民幸福、六畜平安。在此之前，墀尊公主入蕃时，也曾带去一尊释迦牟尼佛像。两位王妃都动员松赞干布信奉佛教，松赞干布受到影响，便逐渐皈依佛法，从此以后，佛教便在蕃地盛行起来。原先流行的钵教则逐渐绝迹了。

有一次，文成公主对松赞干布说："我见你的臣民都喜欢在欢庆时把脸涂成赭色，很看不习惯，其实也不好看。"松赞干布听了，便马上下令废除这种陋习。她还常随松赞干布外出巡行，命随来的工匠人役，向吐蕃百姓传授农耕、纺织和酿造技艺，又亲自主持建造了有名的小昭寺。

文成公主带去的史书，经籍及医书，也对吐蕃的文化产生了深远的影响，之后不久，松赞干布就仿唐制设立了官制，还颁布了吐蕃立国以来第一部正式的法律，使吐蕃成为一个更强盛的国家。

松赞干布迎娶了文成公主后，他一直将自己当成大唐天子的女婿。李世民讨伐高丽国回朝后，他当即命大相禄东赞奉表祝贺，称"圣天子平定四方，日月所造之国皆为臣妾。"自言作为子婿，对这一胜利他特别高兴，并敬献创制的金鹅一只，高达七尺，以祝贺皇帝胜利奏凯。贞观二十三年（公元649年）十月，唐太宗李世民病死，唐高宗李治即位，封松赞干布为尉马都尉，赐爵西海郡王。松赞干布十分欣喜地接受了这一封号，并致书于宰相长孙无忌说："天子初即位，臣下有不忠者，当勒兵赴国讨除之。"同时奉献金银珠宝十五种，请求放在唐太宗灵座前，表示悼念。唐高宗李治随后也赐给吐蕃许多工匠及丝织品。

过去，吐蕃与唐朝也曾发生过多次战争，由于文成公主下嫁松赞干布后，使汉蕃两族人民结下了割不断的血缘关系，文成公主对汉藏两个民族的贡献，实在是非常大的，她播下的文化种子，其影响还将千秋万代流传下去。

永徽元年（公元650年），松赞干布病逝了，李治曾遣使入蕃吊祭，并为他在朝中举哀。永隆元年（公元680年），文成公主也在吐蕃病逝了，李治也命大臣入蕃吊祭。

文成公主死后，藏族人民一直纪念她，她和松赞干布都安葬在雅隆河谷的泽当西南（今琼结县），墓顶平台上的祠庙中还供奉着文成公主和松赞干布的遗像。她生前在吐蕃的活动，在藏族人民中留下许多美丽的传说，她的功绩至今仍被藏族人民传唱着。

（选自《文成公主》）

剧本篇

电影剧本《雪域丹青》

编剧：杨年华 赵宁宇

主要人物：

丹 青：男（7岁—17岁—37岁）汉族，曾云 徐志华的儿子。

强 巴：男（45岁—55岁—75岁）西藏喇嘛，收养丹青。

奶 奶：女（60岁—70岁）牧民。

曲 珍：女（8岁—18岁—38岁）奶奶的孙女。

黑 扎 巴：男（10岁—20岁—40岁）藏族，大名丹增，强巴的弟子。

胖 扎 巴：男 （12岁—22岁—42岁）藏族，大名科克【改为多吉泽仁】，强巴的弟子。

曾 云：男 （35岁）援藏技术员，养路道班勘探员，丹青的生父。

徐 志 华：女 （32岁）援藏干部，丹青的生母。

汉藏干部，藏族群众，小扎巴们。

序：片头

各式各样的唐卡，记载着动人的西藏故事，拼接、交替、推移、转换着。

（移轴，可在后期制作。）

【字幕】：出品方和主创人员名单（全部字幕均使用汉藏双语，下同）

镜头在片尾丹青所作的隐喻现实的巨幅唐卡上移动着，逐渐拉全：雪山、湖水、强巴、奶奶、曲珍、扎巴、寺庙、牦牛、羊群、冰川、峡谷，还有一具工笔的测量仪……

【字幕】：片名《雪域丹青》

1.滇藏线·怒江大峡谷　日　外

邦达草原、怒江大峡谷的沿途风景如画，偶尔出现的新建藏式民居、袅袅炊烟、成群的牛羊，展示着一片安居乐业的现代藏族地区的生活景象。

一辆长途汽车在318国道上前进着。

2.长途汽车　日　内

一位年近中年的男人，坐在窗边，玻璃映出他那俊朗的脸上挂满了沧桑。他默默地望着窗外的一切，飘忽的眼神中似乎总在寻找着什么。

突然，车停了。

3.滇藏线·怒江大峡谷　日　外

汽车出了小毛病，司机跳下车修理。

男人下车吸烟，他望着眼前的天地，有一种莫名的熟悉感，一切都是宿命。

男人的脸色变得苍白。他的耳边响起了多年前天崩地裂般的泥石流的声音。是这里，就是这里。

随着男人神色逐渐变得深沉，镜头缓推至他的脸部特写，从他的眼睛中可见蔚蓝的天空忽然舒云急卷，黑云涌现。

4.空镜

阴沉的天空，乌云密布。

几声闷雷由远及近而来。

5.滇藏线·卡车内　日　雨/内

噼噼啪啪，雨水敲打着卡车帆布车棚。一张酣睡的小脸，倒在母亲的腿上，这是童年时的丹青。他的身上裹着勘探队工作服改做的小衣服，头脸被一顶有些大的解放棉帽包裹，咧着小嘴，沉浸在睡梦中。因为高原反应的缘故，他的呼吸不是很顺畅，有一点粗重。车外传进的几声雷声很快盖过了丹青呼吸的声音。

车身猛然震颤了一下，母亲的身体弹了起来。这是志华，她的面容温婉，戴一副眼镜，有着和年龄不相称的皱纹。

她回身去看靠在旁边的儿子丹青，忽然，车身连续颤抖起来。车内模模糊糊的身影都随着车身一起上下颤抖。对面乘车的解放军战士闭目忍受。另外两个汉族妇女都颠得几乎呕吐。

志华将丹青抱在怀里，用自己的身体为儿子减震。

角落里，一个白发苍苍的藏族老妇神情如常，望着志华母子，甚至微微含笑。

志华捕捉到了这个目光，她也礼节性地回报了一笑。由于缺氧和颠簸，她的笑容并不那么美妙。

6.滇藏线·国道　日　雨/外

卡车在没有铺设柏油路面的道路上跌跌撞撞地前行，车轮陷进湿化的泥坑里，几经快速转动，轮胎挣扎着离开泥坑，车身强烈“跳动”。

两个司机紧张地驾驶着卡车，一个死握着方向盘，一个辨认道路领航引路，口中不停“喊”着指令。

【字幕】：1980年，滇藏线

7.滇藏线·卡车内　日　雨/内

丹青看到一个颠倒了的世界。在母亲的腿上、怀中，醒来的丹青看到藏族老妇人和善地伸过来一只手。

母亲志华也伸出手，从藏族老妇人手里，接过来一小块黑乎乎的含有药物、形似奶酪的“奶渣”。

老妇人示范，含了一小块“奶渣”，表示可以避免晕车。

志华犹豫了一下，掰下一小块“奶渣”，也含在嘴里。

解放军战士、另外两个妇女，也含了“奶渣”，晕车的痛苦似乎有些减轻。

志华有些欣喜，又掰下一小块“奶渣”，塞到丹青的口中。

丹青刚开始还有些新鲜的好奇，几秒钟后，眉头拧成一团，脸色发白，他吐出了口中的东西，涕泗横流，哇哇大哭起来。志华慌了手脚，赶快哄孩子，战士递过来军用水壶，两个妇女也来帮忙。

藏族老妇人不为所动，依旧露着微笑。

车猛然停住了。

车内的众人尽皆打了个趔趄。丹青瞬间不哭了。

8.滇藏线・怒江大峡谷　日　雨/外

几块碎石从山坡上滚落，击打在湿淋淋的卡车帆布车棚上。

司机冒雨探出了头，另一个司机从副驾驶座位上下车，在雨中紧张地望着前方。（大炮从中近景拉起升，带出山谷全景）

我们第一次看到，卡车孤零零地停在极其险峻的高原山峡之间。雷雨之中，巨大的声响回荡着，包围着他们。

9.滇藏线・卡车内　日　雨/内

车内的人有一种莫名的恐慌。很快，这种恐慌化作了某种声音。他们面面相觑，彼此寻找印证，是的，他们听到一种从未听过的声音，回旋，咆哮，越来越大，越来越近，紧紧地攥住了人心。

藏族老妇人闭上眼，口唇开阖着，无声地念着什么。似乎在和天际对话。

志华内心烦乱，她爬过去，拉开了帆布车后门帘，雨水让她的视线模糊，巨大的声响再次从远方传过来，回荡在整个山谷中。（那声音，就是相邻山谷中突如其来的泥石流，对志华和丹青的未来，造成了巨大的影响。）

身后的丹青并不知晓，皱皱巴巴的小脸上还沾着泪痕。

志华靠在门边，将手帕捏在手心中，隐隐心悸。

巨大的（泥石流）声响戛然而止，空留延续的残响。

10.然乌镇·勘探队临时驻地 昏 外

空景。

天色微暗，寂静的然乌湖上飘着薄薄的水汽，湖畔旁，是静静的村庄。牦牛和藏獒零星的叫声。

【字幕】然乌湖，西藏八宿

11.然乌镇·勘探队临时驻地 昏 内

一张又一张藏族欢笑的面孔，以老年人居多，也有孩子红扑扑的小脸。炉火映衬中，他们热情而好奇地“围观”着丹青。

丹青有些兴奋，又有些慌乱。他的手中举着一张放大的七寸老式花边的黑白照片，上边有很多人的形象。有几个汉族，更多的是藏族装束。这是爸爸曾云和镇上人们的合影。

志华靠在旁边，脸色苍白。一路的颠簸和高原反应，折磨着她。

丹青看着照片上一件饰物和对面老人身上的相似，兴奋地大叫：“是你！”

老人笑着摇摇头，将茶壶里的酥油茶倒进碗里。

丹青又看“准”了一顶帽子，喊道：“这个是你！”

这位老人把帽子摘掉，形象相差很远，丹青识别成年人的本领还很弱。

一个肉乎乎的藏族小孩，钻在桌子下，黑红的脸膛上，乌黑的大眼睛转动着。

丹青又看“准”了一个，指着对面的老人说：“这个是你！”

那个老人笑着摇摇头。（以上可用快速跳切）

这是一间简陋的居所，但收拾得很整齐。原先的单人木床旁，已经用条凳和木板搭出了新增宽度。墙上悬挂的器材，书桌上的书报，晾衣绳是电线拉的，脸盆是架在木墩子上的，窗台上还有一束插在罐头盒子里的野花。看得出来，主人虽然贫寒，却对生活充满了爱。

丹青静静心，又判断了一轮，搜索了一阵，豁然开朗地指着另外一个人：“你！是你！是你是你是你！”

这位老人脸上的皱纹绽开了，丹青终于猜对了。

丹青有些小得意地回头找妈妈，志华虚弱地笑了。

藏族小孩从桌子下边跳出来，跑到丹青面前，将一个泥塑小佛像“擦擦”【改为身上小藏刀，檫檫是藏族同志用来还愿的圣物，不会随意拿在手中】塞到了丹青手中。

丹青很喜欢，回身叫道：“妈妈！”

志华从包里取出一大包牛皮纸包的大白兔奶糖给丹青。

丹青给藏族们分送礼物。又给一位将近百岁的老奶奶送过去一大把，头大身小，憨态身形，不小心，绊倒了，被几个眼疾手快的藏族抱住。

志华因欢笑引起剧烈咳嗽。

窗户外有人声响动。志华走到窗前，透过破碎后用厚纸黏合的窗户玻璃，看到两个藏族男女飞快地跑开。

12.然乌镇 昏 外

志华出门看，却见一条藏獒卧在角落里，眼神冰冷，倦怠。

镇上，另一个方向，传来一阵喧闹声。人声近于鼎沸，志华的神情变化着，一种冥冥中的预感困扰着她，这不是一个吉利的征兆。

一群人，有汉族，也有藏族；有工人，也有普通牧民，抬着一扇篱笆门板，飞快地跑向医院方向。门板上躺着一个人。不止一个人追随在后边，其中有一个失魂落魄的喇嘛（强巴），身上一半是泥浆，一半是尘土。

（音乐渐起）

屋里的藏族纷纷出门探看，丹青也跟了出来。

丹青感受到一丝恐惧，去拉妈妈的手。

志华的神情已经呆滞了。她直觉感受到冥冥中宿命的残忍。

（片中藏族基本都说藏语。藏族之间说藏语。汉藏共同场景中藏族说藏语，偶加汉语；汉族说汉语。中年的藏族说汉语增多。）

13.然乌镇政府 晨 内外

（音乐升高）

牛粪燃烧的烟雾，缥缈地散布在空中，弥漫，飞扬。

桌子上摆着遗物，一口旧皮箱，一捆铺盖被褥，头盔、帽子，一些用网兜罩住的节约下来的罐头、糌粑、酥油，几支人工削刻的画笔，一架地质勘探用的测量仪——它形似有支架的望远镜。这些是曾云外出工作时携带的用品。

还有一封浸满泥水的遗书，信封可见几个字：勘探二队曾云。

志华的神情茫然，她的面容在几天内迅速变得枯槁。

两个干部坐在对面，一个是勘探队的汉族干部，一个是镇里的藏族干部。他们显得十分苍老，和年龄极不相称。

勘探队干部：“（声音很轻）都在这里了”。

藏族干部一下子哭出了声，又死死抑制住。

志华的眼神望向窗外，丹青坐在阳光下，正在发愣。

勘探队干部：“这是第七个同志了……我前边的队长，也是（悲从中来）遇上了泥石流……”

志华没有表情。她把手中的鼓鼓的老式大信封，缓缓放回桌上。

勘探队和镇上干部不明就里。

志华：“队里需要这个镇上需要这个。我，不需要。这些（指遗物）队里留着用吧。”

藏族干部要说话，勘探队干部暗暗拉住了他。

志华轻轻拿起遗书。一行清泪从志华的眼角流淌下来，延绵不绝，无止无休。

丹青还在院里发愣。

志华：“能让我和丹青去曾云走的地方看一眼吗？”

藏族干部的普通话很不标准："都垮了！牦牛，青稞田，都冲垮了！"
志华："（重复）能让我和丹青去曾云走的地方看一眼吗？"
勘探队干部："可以，都可以。"

14.然乌镇·小道 黄昏 外
两个干部带着志华，还有丹青，慢慢走着。
（音乐变奏）

15.滇藏线·怒江大峡谷 黄昏 外
志华和丹青木讷地跟随着两个干部，走上了山坡。
山峰，被云雾包围着，他们，就在白色云雾间行走，云中漫步，若即若离。

16.滇藏线·泥石流山谷 黄昏 外
到了，就是这里。

泥石流的痕迹已经不很清晰。（因为清晰我们没钱做）但险恶的山势依旧令人不寒而栗。

志华僵住了。丹青也感受到了某种悲伤，瞬间变得十分听话。

两个干部抑制住悲痛。藏族干部天性难抑，背过了身去。（或跳下山坡）

不远处的山包上，却见一僧服喇嘛，手中转轮【改为手拿一串佛珠。一般情况下喇嘛不会转轮，藏族信教群众才会。】，正在虔诚地念诵经文，为逝者超度。那正是前夜所见的强巴。

（摇移）强巴虔诚的表情。他已经意识到背后是什么人出现，但他依旧不停止口中的诵读。

哀莫大于心死，志华的神情。

17.然乌镇·勘探队临时驻地 夜 内
丹青已经憨憨地睡下了。

火盆微微跳动的火光映照着志华凄美的脸，脸上泪痕尚存。

志华一样一样检视丈夫曾云的遗物。

每一样。

每一样。

志华拿起遗书，想看，又不忍再看。那遗书是写在粗糙笔记本中撕下的几页纸上，老式钢笔墨水有些渗透纸背。一页纸从志华指间飘落，落在火中。它不肯被燃烧，但终于逐渐黑焦，一个个饱含深情的字迹在火中渐渐消失，曾云凄美的脸与火中的遗书画面交替、叠画……

〖音乐起，藏语男声清唱，歌词大意与遗书内容相近：那年七月，我带你来到这里，把心的种子，埋进这神奇的土地。那摇摆的转经筒，在为我们祈祷，雪峰、峡谷守护着我们的足迹。如果我的歌声渐渐远去，我会化作春泥，守望着你……〗

随着男声清唱，闪回夫妻二人曾经在藏族地区工作和生活的情景，并与曾云凄美的脸、火中的遗书多层画面交替、叠画……

丹青手中留下的最后一件遗物是照片，这是曾云、志华夫妇在然乌湖边的合影。

志华望着照片，突然面色急变，重重地咳嗽了一声，手帕中，竟是一大块黑红的血。

志华强挺着已经不支的身体，试图用手去抚摸丹青的小脸。丹青睡得很香。脸上丝毫没有日后的忧伤，更不知晓他正在遭遇什么。

突然而至的剧烈咳嗽令志华控制不住自己的身体，她手中的照片落入火中，照片上志华和丹青的容貌被一点点燃尽。

镜头经过瘫倒的志华，剧烈跳动的火光，经过火光映照的熟睡的丹青小脸……最后升起至屋内全景……

18.然乌镇·勘探队临时驻地　日　内

一双苍白的女人的手将一封叠得工工整整的信塞进信封，信封上是早已写好的几个字：勘探二队徐志华躺在病床上将手里的信封交给床边的一位藏族妇女，并用简单的藏语对妇女说："来这里工作的几年，我的身体多亏你照应，但这一次我恐怕挺不过了，对不起！"

藏族妇女接过信封，强忍住哭声，随即她闭上眼睛，嘴唇开合，低吟着什么，似乎是在为志华祈祷。

随着藏族妇女身体的晃动，志华发现了始终躲在角落的丹青。

丹青稚嫩的大眼睛望着妈妈志华，并胆怯地说："妈妈，你怎么了？我怕，咱们回家吧！"

志华勉强露出微笑，微弱着对儿子说："丹青不怕！丹青要坚强！爸爸妈妈不在的时候，丹青一定要坚强！"

志华始终微笑地看着儿子，眼神中却充满了不舍，一行泪水缓缓从眼角流出。（音乐起，和后来强巴相同的旋律，但配器相对单一，纯粹。或者说，强巴的音乐是志华的升级版，从母爱向父爱的音乐递进）

19.然乌镇　日　外

大地上，玛尼堆的铃铛，轻轻摇摆着，如泣如诉。

20.然乌湖／山路　黄昏　外

夕阳西沉，霞光满天，云蒸霞蔚，炸开了天空璀璨的花，把远处巍峨雄壮的雪山映衬得更加分外妖娆，美艳的处子一般。

（音乐：藏语女声清唱《心上的花儿为何带不走》）

湖边，一队汉藏两族构成的队伍，慢慢行走着。

曾云和志华的大幅黑白照片，被勘探队干部和藏族干部抬在胸前，走在队伍的最前列。【此外，我们安排大部分的人为汉族，因为藏族群众是不会参加送葬的，干部还可以。】

沿路之上，已经到处悬挂了许多藏族奉献的哈达【改为经幡，一般情况藏族不会专门为死者献哈达的，只有原来就挂着的经幡】（或其他纪念物），宛若一条送别的长河。

强巴带领胖扎巴、黑扎巴等一众小扎巴，口诵经文，格外地庄严肃穆。

丹青懵懵懂懂跟随在队伍中。

众多僧俗藏族百姓，跟随在队伍中。其中也有奶奶和小曲珍。

人们的反应并不如祖国内地百姓那样强烈。他们似乎已经见多了生死，似乎已经将生死看作了生活的一个部分。当然，每个人的眼中也都流露出对丹青，一个衣装异样的汉族孩子的怜悯。

21.滇藏线·怒江大峡谷 黄昏 外

队伍前进着，经过了遇难的地点。

成群的苍鹰在天上盘旋，苍山如海，残阳如血。

22.墓园 夜 外

酥油灯的点点火光，映衬着墓园中“曾云、徐志华”的墓碑。

送葬的人们，彻夜在此间守陵。

丹青懂事了，仿佛几天内长大了几岁，他的眼神中充满了复杂的情感。

墓园中，埋了丨几个牺牲的汉藏同志，墓碑，一个个名字，无言的倾诉。

一双成人的大手（不具体交代是何人），将测量仪轻轻挂到了丹青身前。

23.然乌镇政府 黄昏 内外

丹青依旧在院子里发愣，阳光晒在他的脸上，蔫蔫的。

他的身【旁】堆满了父母留下的遗物，还增添了许多的东西，都是藏族百姓送来的物品。

身后的窗户里，干部们正在激烈地争论。其中有勘探队干部和藏族干部，还有身份明显更高的干部。

院子里（或门外）停着一辆少见的吉普车。三个藏族少年围着打转，满脸好奇，他们和院里的气氛完全不相称。

勘探队干部：“我们队里能养！十几号人，还养不活这么大个孩子？”

藏族干部：“你们天天上雪山下【盐去掉加怒江、然乌】湖，怎么养？大青骡子都累死了两头！”

勘探队干部：“怎么不能，我背着，我们一个个背着，曾云的孩子，就是我们心头的一块肉！”

镇干部：“镇上刚拉上电，炉子热热的，酥油茶浓浓的，窗户厚得很！”

藏族干部：“人也多，每家几个娃子，多带一个，轮一轮就长成汉子了。”

勘探队干部：“（急得蹿火）队上的弟兄们不答应！今天全要跑来领孩子，让我给拦下了。他们说，要是不把孩子领回去，他们就罢免我这个队长！队上的卡车不熄火，我不把孩子带回去，就来……抢人！”

藏族干部气得满脸通红，冲上前两步，情感猛然涌上心头，涕泗横流。

镇干部也在擦眼泪。

勘探队干部的眼泪早就流干了。

曾云、志华的照片前，强巴始终坐在蒲团【改成软席，这是祖国内地经堂里僧人所用。】上，一直不说话，两眼出神。

三个干部还在争论，但是强巴似乎听不到他们的声音。他将视线转向窗外，丹青在那里，阳光下孤零零的小身体，是那样的孤独、可怜。

强巴：“（仿佛自言自语）要有电，要有炉子，要有厚窗户，暖和的床，干净的水。”

干部们不再争论，听着强巴的诉说。

强巴的神情中有一种喇嘛特有的镇定：“有长辈照顾，有小朋友，有宽敞的地方跑，有糌粑酥油，有牦牛奶牦牛肉。”

三个干部都认为是在说自己的地方，脸上有了纯朴的喜悦。

强巴：“有神的保佑。”

丹青望向天空，一只苍鹰飞过。

强巴：“（加重了语气）最重要的，照顾他的人，必须是曾云兄弟最亲最亲的人，是曾云兄弟拿生命换回来的人。”

他的眼中有泪光，面上有一种光芒。

丹青爆炸般的哭声猛然响起来，直到这时，幼小的他才懵懂地明白了自己遭遇到了什么样的命运。他的哭声环绕着整个镇子。

窗户里的人们，都停住了争论，扭头望向这个孤苦伶仃的孩子。八岁【6岁】。

24.山脚下 日 外

领导们将强巴和丹青送到山脚下，与强巴道别，两辆吉普车绝尘而去，爱动感情的藏族干部的神情在后窗中渐渐消失，只留下强巴孤零零的背影。

强巴转身，他看到站在远处的丹青正在用探测仪看着他。

强巴走向丹青，一大一小的身影渐渐拉近距离……

随着强巴的靠近，丹青的测量仪中的强巴渐渐变大变清晰，这是一张如岩石般冷峻又坚定的面孔。

强巴走到丹青面前，按下孩子手里的测量仪，向孩子露出了淡淡的慈祥的微笑。

（叠画）山路漫漫，一大一小的身影向山顶的寺庙走去。

25.寺庙·院 黄昏 内

打水、扫地、看书、下棋、打闹、发呆的扎巴，分布在院中各个角落。少年心性，憨态可掬。

大门打开，扎巴停止动作，还有陆续从屋里跑出去看热闹的扎巴，众人向大门望去……

众目下，丹青尾随强巴走进院中，在他的眼前出现了一个从未见过的世界：一块黄色，一抹红色，一道光线，胖扎巴、黑扎巴、经幢、经幡、建筑……风吹铜铃的声音从各个方向传来。

黑扎巴对测量仪明显产生了强烈的兴趣。

丹青继续走着，脸上的忧伤被一种人性的光辉逐渐替代。

丹青随强巴穿过院中，在一间僧舍门前站定，丹青被门上的装饰吸引，门突然被强巴推开，这是强巴的房间，也是丹青未来的家……。

26.寺庙·僧舍 黄昏 内

门被打开了。

两个剪影出现在门口。

一排整齐的僧床，样样一丝不苟。

27.寺庙·厨房 夜 内

厨火的映照下，胖扎巴添了几块牛粪，火光照耀着旁边丹青和黑扎巴的面庞。

黑扎巴将手打成窝窝，和了些奶茶，捏好了糌粑团团，递出去；糌粑经过强巴的面前，强巴用眼神示意，黑扎巴把糌粑传递给一个小扎巴，小扎巴把糌粑传递给刚回到位子上的胖扎巴，胖扎巴咽了口口水，用“牛粪手”将糌粑递到丹青的面前。

丹青一脸难色。

黑扎巴比比划划告诉丹青吃的方法。

丹青看着糌粑上黑乎乎的小点，几经努力，还是无法下咽。

糌粑刚出画，胖扎巴的大头就跃了上来，不停地示范。

强巴本来想阻止，想了想，回身用手添了些牛粪。（总得有个适应的过程）

锅里的水汽升起来了。黑扎巴继续用手去和糌粑。

丹青看着，神情很是难忍。

胖扎巴笑眯眯的大脸贴成个广角，举得高高的，是手中颜色稍暗的糌粑。

丹青强忍着把糌粑送到嘴边，最后还是放弃跑掉。

28.寺庙·大殿 夜 内外

透过一排烛光，可见扎巴们恭敬地将装满清水的若干铜碗供放在神像前。在烛光的映照下，强巴、扎巴们的脸明显有别于白天，这是真正的僧侣的面孔，赤诚又庄严。

强巴带领众僧开始诵经，气氛神圣庄重。

大殿门外，可见丹青在外面来回跑动的身影。

丹青在楼梯、高台等处来回跑动，他正在用测量仪观察明堂【改为大殿。明堂用在此不恰当。】里的一切：神态凝重的强巴、前仰后合的黑扎巴、跳动的烛火、形状怪异的金属器皿……最后丹青的测量仪定焦在一幅唐卡上，画中是白度母画像，在测量仪的镜头中，白度母慈祥微笑的面容竟然渐渐变成了志华的脸庞，丹青的嘴唇微微动了一下，似乎是轻轻叫了一声“妈妈”。丹青的测量仪继续搜寻，这回镜头定在了一张可怕的唐卡上，这是吉祥天母愤怒的面庞，她蓝色身，头戴骷髅冠，呲口卷舌，血盆大口中衔着一具人尸，探测仪中，吉祥天母竟然睁大了眼睛，口中发出凄厉的叫声。丹青吓得赶紧拿下探测仪，原来刚刚变换的唐卡是他童真的幻想。

29.僧舍·强巴僧舍 夜内

睡在临时铺上的强巴猛然惊醒，他借着夜光，睁大眼睛朝自己的床上看，床是空的。强巴欲急，随即他又朝脚下望去，只见丹青裹着羊皮毯子熟睡在自己的脚边。强巴小心地把丹青【改为丹青】往床上抱，但床上的红布垫子上的一大片湿印让他停住了，他顺势把手伸进裹着丹青的羊皮毯子里摸了摸，脸上掠过一丝苦笑。

30.寺庙·院 日 外

风吹铜铃的声音有节奏地响着。

丹青尿湿的小裤子和被褥在阳光下迎风飘扬。白公鸡、花母鸡悠闲地在其间散步。透过被褥间的缝隙，可见胖扎巴在扫地，黑扎巴端着一个夸张的大壶穿过院中。他们二人的眼睛都一直朝一个方向望去，顺着他们的视线，只见丹青站在墙头，拿着探测仪正四下观察：被美化的白云、蓝天、炊烟……如母亲的微笑与亲吻；被割裂变形的牦牛、图腾……让他有征服它们的快感；被聚焦的僧侣、庙堂……让他在放松与警惕中来回反复，最后他的镜头定在寺庙墙外一棵孤零零的树下，突然丹青打了一个趔趄，马上就要从墙上掉下，胖扎巴欲冲过去，“啪”的一下，晾晒的小裤子被风吹掉，着实蒙住了他胖胖的脸。

当胖扎巴再次望向墙头时，已不见丹青，欲急，随即又咧嘴笑了，只见墙下，强巴已把丹青抱住，向受了惊吓的丹青念叨着什么。

31.寺庙·大殿 日 内

大殿大门被缓缓推开，一个渺小的剪影出现在门口，是丹青。这是他第一次进大殿。

大殿里面没有人。僧衣都“立”在软席上，保持着“队形”。佛祖的造像和蔼地俯瞰着小小的丹青。

他看到了一张唐卡。

一张张唐卡。

许多状貌不一的唐卡。

丹青被唐卡深深地吸引了。有一张唐卡上的佛像，很像妈妈。

强巴出现在门口，默默地注视着，没有打扰丹青。

32.寺庙·大殿门口 夜 外

丹青坐在大殿门槛，用小石子在地上画了许多许多，他的身后是僧侣们在大殿里做晚【改为早】课。

喇嘛啦加斯其吾（汉语之意：皈依上师）

桑杰加斯其吾（汉语之意：皈依佛）

曲啦加斯其吾（汉语之意：皈依法）

给墩啦加斯其吾（汉语之意：皈依僧）

强巴讲经的声音低沉浑厚。

门里门外的世界互不打扰

强巴等众僧做完晚课，一行走出大殿，至门口处，众僧停住，只见丹青倚靠着门廊睡着了。地上满是他的涂鸦。

胖扎巴先开了口，他指着【加地】上的涂鸦认真地辨认：这个是男人、女人，还领着小孩儿，这个是？

胖扎巴认不出的正是丹青临摹的唐卡上的愤怒的吉祥天母。丹青的涂鸦与唐卡相差很远，因为他给这个曾经吓着他的天母的身上，画上了许多把宝剑。

强巴无言，岩石般的脸更加阴沉，他抱起睡熟的丹青，默默走出大殿。

33.寺庙·强巴僧舍 夜 内

屋里洒进淡淡的月光。丹青和强巴一个睡在床上，一个睡在地上，一小一老，一高一低，在他们的中间有一根系着铃铛的红绳。熟睡的丹青突然抖了两下，铃铛随即响起，强巴闻声纵身而起，并把迷迷糊糊的丹青抱下床去撒尿。

撒完尿的丹青睡得很安稳，嘴唇微微颤动，似乎在说些什么，强巴急忙把耳朵贴到丹青的嘴边，似乎在确认什么，但他却没有听到丹青的任何话语，强巴若有所思地凝视着这张可爱又稚嫩的小脸，而后重重地合眼，睡去。

34.寺庙·名堂门口 日 外

丹青又到大殿门口去画画，他发现，自己画的爸爸妈妈的线条被修改了，旁边，又多画了许多图案：云、山、房子、牦牛等，爸爸妈妈与它们在一起，和真人更加相像。

丹青举起胸前的测量仪四望，看到黑扎巴和胖扎巴正在远处偷望自己，丹青明白了。但他突然皱了眉头，使劲把地上所有的图画擦掉。

黑扎巴和胖扎巴不解，回身看着他们身后的强巴，而强巴也是一脸失望的神情。

35.寺庙·厨房 日 内

一个【去掉个】团【合】好的糌粑被丹青的小手捏来捏去，就是不放进嘴里。强巴、胖扎巴、黑扎巴师徒三人关切地看着他。

随即强巴用生硬的汉语说："大地的种子，吃下去会长高！"

丹青依然不吃也不语，而他的眼睛却转移到了桌上更大的一块糌粑。

36.寺庙·廊下 夜 外

月亮被薄云缓缓遮住一半。

强巴挂上第三根羽毛，这是丹青来寺庙的第三天。

强巴的身后是坐在台阶上的胖扎巴和黑扎巴。

胖扎巴突然开了口："师傅，丹青是不是哑巴？"

黑眨【改为扎】巴急忙抢话："你乱说！哑巴的耳朵是听不见的，丹青听得见！"

胖扎巴："但是他从来不说话，也从不笑不哭？为什么？"

强巴微微一怔，似乎被胖扎巴的话提醒，他打断黑扎巴与胖扎巴的对话，重重地说："月亮已经躲进云里，都快去睡吧！"

37.寺庙·廊下 日 外

地上画着一个歪歪扭扭的人形。（炮移）又一个月牙笑的人脸。又一个。

黑扎巴和胖扎巴手里握着扫帚，小心翼翼地扫着地，唯恐破坏了地上的"涂鸦"。他们一路顺着走下去，发现了许多歪七扭八的小人儿。挂唐卡的僧舍门前至转经筒的方向，约10米的小路上画满了小人儿。

黑扎巴一不留神，差点清除地上的一个小人儿，被胖扎巴一把拦住。胖扎巴指着前方，他们看到了测量仪。

38.寺庙·厨房 日内

丹青推开厨房大门，小心翼翼在厨房里寻找着什么，随后他爬到橱柜前，拿出里面的一块糌粑，快速跑出门去。

39.寺庙·廊下 日 外

胖扎巴和黑扎巴好奇地研究着丹青的测量仪，甚至没有发现从他们身后跑过的丹青。

（跳切）挑水的僧人。晒太阳的小扎巴。和蔼的佛像，威严的壁画。这也是丹青在这些日子里常看的世界。

测量仪后的孩子，是胖扎巴。他肥嘟嘟的小脸颤抖着，看得十分起劲。

忽然，镜头里出现了黑扎巴变形的大脸。

胖扎巴吓得一声大叫，跳开来，捡起扫帚去扫地。黑扎巴扳过测量仪，也起劲地看起来。

胖扎巴停了手里的动作，脸上有些不服气的样子。

40.寺庙·大殿 日 内

强巴在一幅度母唐卡的下面找到了已经睡着的丹青，这正是丹青觉得很像妈妈的那幅度母唐卡。

强巴抱起丹青时，发现他的两只小手里各攥着一块糌粑，它们已被丹青捏成了两个人形。

强巴微微一怔，继而仰望度母唐卡，轻轻念了一句经文。

41.寺庙·厨房 日 内

长凳上，躺着熟睡的丹青，旁边是胖扎巴和黑扎巴忙碌地准备晚饭。

丹青醒来，眼前模糊地出现了爸爸妈妈的面孔，他急忙揉揉眼睛，发现两个用糌粑捏成的小人正在冲自己笑，他们的样子与神情很像曾云与志华。

丹青忍不住轻声叫出：“爸、妈。”

黑扎巴与胖扎巴听到丹青的声音，四目相碰，会心而笑。

42.寺庙·大殿 黄昏 日

昏黄的光线中，强巴独自一人打坐于空荡的大殿中。

43.寺庙·廊下 日 外

皓月当空，繁星如钻石般闪亮。

强巴又挂上一根羽毛，这是丹青来寺庙的第四天。

强巴的身后是坐在台阶上的胖扎巴和黑扎巴。

黑扎巴：“师父，听加央老师说，天上有银河，每年的七月初七晚上，天上就会飞来成百上千的喜鹊，汇聚在一起，搭成鹊桥，牛郎和织女就能在鹊桥上相会，是真的吗？”

强巴喇嘛若无其事地回答：是的，确有此传说！

黑扎巴：“师父，那小丹青也能在鹊桥上见到阿爸【去掉啊】妈吗？他们会不会也在鹊桥上相会，在等丹青呀？”

强巴：“会的，他们的灵魂会的！”

44.寺庙外 日 外

孤零零的树下，丹青把两个像爸爸妈妈的糌粑用土埋好，并压上一块小石头做记号。

丹青：“大地的种子，会长高，长得和爸爸妈妈一样高！”

45.然乌湖 日 外

清澈的湖水中，映射着雪山倒影，仿佛一幅世外桃源的水墨画。美好的图景被打破，是两个小扎巴和丹青，正在打水。

寺庙里的水桶很大，看起来是成年人的体量。丹青和黑扎巴很熟练地配合着打了两桶水，胖扎巴一个人一个桶，很是费力。

丹青和黑扎巴相互眨眨眼。

46.山路　日　外

丹青和黑扎巴一人抱着一个水桶，沿着山路向寺庙奔。

丹青被超过了。

黑扎巴被超过了。

却是那白白胖胖的胖扎巴，奔跑能力十分了得。

丹青和黑扎巴一边追赶，一边大惑不解地仰头看着。

胖扎巴已经不见了。

47.寺庙外　　日　外

丹青吃力地抱着水桶紧跟在黑扎巴后面，一副不服输的劲头。

二人经过孤零零的树旁，丹青不忘斜眼查看树下的情况。

只见那个做记号的小石头旁果真挤出了两根小苗儿，丹青咧嘴笑了，鼓足力气去赶超前面的黑扎巴。

48.寺庙　日　外

黑扎巴的水一直在倒，水桶里的水仿佛装不完。

丹青的水也倒了很长时间。

师父站在屋檐下眺望着三个徒弟。

胖扎巴倒了一下下，水就流尽了。

强巴无可奈何地看了胖扎巴一阵，转身离去。

他的影子在寺庙里拉得很长很长。

49.寺庙·厨房　夜　内

强巴端出来一大锅土豆。累极了的丹青和黑扎巴等一群小扎巴，拼命地往嘴里送。只有胖扎巴自己在旁边喝着酥油茶，他也倒了一碗酥油茶递给丹青，止住了丹青的吃势。

强巴看着小扎巴们，微含笑意。又端出一盆子香气扑鼻的牦牛肉来。

刚才贪吃的小扎巴们傻了眼。

一直喝酥油茶的胖扎巴伸出小胖手，抓起两块最好的牦牛肉，左一口，右一口，吃得津津有味。

小扎巴们羡慕得不得了，奋力塞了几块，实在是吃不动了。勉强还要塞，实在是撑得很难吃下。都在后悔前面为啥吃得那么快。

强巴：“先飞的雄鹰未必过得了高山，能够等待的藏獒挨得过寒冬。”

强巴又给丹青递过去了一坨牦牛肉，丹青香甜地吃着，感激地望了一眼胖扎巴。

50.寺庙·僧舍 夜 内

一排小扎巴躺在僧床上，个个光溜溜的。

丹青与胖扎巴三人静坐于卡垫之上，小扎巴前面堆上一堆小海螺壳，胖扎巴前面堆着一堆红铜废旧钱币，丹青前面堆着一堆白铜废旧钱币。胖扎巴把骰子放入木头碗里，高喊着“噻”的声音，用力砸向牛皮垫子，然后翻开碗，看点子的大小来放自己前面堆的小海螺壳，或是废旧的钱币，赢者给输家在脸上粘贴各色纸条。三人脸上都贴满了纸条，还在那不停地玩。

三人玩着掷骰子游戏的“重叠画面”。在他们三人的周围，满地，有不少出自丹青的儿童习作。

黑扎巴的脸黑得几乎看不出来，但眼睛却非常明亮，牙齿也很白。

胖扎巴忽然腹中疼痛，翻身下床。

51.寺庙·院 夜 内外

胖扎巴一路小跑，钻进了厕所。

黑扎巴和丹青跟出来看热闹。

厕所里惊天动地的“响声”。

许久，胖扎巴神色轻松地系着腰带，走了出来。

黑扎巴和丹青跳上去揪闹：“让你多吃，让你多吃……”

他们的动作忽然停了。

丹青、胖扎巴和黑扎巴绕过一道门。

连续的水声。却见，黑夜中，师父强巴正一个人向水缸中倒水。身旁立着扁担，另一个水桶中，还有满满一桶水。他们第一次知道，师父会在每一个夜里，将他们打不够的水都补上。

他们看着强巴。无言间，又明白了新的道理。

52.寺庙·廊下 晨 外

丹青走进了廊下。

廊下立着一串水桶。

53.然乌湖 晨 外

湖畔，丹青在打水。（半剪影）

四个水桶中，终于都灌满了水。显然，丹青经历了漫长的奋斗。

然而，如何将这四个水桶都抱走呢？如何思忖，似乎都没有答案。

两只大眼睛看着丹青。

丹青意识到了，回过头，倒笑了。

那是一头大黑牦牛。又瞟了丹青一眼，垂下头，自顾自地喝着水。

丹青发现了什么，在黑牦牛的身后不远，是一片树林。

远远的树林中，低矮处鲜艳的，到处都是五颜六色的蘑菇。

54.寺庙·院 晨 外

尚未睡醒的胖扎巴和黑扎巴大惑不解，廊下空空如也，水桶一个都没有了。

55.树林 晨 外

丹青兴高采烈地采集着蘑菇。

他身上已经兜了许多蘑菇，颜色大多十分艳丽，非常漂亮。

56.寺庙·院 日 外

黑扎巴拉着强巴来看。

胖扎巴一脸做错了事情的样子。虽然水桶和他毫无关系。

57.树林 日 外

仰望，蔚蓝的天空，绵羊般的白云，青青的树梢。飘动着，大美。

丹青躺在地上，将又一块蘑菇送到口中。吃不惯高原上的食物，他已经饿坏了。蘑菇的香气又是那样诱人。

眼前的一切，几乎都飞起来了，色彩鲜艳，模糊，清晰。（后期特技）

丹青的脸上洋溢着笑意。也许，那是对中原故乡的某种记忆。在这一个瞬间猛然遭遇。

（其实，这些蘑菇有毒，贪吃的丹青已经中毒了。）

58.寺庙外小路 日 外

在寺外的小道上，强巴带着黑扎巴、胖扎巴等大小喇嘛，匆匆赶出来。

59.山坡 日 外

强巴和大小喇嘛们向着湖边奔跑。

60.然乌湖 日 外

黑扎巴看着一串打满了水的水桶，满脸焦急。

胖扎巴思虑简单，已经哭出了声。

强巴下水探看了几番，放下些心。毕竟思虑缜密，上了湖岸，仔细地看着草地上压倒的杂草，很快发现地上有湿漉漉的脚印。

师徒一起顺着脚印走了上去。

他们和丹青倒卧的树林擦身而过，顺着山沟一路上了雪山。

61.雪山　日　外

越向上爬海拔越高，空气越稀薄，向上攀登一步都十分困难，他几乎是一步一停歇。

黑扎巴和胖扎巴和喇嘛一样张大嘴巴拼命呼吸，急促跳动的心脏快要蹦出胸膛。好不容易才翻过山顶。

62.雪河　日　外

山背后是一条湍急的雪水河。

河对岸是一片乱石滩。只见一座座雪峰在乱石滩后拔地而起直插云霄。

黑扎巴跨过雪水河。他的奔跑能力很强。

强巴和胖扎巴穿过乱石滩。

63.雪山　日　外

一道雪峰兀然耸立。

一道深不可测的峡谷，横亘在强巴面前。

喇嘛和夺吉【改为黑扎巴、胖扎巴】小心绕过山梁来到雪峰下面。

石块松动，喇嘛险些跌下峡谷。

强巴缓口气，慢慢往下爬，可一不小心，滚落了下去。

受伤的脚上流出的血，染红了白雪也毫不知晓，也不知道疼痛。

悬崖峭壁下面，强巴和黑扎巴沿着狭窄的石缝往上爬。胖扎巴落在了后边。

爬上山腰一个平台，他们停下来喘着气。

山岩上覆盖着巨大的冰层，像镜子一样闪闪发光，让人睁不开眼，也显得出奇的安静，甚至让人有些心慌，一种莫名的畏惧感。

强巴往四周看了看，深不见底的峡谷静悄悄，一片死寂，没有任何生命的迹象。

一只雄鹰在雪峰上微明的天空中盘旋，像一个黑色的幽灵。

草枯鹰眼疾。

强巴实在没有办法，带着怒气高喊道：“丹青！丹青！”

胖扎巴和黑扎巴也跟着喊起来：“丹青！丹青！”

他们的呼喊都有着藏语的味道，听起来撕心裂肺。喊声在山谷里久久地回荡着。

64.曲珍家帐篷 黄昏 内

丹青模模糊糊地睁开了眼，看着这个陌生的地方。

这是一架【改为顶】藏族牧民的帐篷，内里设施齐全，收拾得干干净净。却没有人。

65.然乌湖·帐篷外 黄昏 外

丹青挑开门帘，飘飘忽忽地走出门去。

外面是美丽的草原，草原上有六字真言的石刻，佛像石刻，还有经文石刻，数不胜数的玛尼堆。

玛尼堆上飘扬着五颜六色，五彩缤纷的经幡。

碧蓝的天空上白云朵朵，盘旋的雄鹰在不停地叫着。

身后传来牦牛的叫声，回身看，一头黑壮的牦牛被曲珍赶开。奶奶正在地下埋着东西。

丹青愣愣的眼神。

奶奶看到了他，说：“毒蘑菇可不敢吃。毒蘑菇可不敢吃。”

奶奶的语言都是藏语。她也从来不管别人听得懂听不懂。

奶奶：“（比比划划）强巴师父知道你在这里。让你养好了再回去。

曲珍看着发呆的丹青，甜美地笑了。”

66.然乌湖 日 外

几头公牦牛较上了劲，快速奔跑，扬起阵阵尘土。带光晕的影像中，领头的两头牦牛扭打在一起。

丹青，曲珍，和几个牧区的藏族孩子兴高采烈地看热闹。

忽然，一头牦牛冲着孩子们的方向跑过来。

孩子们撒腿就跑，曲珍跑得慢，丹青反身抓住她。

两个人被发狂的牦牛追赶，在草原上奔跑。

慌不择路，两个人一路下坡，跑进了湖水里。丹青按着曲珍不让她抬头，曲珍被憋得难受。

终于抬头看时，牦牛早没了踪影。

曲珍和丹青全身都湿透了，两个小孩儿不约而同地指着对方天真地傻笑。

她推他，他推她，她又推他，力气大得很。丹青跑开，曲珍紧紧追赶。优美的湖边，两个少年一前一后边笑边跑，鸟儿的叫声迎合他们稚嫩的笑声。

67.然乌湖·棚房区 日 外

丹青和曲珍一前一后追跑着。牧区的人习以为常，赶牦牛的，拖木料【驮运物资】的，就在身旁零散走过。（展现时代生活）

丹青跑进了村子，迎面和人撞了个满怀。看时，却是胖扎巴。胖扎巴怀里抱着几包藏药，探头探脑的，正在村里看热闹。

胖扎巴：“丹青，你好啦，师父在舍药呢。”

铃铛轻轻作响。小平台上，强巴师父支了桌子，正在给牧区的藏族看病。周围围了不少人，连看病，带晒太阳。

丹青跑过来：“师父！师父！”

强巴抬起头，温和地说：“病好啦？”

丹青：“好了，我要跟您回家。”

曲珍追上来就是一拳：“哪都不许跑！”

丹青四下躲藏，曲珍不舍，一股藏族小姑娘的奔放性情。

有人喊：“曲珍，奶奶叫你回去！”

曲珍撒腿就跑。看得出来，奶奶对她很重要。

木垛后出来的，却是得意的黑扎巴，他替丹青解了围。

给病人把脉的强巴嗔怪地盯了黑扎巴一眼。黑扎巴赶快低了头。

68.山路 黄昏 外

山路上长长的转经筒闪闪发光。

四个高矮不等的身影在漫漫山路中前行。

黑扎巴、胖扎巴、丹青围绕着强巴欢笑、打闹、奔跑……

丹青走累了，强巴抱着他走，夕阳中，丹青的小脸稚气可爱。他那已被晒红的脸蛋，在强巴的脸上、脖子上来回蹭，强巴觉得有些痒，他那岩石般的脸第一次露出了幸福的笑容。此刻的丹青与强巴好似父子般的温情。

69.加：寺庙 外

强巴他们一回到寺庙，发现丹青的涂鸦被房顶上流下的雨水全部毁坏。

强巴："这，这，这可咋办？"

丹青哭了起来，这场"灾害"毁掉了这个孩子仅存的一点乐趣！

丹青的哭声让人心疼，大家却无能为力。

70.寺庙外 黄昏 外

丹青与强巴师徒三人归来。几只小羊从他们的身边经过，不时发出"咩咩"的叫声，胖扎巴调皮地学着羊叫，逗得大家欢笑。

丹青趁机偷偷向树下望去，但这次让他大吃一惊，曾经长出的两棵小苗儿不见了，那个做记号的小石头也不见了。

丹青急忙跑到树下查看，地上的土明显有被翻动的迹象，还有一些羊的脚印。

丹青冲动得几乎挖遍了树下所有的土，但那两个象征着他思念父母的糌粑，也不见了。

丹青"哇"的一声哭起来，哭声撕心裂肺。

强巴师徒虽不知丹青为何如此伤心，但令人揪心的哭声，让强巴忍不住抱起丹青，哄他，吻他，为他擦去不断涌出的泪水。

71.寺庙·仓库 日 内

一双充满力量的男人大手用力打开紧锁的仓库大门。

门口一束强光射进，出现强巴的身影。他那岩石般的面孔此刻更加坚定，甚至显露出康巴汉子的血气方刚之气。此时的他，不像一位从容淡定的僧人，更像一位要为儿子找回快乐的父亲，决绝地施展着父权的力量。

强巴从落满灰尘的仓库里一样一样地找出：洋铁桶、铜盆、麻袋里装着各种各样的植物、矿石，旁边还有捣钵、筛子、长棍等工具和油脂。几个小铜碗中已经有一些快要干涸的颜料。

原来，制作颜料是喇嘛们的绝技。

强巴要用这些去抚慰丹青的伤痕。

72.（一组，MV段落）

一只小手（黑扎巴）将一根羽毛系在门上，以此计算丹青在寺庙度过的每一月或一年。

有一只小手（胖扎巴），又一根羽毛。

复一只大手，复一根羽毛。

一丛洁白的羽毛在风中轻轻摇摆……

（手、羽毛的画面分别在日、夜、昏的气氛中相互交替、叠画。）

丹青在地上画妈妈。丹青在纸上画爸爸。在本本上画强巴、胖扎巴、寺庙、大山、草原、度母、金刚……画所有他在寺庙里看到的、想到的一切。

丹青在强巴指导下捣碎矿石，用水和酥油调制颜料。

丹青用布包植物茎花挤拧调制颜料。

丹青和强巴修补旧壁画。

丹青观摩悬挂在空中的新旧唐卡。

丹青的手上、脸上五颜六色。

丹青和强巴矗立山顶，描绘山窝的寺庙和沉默的远山。

一幅又一幅稚嫩的画作，精彩或者不精彩，它们就在那里。

73.寺庙 日 内（转场）

还是那些调颜料，作画的动作，手却大了很多。

脸上的颜料被擦去，露出一张英俊青年（17岁）的脸。

【字幕】：1990年，十年以后。（汉藏双语）

十年时间，寺庙的建筑、陈设更加陈旧，却显得更加亲近。那些曾经在墙上画的、床上堆得歪歪扭扭的儿童画已变成匠气十足的唐卡，悬挂在寺庙的各个地方。

丹青手上的唐卡画好了。

有些疲惫的他缓缓抬起头来。此时的丹青，初看和藏族青年无明显差别。

丹青用力睁大眼睛，发现窗外的转经筒后面有一双眼睛正盯着他——一位十六七岁的藏族姑娘。一头微乱的黑发，虽然有些脏，但梳理得很整齐；身穿一件藏袍，系有一块帮典（围裙），犹如彩虹罩身，艳丽多姿……

自然，那是长大了的曲珍，虽还是少女，但一双会说话的眼睛已勾人心魄。丹青手在作画，心已被这双眼摄走。

74.寺庙·院中 日 外

曲珍和奶奶在院中转经。透过转经筒，曲珍看见丹青也在【改为在】看着自己。

奶奶看着神不守舍的曲珍，说："去吧，去看看他。"

奶奶话音未落，曲珍已跑远。

75.寺庙·僧舍 日内外

曲珍跳上窗台，似笑非笑地盯着正在屋里作画的丹青，这少女的脸庞带有几分野性。

丹青继续低头作画，但心乱了。

丹青：“（没有抬头）没有嗔念，就没有杂念。”

胖扎巴蹭过来：“师父说他的嗔念太多，我的嗔念也太多，你的嗔念也太多。”

曲珍：“哪来的那么多嗔念？”

胖扎巴：“天气太热了，到处都是嗔念，到处都是。你让他画吧，画不动了，就没有力气了，就没有嗔念了。”

黑扎巴：“不许你胡说，师父的意思不是这样的！师父说，世上本来就没有什么嗔念。”

争了几句，胖扎巴止住了黑扎巴。

强巴开了腔：“丹青，出去走走吧。”

强巴话音未落，丹青迅速放下笔，随曲珍奔向大门外。

胖扎巴：“（看着两人的背影）看到没有，好多嗔念！”

黑扎巴不说话。

强巴喇嘛地看着眼前的一切，口里念叨：“唵、嘛、呢、叭、咪、吽……”

76.草原 日 外

蓝天、白云、牧场、湖边、牦牛……

美丽的风光中，丹青和曲珍一前一后奔跑着，这里曾是他们儿时奔跑过的地方，而今多了几许浪漫。

二人跑累了，停在湖边喘着气，相互看着对方傻笑。

远远近近的都是牦牛，雪山远眺，湖光（或河曲）山色。

“咩咩”的叫声响成一片，旁边的小河中，有几只小羊羔被掉到了水里，瑟瑟发抖，不能上岸。

丹青和曲珍不管三七二十一地冲下去，跳进小河救羊。

丹青把小羊从河里递上岸，曲珍接过去。一只又一只，直到所有的小羊都上了岸，湿漉漉地挤成一团，甚是可爱。丹青和曲珍也湿漉漉地，他们完成了一个“大事业”，神情宽欤。

77.寺庙·僧舍 夜 内

僧舍里，强巴和黑扎巴给丹青包书皮，睡在铺上的胖扎巴嘟囔着梦话：“降不住的是心魔，修炼的是佛法……”

丹青在酥油灯下画着莲花生大师的小稿，稍有走神，画错了一笔，丹青顺势把纸撕掉。

强巴看在眼里。

78.技校 日 内（64场技校上课的内容待去拉萨落实）

汉族老师正在讲述风车发电的原理。曲珍、丹青和一些藏族青年听讲，有的明白，有的糊涂，大家都津津有味。

小风车转动起来，带动了一个灯泡，忽闪忽闪地发出光亮。

曲珍坐在丹青的前面，丹青在书的空白处画着曲珍的背影。

一个康巴青年，靠近曲珍说了一个什么故事，曲珍被逗得眉开眼笑。康巴青年又讲了个笑话，曲珍被他逗笑得前仰后合。

丹青停笔，脸变得阴沉。他身后的一位藏族小伙趁机抢了他那画有曲珍的书，并与邻桌几位男生传看，课堂一时骚乱起来。

讲台上的老师闻声转身，并让抢书的几位男生与丹青一起罚站。丹青不服，赌气地用手去拨弄一下发电机，被老师一把拨开——他几乎触电。

79.技校 日 外（希望把65场摔跤的戏换成藏族少年传统又独有的一种竞技项目，如搬石头，待去拉萨时定）

丹青比照一本牧区教科书上的图案，在给学校外墙画宣传画。

康巴青年故意站在丹青身旁，用肩膀撞了他一下。

丹青：“干什么？”

康巴青年：“要做草原的主人，就要像一个真正的汉子。”

丹青不理睬他，转身就走。

康巴青年也不追赶，就在后面说风凉话：想做飞过雪山的雄鹰，就不能在河沟沟里爬。

丹青火气旺，回身就去揪打康巴青年。被几个其他藏族青年拉住。

康巴青年：“比赛？好啊。比赛也是有规矩的。”

其他藏族青年：“丹青，我们都比过的。”

曲珍看着丹青不说话。她似乎希望丹青打这一仗，这是藏族的传统，曲珍是藏族的一分子，她希望丹青也能成为其中一分子。

（跳切）丹青和康巴青年都已经换好了藏族传统的摔跤服。

丹青一身结实的肌肉，很有战斗力。

但康巴青年比丹青更加结实，黝黑的皮肤上闪烁着战斗的光芒。

主持的藏族青年：“三局两胜”。

丹青一声怒吼冲向康巴青年。康巴青年被打了个冷不防，趔趄了几步，丹青顺势追袭，一个绊摔，将康巴青年摔倒。

周围一阵喝彩，藏族青年们对于强者是从来不吝惜掌声的。

人群中的曲珍，眼睛乌黑发亮。

康巴青年却满不在乎，紧紧腰带，侧过身去与同伴讲话。

丹青抓住战机，冲向半个背露给自己的康巴青年。

不想这却是一个“诈招”。但见康巴青年错了半个身位，让过丹青的冲锋。丹青回身去抓，一闪，二缩，丹青招已使尽。稍一犹豫，康巴青年猛然揪住丹青的摔跤衣，往怀里一带，丹青已经失去了重心，兀自不顾一切地挥出一拳。康巴青年俯身躲过一拳，顺势低身，将丹青扛了起来，丹青在空中毫无还手之力，康巴青年一个大背挎，将丹青结结实实地甩了出去。

丹青一路翻滚，脑袋重重地撞在一块石头上，当时便昏了过去。

曲珍大惊失色：“丹青！”

康巴青年也十分慌乱，冲上去救护：“丹青！丹青！”

80.寺庙·僧舍 夜/日 内

强巴默默地注视着丹青，丹青头上裹着纱布，昏昏沉沉地睡着。

强巴为丹青日夜疗伤，慈父般的关爱尽显其中。（一组）

丹青干涸的嘴唇微微动了动，有了苏醒的迹象。

疲惫的强巴，脸上露出难得的笑意。

81.寺庙·院 日 外

丹青坐在台阶上，晒着太阳，愣愣地发呆。

曲珍出现在门口，不用说，她是来看望丹青的。

曲珍："我再也不许你受伤！"

丹青："我也不许你受伤！"

两个人，相视露出了清纯的笑容。

曲珍："走，我带你去一个地方。"

82.草原·篝火晚会 夜 外

忽然间，在辽阔的草原上燃烧起了几十堆篝火。

村长手捧切玛，身后是手拿银壶的曲珍。

满脸笑容的丹青用手取了几粒青稞，向上天弹了三下，作了礼节。

喝了曲珍敬的三口一杯的青稞酒。

几十名孩子手捧洁白的哈达，向丹青奔来，给他敬献哈达。

接着，成百上千的农牧民们唱起了欢歌，跳起了精彩的锅庄舞蹈。

丹青也跟着大家跳了起来。

一张张熟悉而又陌生的脸。

一曲曲空旷、质朴、豪爽、悠扬甜美的歌声一时间冲破天际，回荡在悠悠的山谷之间。

熊熊烈火周围是一圈圈手牵着手跳着锅庄舞的人们。

然乌的男女老幼舞动起来了，然乌沸腾了。

只见大家穿着节日盛装（其上有几十代集于一身，镶嵌满珍珠、玛瑙、天珠、翡翠、绿松石、金、银等，是一种价值昂贵服装）的漂亮姑娘们，手拉着手，排成一排，跳起了舞。很有节奏的脚踏声，金银、珠宝的撞击声织成一种接近自然，发自古老的远古美妙的乐声。节奏从慢到快，高亢激昂，歌声也随之快速铿锵有力起来。

由曲珍姑娘领头，一排姑娘舞动着竹节般的腰肢，踏歌翩翩而出。

丹青兴奋的脸。

曲珍一经打扮，犹如一朵秀美的荷花，更加亮丽，光彩照人，使舞台顿时生辉。大家指指点点，议论纷纷，那双闪动着会说话的大眼睛，度母般的娇脸，窈窕的腰肢像络瑜的竹子，长长的黑发像孔雀河的波浪，全身上下散发着美的音符，渗透着奇妙的芬芳。

一曲舞毕，人们还沉浸在美妙的音乐中呢，掌声响彻广阔的原野。

83.草原·湖畔 夜 外

丹青离开了篝火晚会，不远不近地望着欢腾的人群，又是喜悦，又是疏离。毕竟，他并无完全属于这里，属于这些欢腾的人们。

曲珍一路寻找着跑过来，气喘吁吁道：你怎么跑到这里来了！

丹青向前祝贺，又不知道说什么好。

曲珍：“你看我的奖品。”

一面说着，一面摆弄着一条五色经幡，一条哈达，四块砖茶。

二人喜形于色。湖水倒映的月光，勾勒着他们的轮廓。

远处，农牧民们还在篝火旁边围成一圈，载歌载舞。藏族儿女那豪迈的舞姿，优美的动态，独特的服饰……优美动听、悠扬甜美的歌声就打破了寂静的原野，冲破天际，回荡在悠悠的山谷之间，让人耳目一新，陶醉忘归。

丹青和曲珍沿着湖边慢慢走着。他们的心情都不平静。

丹青突然蹲下揪了几根青草，编了一个手镯递给曲珍，曲珍羞涩地笑，笑容中依然带有野性。

丹青鼓起勇气，拉住了曲珍的手，为他戴上手镯。

曲珍并没有抗拒，甚至还在手上加了一点力量。

丹青跳动的心，终于鼓起了勇气，他转过身去抱曲珍——

动作太过笨拙，不仅没抱上，两个人手中的东西落了一地。

曲珍笑得欢快，俯下身把东西一一捡起来。看到丹青呆在了那里。虽然长大了，但是丹青发呆的神情还是和少年时并无二致。

曲珍走上前，轻轻地搂住了丹青。

84.寺庙 夜 外

丹青蹑手蹑脚地从外边回来。

却见强巴站在院子里等他。

丹青有点掩饰地反客为主："师父，曲珍得的奖品，让我献给您！"

强巴领受了哈达，接过砖茶，脸上显出愉悦的神情。

丹青："我不该回来这么晚，以后不会了。"

强巴："藏族的节，也是你的节。"

丹青："我错了，不该逞能……"

强巴："一念之误，不可背在身上。背的东西多了，翅膀沉，矮矮的雪山也飞不过去……"

丹青："我明白了。（其实他并未完全明白。）"

强巴："明天我们去看你的阿爸阿妈！"

85.墓园 晨 外

寂静的原野上，风吹过草叶的声音，远处黑水河的声音。风吹过雪山峡谷地发出轰鸣声。

在雪峰远处，丹青似乎听到一个女人轻声地吟唱，声音是那么轻柔，那么醉人。

眼前就是丹青父母的合葬墓。整个墓园是援葬去世的各族人士的归葬处。巍巍青山，皑皑白雪，守护着升天的灵魂。

强巴指着雪峰说：“你妈妈在那里。”

丹青：“妈妈还能回来吗？”

强巴说：“她永远睡在那里，成了雪山魂了。”

雪山峰顶，轻柔的女声吟唱又在耳边响起，好似在召唤丹青。“我是妈妈！”

丹青对着雪峰大声呼喊：“妈妈，妈妈，妈妈！我来看你了！”

喊叫声悠悠地回荡在山谷间，引起厚重、深长的妈妈的共鸣声。

狂风吹拂着雪山发出吟唱一般优美的声音又响起。

强巴：“松柏不畏霜打，山岳岂惧雪压。记住这两句话。”

丹青：“记住了。”

强巴：“干皮子穿不过线，湿酒槽吸不了水。能教的都教给你了。灯盏虽亮，不照底座。师父不能跟你一辈子，人生路漫长，需要你自己走才行。”

丹青：“我就是要一辈子跟着师父。我再也不打架了，再也不生邪念了，再也不……”

强巴：“你住在寺里，做不了喇嘛。你是汉族，汉族要考大学，要到外边去工作。”

丹青：“我就要留在这里。”

强巴：“翻过千千万万的雪山，家里的酥油茶也不会冷。你要考大学，这是你阿爸阿妈的心愿。”

强巴慢慢地拿出当年丹青父母留下的速写本和日记……

强巴：“这是他们留给你的东西，你长大了，应该好好看一看。这些年，我只不过是在代替他们照顾你。”

冷涩的风，吹拂着苏醒的大地。

86.寺庙·僧舍　日　内

丹青在画度母，也许是爱情的催化，这张度母画得格外妩媚。

黑扎巴跑进门，望着丹青，面色阴沉。

87.草原 日 外

到处都是收拾行装的人们，一部分牧民赶着牦牛群要转换牧场了。奶奶带着曲珍，也在其中。

人们将帐篷，烟囱、茶壶、酥油桶、脸盆、水壶、卡垫等收拾妥当，一担地抬到牦牛的背上，足够三头牦牛托运的了。

奶奶、叔叔、曲珍一家人赶着牦牛群上路了。

丹青站在一旁目送着她们走远，不时回头的曲珍的眼神消失在茫茫的广阔草场。

黑扎巴：“这片草原乏啦，要转到三座雪山那边去。”

丹青：“以前也是这样搬来搬去的……”

黑扎巴：“丹青，你去考大学吧。听说，雪山的那边，还有好大好大的天地，你就是从哪里来的……”

88.技校 黄昏 内

丹青一个人摆弄着桌子上的试验用品。

康巴青年溜进来，轻轻唤道：“丹青，丹青？”

丹青没有反应。

康巴青年：“摔过跤的康巴汉子都是好朋友，你是我的好朋友，我是你的好朋友……”

丹青毫无反应，眼神盯着发电机。

康巴青年：“阿爸骂我了，说我是野驴走不上大路，欺负人，当然你摔跤摔得好，我欺负不了你，你欺负我，都可以……”

丹青起身，看看康巴青年，他友善地在康巴青年肩上拍了一把，出门而去。

89.寺庙·经筒间 日 内

丹青闷闷不乐地坐着。

90.寺庙 日 外

丹青坐在佛堂门口的台阶上，沉默不语。他的背后是强巴师徒三人在佛堂里做晚课的身影。

诸佛正法圣贤僧，

直至菩提永皈依，

我已所做众善根，

为利有情愿成佛。

（此处用门里门外强调丹青与强巴师徒是两个世界的人）

91.寺庙·僧舍 夜 内

强巴指点丹青画唐卡，手里还不忘给丹青缝补衣服。

丹青在木架子上的大羊皮纸上，画大幅的莲花生大师。

强巴在一旁指点：“心里要静，才能普度众生，才能帮助自己。”

丹青：“我很静，师父。”

强巴：“（指着画像）但是他不静。”

丹青看画像，确实，他笔下的莲花生大师似乎更像护法金刚。

丹青扭身进了僧舍。

强巴手拿丹青画的画端详着，想来想去都觉得不恰当。

92.寺庙·强巴僧舍 夜 内

强巴喇嘛不能入睡。暗思，丹青这孩子天资聪慧过人，特别是对色彩很敏感，艺术感觉也非常的不错，这可能是遗传她母亲的艺术天赋吧！前途不可限量，可我的汉文水平实在有限，得找人教他方可，且事不宜迟。

93.然乌镇政府 日 内外

强巴喇嘛走进了镇政府，年轻的工作人员都吓了一跳。

县里的老干部（就是开篇的藏族干部）出来接，看强巴的状态，知道有事。

94.寺庙 日外

强巴面带喜色地回来，却发现丹青不在，问胖扎巴和黑扎巴，二人低头支吾着，谁也没说出来。

95.寺庙外 日 内外

崎岖蜿蜒的转经路上，强巴带着黑扎巴、胖扎巴两个徒弟为丹青转经祈祷。强巴的每一个动作都是那样虔诚，仔细。

黑扎巴："师父，丹青真的要走？"

胖扎巴："（耍聪明）应该说，他曾经来过。"

强巴不理他们，继续自己的仪式。

黑扎巴："师父，我们不想让丹青走。"

强巴："当初，丹青是我留下的。现在，丹青是我要送走的。"

胖扎巴："为什么？"

强巴："人的命运，都是安排好的。改变不了，我们只是其中的一部分。不可替代，不许放弃。"

96.雪山 日 外

丹青深一脚浅一脚地走着，背上简单的包裹。

97.寺庙·大殿 黄昏 内

师徒三人在佛堂里诵经。庄重的仪式感，三位僧侣虔诚地进行着自己的轮回使命，也在为丹青祈福。

98.草原 夜 外

丹青依旧在前进着，手中举着火把。

远远近近的，有野狼嚎叫着。

99.另一牧场 日 外

丹青终于看到了曲珍和奶奶迁移到的新牧场。

（跳切）

曲珍端着铜盆从帐篷里出来，迎面看到了瘦削【改为消瘦】的丹青。

曲珍丢了盆，挥起拳头捶打丹青。

曲珍：“你怎么跑来了？怎么来的？师父知道不知道？路上有狼！”

丹青抱住了曲珍：“我想你……”

曲珍的脸变得绯红。

帐篷里边响起了奶奶的声音：“是丹青吧！”

100.帐篷 日 内

丹青喝着酥油茶，显然又冷又饿。

奶奶：“这么险的山路，一个人能走过来。有些牧民，骑着马都过不来。”

丹青：“奶奶，我喜欢曲珍。”

曲珍躲闪着丹青的炽热，奶奶没有一点异样的感觉。

奶奶：“曲珍也喜欢你。我们都喜欢你。”

如此一说，丹青反倒不知道该说什么了。

奶奶停了手中的针线，举起一块羊羔子皮缝成的褥子。

奶奶：“强巴说要送你到拉萨去读书，还要让你考大学。我们给你准备了这块羊羔子皮，铺也可以，盖也可以，在外边用得上。”

曲珍又给丹青添了一碗酥油茶：“本来想让叔叔带过去，你自己还跑来了。”

奶奶：“走之前来向你告别么。（曲珍赶紧低下了头）丹青，到了拉萨好好学习，再到北京、上海去学习，学会大本事，再回来看曲珍。”

丹青：“我学习不好……“

曲珍：”你就学画画，强巴师父早就告诉我们了，大学里也有美术系、艺术系。”

丹青：“还有教画画的大学？”

奶奶：“唐卡藏族画得好，你是汉族，唐卡画得好，大家更喜欢。”

（奶奶的语言顺序总是有点小意思，藏族说汉语的那种奇异感，此策也用在各个藏族人物的语言上。）

曲珍目光炯炯地看着丹青。

101.帐篷 夜 内

曲珍目光炯炯地看着丹青。

丹青也看着她。

他们都已经睡下了，在帐篷不同的角落里。奶奶甚至有轻轻的鼾声。

曲珍轻轻从怀里摸出一张唐卡，展示给丹青看。这是丹青以前送给她的白度母唐卡。

丹青笑了。他用气声说：“以后给你画好多好多。”

曲珍露出一个甜甜的笑。她闭上了眼睛，又笑。

102.另一牧场 日 外

一辆皮卡停在门口，奶奶和曲珍不停地往车上搬东西。一些藏族孩子围绕着帮忙。

丹青：“不用了，带不了这么多。”

奶奶：“又不是给你的，是捎给强巴的。”

曲珍把一包藏红花【改为虫草。因为西藏不产藏红花。】塞到丹青怀里。

开皮卡的，是曲珍的叔叔。他发动汽车，丹青依依不舍地上了车。又有两个搭车的中年牧民也跳上车，年纪不小，身手远比丹青矫健。

车开动了，他们彼此挥着手，不忍别离。

曲珍忽然悲从中来，莫名的泪水夺眶而出。

奶奶：“（眺望着远去的皮卡）山鹰要飞翔。不飞翔，就不是山鹰。”

103.寺庙外　日　外

皮卡停下来，丹青心里很是惶恐，跳下车，一一搬运着东西。

强巴出现在门口，他的脸上并没有愠怒。

104.山坡　日　外

冷涩的风，吹拂着苏醒的大地。

强巴走在前边，丹青紧紧跟随，却有些追不上师父的脚步。

丹青：“师父……”

强巴根本不理睬丹青，闷头自己前行。

丹青只得跟在后边。

荒凉的山坡上，师徒两人拉开长长的影子。

105.怒江大峡谷　黄昏　外

强巴望着眼前的峡谷，愣愣出神。丹青想问话，又不知道如何开口。

冰川如画，师徒二人是画中的一隅风景……

强巴：“曾云是我的兄弟。他到这山里开路，修桥，帮我们做了很多事。”

丹青：“我的阿爸。”

强巴：“徐志华也是好同志。她会好多技术，还会看病。可是，后来她自己也生了病。”

丹青：“我的阿妈。”

强巴：“那一天，你母亲带着你从祖国内地回来，很快就要到镇上了。我从外边回来，搭了你阿爸勘探队的车。走到这个谷里，泥石流下来了……”

丹青的耳边瞬间响起了幼年时曾经听过的恐怖声音，回旋，咆哮，越来越大，越来越近，紧紧地攥住了人心。

强巴：“我们跳车，马上就看不到车了。泥石流把什么都淹了，我们也都被淹了。曾云兄弟托上去一个，推上去一个，最后把我也顶到了石头上。

我们去拉他的时候，他已经没有力气了……”

幽幽的风声回荡空谷，带来缥缈的天籁之音。

强巴：“以前我们老是在一起。他说自己有个儿子，说老人不在了让志华把你接到西藏来。说将来要让儿子考大学，他们两个都是大学生，都到这里来。大学生很厉害的。他们能当大学生，你也能当大学生。县上要把你接走，我不让，我要看着你长大，我要把你送到外面去，让你做大学生。”

丹青的眼中有了泪。

强巴：“喜欢画画，画画也可以做大学生。你去学画画，回来再画咱们这里。画奶奶，画曲珍，画你的爸爸妈妈。画咱们的湖，咱们的寺，画丹增，画多吉泽仁……”

106.寺庙·大殿　夜　内

强巴端坐，有力地诵读着经文。

他的脚下，搂着他的腿，丹青已经睡着了，手里还捧着经文。眼角里还留着一滴泪珠。

107.然乌湖　日　外

丹青打起两桶水。

108.寺庙　日　外

丹青认认真真地清扫着院落。

109.寺庙·大殿　日　内

丹青为佛像前的水碗注入清水。

110.寺庙·僧舍　日　内

丹青将自己的东西收拾得整整齐齐。

111.寺庙 日 外

强巴和扎巴们在山门送别丹青。

康巴青年拉着一只羊来到寺庙前，目瞪口呆。

112.山顶 日 外

一位背着行囊的少年，爬上巍峨的山顶，丹青的面前是延绵不断的山峰，以及一眼望不到尽头的天路。

停步，回身，他望着静静卧在山中的寺庙。

一只雄鹰掠过少年的头顶。悠长的鸣叫声接音乐头。

113.寺庙·僧舍 日 内

床铺上，静静地放着那张旧唐卡。

强巴默默地看着。他的眼睛中有感情复杂的泪水转动。

114.拉萨（或昆明、北京） 日 内

空镜。

115.大学·美术工作室 日 内

丹青在学生绘画工作室内，不眠不休地作画。

四面到处都是他的样稿、采风稿。还有一些藏族风格强烈的雕塑。

116.大学·宿舍 夜 内

同学们都睡着了。夜色中，丹青的眼睛依旧炯炯有神。

117.大学·美术工作室 日 内

一位老专家形象的人望着丹青。

丹青浑然不觉，跪在地下发狂地画着。

一幅唐卡，又一幅唐卡，既有藏族的传统风格，又处处透着现代性。有继承，有创造。旁边的一幅唐卡，那白度母的形象颇似曲珍。

镜头升起，整个地面上都是各式各样的唐卡。

118.一组（速剪）

一张张形态各异的唐卡。（可拍摄定帧或图片，后期做数字特技飞画。）

一幅幅展现着。

丹青充分利用国画的优美线条与水墨效果，油画里的厚重与色彩，壁画的线条与色彩、构图与技法，把几种绘画技法进行升华与提炼，又保留了西藏壁画与唐卡的真谛，形成了自己的高古典雅画风……

丹青登上了封面。又一个封面。外文的杂志，网站。

丹青在电脑上看着西藏的山水。

丹青站在卢浮宫前。

丹青和藏族朋友们在繁华的东京。

丹青笔下的西藏山水，有了现代派的韵味，但又都饱含深情的怀恋。

丹青在巴西狂欢节上。

丹青和外国艺术家站在海边，外国人都在笑，丹青愣神。

丹青站在悬挂的各种唐卡中间，被密密麻麻地包围着——

定格——美国《时代》杂志封面。

119.滇藏线·怒江大峡谷　日　外

美国《时代》杂志封面上丹青的照片叠画为现实中已近中年的丹青。

“上车了！”随着长途汽车司机的一声喊，丹青转身，不舍离去。

120.墓园　黄昏　外

丹青走来，找到了父母的合葬墓。

墓前整整齐齐，还摆放着野花。显然一直有人照顾。

丹青有些发愣，和小时候发愣的样子很像。

背后已经站了人，看去，镇里干部的模样。干部冲着丹青笑，那形象很是熟悉。

胖胖的，是谁?

旁人："多吉泽仁镇长……"

丹青大吼一声，冲上去抱住了胖子。原来那是长大了的胖扎巴!

121.草原 黄昏 外

朝阳东升，朵朵白云安详地飘浮在浩瀚的天宇之上，霞光万道，冲破层层云浪，洒下斑驳的暗花，把远处巍峨雄壮的雪山映衬得更加娇艳无比，把一望无际的草原装点得更加美艳，成群的牦牛和羊群在静静地啃着青草。

丹青和胖扎巴，现在叫多吉泽仁镇长了。一路走，一路说话。

多吉泽仁："（声音断断续续，不为表达具体意思，因为他的状态已经一目了然）还俗了，搞建设。很辛苦，头发掉没了。丹增佛学院毕业，回寺里。有一辆大卡车，给镇上拉东西，都争着请这个车主！曲珍也回来了，奶奶不在了……"

丹青："师父还好吗？"

多吉泽仁不说话了。

122.寺庙外 黄昏 外

丹青抢身快步走来。多吉泽仁紧跟在身后。

123.寺庙·强巴室 黄昏 内

丹青冲进了强巴的居室。

室内空空如也，整整齐齐。

124.寺庙·大殿 黄昏 内外

老强巴消瘦了许多，仍端正地坐在软席上，神情庄重，认真地闭目诵读经文。

陪侍在侧的，是赫然已经长大的黑扎巴。当初机敏灵动的他，大名丹增，已经成长为沉稳博学的佛学大学生，回寺住持了。

丹青和多吉泽仁出现在台阶上，半个身子望着大殿内。

黑扎巴感受到了什么，他看向丹青。

他们认出了对方，不嗔，不喜，就那样相互望着。

老强巴的诵经声一丝不苟。我们宁愿相信，他也感受到了丹青的归来。

125.寺庙·僧舍 夜 内

一个又一个小扎巴，躺在僧舍的床铺上，酣然入睡。

尽头的一张床上，成年的丹青卧在那里，久久不能合眼，心绪飞回到许多日子里……

126.然乌湖 晨 外

丹青信步而来，每只手都抓着两个水桶。他终于可以做到了。

然乌湖依旧是那个然乌湖。雪山，花朵，牦牛，淡淡的炊烟。

丹青跪倒在湖畔，双手捧起水，敬了天，一口口喝下去。

又是牦牛的声音，但是，丹青知道，那不仅仅是牦牛。

丹青一口气将四个水桶都打满水，发泄般的情绪使得动作极快。

终于，丹青抬起了眼，他必须面对宿命的安排。

不远不近的，一个藏族妇女也在打水。她也似乎意识到了什么，不愿面对，但是她还是抬起了头。

是曲珍，形象比实际年龄大不少的曲珍。

丹青看着曲珍，耳边然乌湖的水声瞬间放大。

曲珍笑了，她仿佛已经多年没有这样笑过，脸上的肌肉都有被扯开的感觉。

曲珍的身后，绕出来一个小女孩。

丹青愣住了。

又绕出来一个小男孩。

丹青低头望着湖水。

他将一桶湖水浇在了自己的头上，身上。

曲珍默默看着。

127.寺庙 日 内外

闻讯赶来的人们已经挤满寺庙，其中大部分是学生，墙边、窗口，还有残墙上到处都是人头，个个睁大眼睛，微笑着直视寺里。

天井大约有20多平方米的样子，四周都是一层的低矮的土墙，上面也全是人头。

丹青走进了人群。一位老人拉住他，那正是当年最爱动感情的藏族干部。

窗口的一线阳光刚好照在强巴喇嘛的脸上。

满头白发，苍老不已的老强巴，静静地坐着。

老强巴的嘴嗫嚅着。

丹增听得明白，起身奔到人群。人们都明白事理，自动让开一条路。

丹增奔到丹青身边，拉起他就跑。

当初的小兄弟，在他们熟悉的寺庙中奔跑，再一次来到师父面前。

丹青的手，递到了老强巴的手中。

老强巴的手，居然是那样有力。

老强巴的眼睛睁开了，望着丹青。清澈，洞见。

丹青仿佛被一种巨大的气场慑服住了。他所曾经获得过的一切，生活，艺术，原来一钱不值。

老强巴微微含笑，闭上了双眼。

大家悲痛欲绝，潸然泪下。

祝愿声、祈祷声回荡在山谷中……

128.雪山 日 外

送葬的队伍，比当初送丹青父母的队伍，大了很多。

丹青走在队伍中。

曲珍走在队伍中。

多吉泽仁和丹增，走在队伍中。

队伍漫长，形形色色的人们，老人，中年，青年人，和丹青当年年龄相仿的孩子们。成群结队，穿过牦牛群，怒江峡谷，登山而上。

他们的前方，是高高的天台。（不明写天葬）

苍鹰飞来，苍鹰逝去。

129.寺庙 日 外

丹青走来，立在了院子当中。

黑扎巴走过来，默默地拉住了丹青。丹青被动地跟随着黑扎巴丹增。

130.寺庙·仓库 日 内

尘封已久的密室被沉重地打开。

黑扎巴拉开了门。

丹青闷闷地走进去。

黑扎巴猛然打亮了火烛。

丹青被动地抬起了头，然而，他的心灵瞬间被攫取住了。

密室中，两侧的墙壁上，密密麻麻挂满了唐卡。

有些算不上唐卡，只是稚嫩的画作。那些，都是少年丹青习画以来的画作！

它们被收拾得整整齐齐，悬挂在墙壁上，有着定时清扫的痕迹。

走着，看着……

一幅从墙上剥下来的稚嫩“唐卡”，镶嵌在手工制作的画框和玻璃中。那正是少年丹青绘在墙上，强巴修改并上色的那一幅。原来，师父保存了30年！

丹青明白了一切。

泪飞顿作倾盆雨。

131.然乌湖山上 黄昏 外

黄昏的然乌湖静静的，五色一样的彩霞已布满四周的峰峦山尖，映衬着高原的神秘，只见暗淡下来的微光，洋洋洒洒地穿透层层白浪般的云，露出了淡淡笑脸，铺天盖地般照射向然乌湖，织成了一种空灵的共鸣……

丹青静静地坐着。（手中的木棍画着菩萨像。）

七日后。

丹青站在山巅，仰望着天空，仿佛在将大自然中的万物化成一种声音传向四方……

丹青奔上山腰。远处的群山，静静的，看得到还是看不到，就卧在那里。

丹青顿悟了。

眼前的一切，和脑海中的师父，父亲母亲，曲珍，奶奶，许多昨日的情景重现，化作了一幅最美的唐卡。

（化）镜头在丹青所作的隐喻现实的巨幅唐卡上移动着，逐渐拉全：雪山、湖水、强巴、奶奶、曲珍、扎巴、寺庙、牦牛、羊群、冰川、峡谷……

诗歌篇

初冬映像

蓝天不远的星辰下，
圆形布满叶子飞翔的喧嚷，
展开了起飞的梦想，
一夜修长的秋风，
把冬天齐刷刷地吹过了河，
无缆无浆飘飘荡荡之秋，
走进了先知的悄然翅翼，
盘旋于季节的岸边。

月色撩人的圣城飞扬，
太阳印在洒下的金子般尘土上，
让秋小憩一下吧，
碧绿的思念会在唇边滴落，
迷离深陷想念的人，
追踪着末路上额际的泪光，
黄昏悄无声息地用一缕猩红，
铺在你疲倦的路途。

一路撒欢的十月，
穿越了田野村庄和草原，

成片成片的老树抡起枝条，
煽响了胡乱四窜的野风，
拍疼了一阵接一阵的手掌，
不管你是西南风还是东北风，
在手指间抖落着一叶一叶金黄。

微风荡漾的节气里，
等待着一个开满雪花的夜晚，
划过千万只陌生的手，
吹亮草地上无数部落的酥油灯，
我们翘望着那一场雪，
来滋润粗糙的岁月，
瞭望发呆的歌唱。

诞生英雄故事

这里是歌舞的海洋，
这里是神话传说的天堂。
这里就是“同卡三神”八吉、嘎吉、达吉，
与夏里的曾玛然吉、磨洛山神激战的地方。
这片美丽绝伦，
令人迷醉的土地上，
曾经发生过多少战争，
已是过眼云烟的无从考证。

同卡三神终因寡不敌众而战败，
嘎吉逃向南方而化为嘎吉神山，
达吉逃到北方而化作达吉神山，
八吉却坚守故土，
宁死不逃而战死，
在同卡化作了八吉山。
八宿这个名字，
就这样诞生在英雄的故事里。

绚丽然乌湖

湖体狭长如翡翠的然乌湖，
宛如一位静卧的少女，
素有西南瑶池和高原九寨之美誉。
是西藏东部最大的湖泊，
是雅鲁藏布江和帕隆藏布江的源头，
举世闻名的帕隆藏布大峡谷就在这里起源。

然乌湖地处念青唐古拉山，
横断山脉伯舒拉岭的结合部，
被阳措湖等三个上下相连，
串珠状分布的高山湖泊高高托起，
释放着一脉相承而又各有千秋的风采。

四季白雪如洁的岗日嘎布峰，
把千姿百态的冰川谷地，
发育装点成来古冰川的极致，
奇伟瑰丽的仙境圣地。
蕴藏着湖水深度一般的谜。

梅里雪山四大守护神之一，

安然如处子的多吉珍珠山，
湖边鳞次栉比的藏式民居，
相映成趣的田园牧歌，
倾诉着藏族风情的绝佳。

巍然耸立的白塔，
经常成排地把节日衬得欢快，
青山绿水映出冷安佳布湖的美，
精巧雅致的高山雪峰的雄壮瑰丽，
浪漫多情出瑞士风光一般。

独特地衬上青藏高原的蓝天白云，
胜似瑞士风光，
又似在金秋时节，
湖水清澈碧蓝的景色层次分明，
山脚绿色托着山腰的金黄，
白雪覆盖山顶则能冲天而上，
一幅绚丽多姿，
胜似仙境的立体图画，
跃然纸上，
湖心上的冷安佳布岛，
无疑是画龙点睛之天然而成。

当你走近然乌湖，
疑惑白云、湖光、雪峰、林木的温柔蔓延，
随着朝阳东升，
美丽的姑娘，

阳刚之气十足的康巴汉子，
成双成对地挥舞高歌，
净身上岛诵经叩拜的居民，
总把生火煨桑祭祀在年年的六月。

映衬着隆冬的雪景，
你就会领略到雪域的含义，
震撼她孕育成四季丰满膨胀的潮汐，
唯有感叹大自然造化的点滴，
激动得心尖也会透湿，
唯有捧着一颗穿梭不息的破碎的滑行的心，
不停地按下相机的快门，
心将不再回归。

绮丽来古冰川

世外桃源般的村落，
来古冰川的藏语译音，
是美西冰川、雅隆冰川、若骄冰川，
还有东嘎冰川、雄加冰川及牛马冰川，
足可与南北极冰川相媲美。
气势磅礴、雄壮神奇而又瑰丽。

每当春风拂来，
冰舌稍稍消融时踏上冰川，
那一块块缄默了千年万年的寒冰，
就会构成一幅冰山奇观，
感受置身于南极冰山丛中的超脱。

让你奇妙蓝色水晶石般的色彩，
目不暇接在冰川的梦幻超脱之中，
又是到了夕阳西沉的云蒸霞蔚，
火红一样的彩霞布满四周的雪峰山尖，
织成空灵的共鸣，
千奇百怪的冰石、冰柱轻盈地飘游着，
炸开天空璀璨的花，

唯有细腻地体会她的鬼斧神工，
感叹神奇的坠落，
你就会飘飘欲仙。

美妙然乌溶洞

经历了1400多岁的然乌溶洞，
屹立在西藏的陆地形成的刹那，
穿过独木桥的绿荫峰林，
爬行在溶洞道上转悠，
尊吉真向巴佛像呀！
你是虔诚的百姓信仰，
醉满青山与绿水。

掩藏在南嘎仲山腰上的风，
绿荫在丛中奔放着一条暗河，
倾诉着一直通向波密的神奇，
体验治百病的处处圣迹，
是谁打落了心智，
顿悟地觉醒浪漫，
感受惊叹之后收获。

成百上千的经幡随风飘荡穿梭遨游着，
怪石嶙峋或是林木葱葱，
精制在佛像与经文玛尼石刻堆构成佛山间，
迟迟连着翩飞的日子，

为啥到了此刻才滴落在眼角盛开的季节，
而豁然倾心，
更会滋生开游客探险和朝圣者的门。

洁白的祈祷

——多吉次查神山

走过乡间土路的艰难，
才会感受南宗村牧场的美丽，
万民信奉的多吉次查神山，
伟岸高耸的四季白雪不退，
也装点着神奇与美妙。

藏历五月又十五，
穿上和雪山一样洁白藏装的，
村中男性的世界里，
歌声伴着野性的青稞美酒，
糌粑与酥油飘香。

聚集的大块牛羊肉，
那是一年收获的释放，
洁白融化着古老的经文石刻，
佛像石刻和石座酥油灯，
敬献祈祷着五谷丰登六畜兴旺的贡品。

多拉神山自然石刻艺术城

山道的外圈中圈和内圈，
仿佛体味着球的构状，
莲花座或是菩提塔，
质朴沧桑考究的释迦牟尼，
佛像是六字真言垒立的山。

让人诧异疑惑的是，
向外突出的图案字形，
颜色典雅丰富多彩，
如同镶嵌于大石之上，
构成在自然石刻文化的美妙中。

石刻之多而又壮丽神奇，
圣洁淳朴和着掩藏心扉，
堪称自然石刻艺术城，
永远定格在此的孙悟空四师徒，
教化着人们的傲视。

圣迹杳然的火焰山与老龟背驮渡江的神话，
已化成石塑的猪八戒与老龟依然神采，

你还是梅里雪山之子吗?
无数国内外的善男信女，
不远千万里地向你朝拜而来。

怒江大峡谷

匆匆峰峦的白云，
飞临走过的记忆，
相传那，
文成公主初入康区的左贡，
四处苍山而又天际茫茫，
思亲之情油然而生在怀乡路上，
禁不住滴滴泪水汇聚，
气贯长虹的劈山开谷，
化为今天怒江的造型。

过去了淡淡的忘怀，
扼怒江天险上的桥，
美丽壮观的峡谷，
我们唯有用平坦的气息俯视，
逝者如斯的腹腔，
弥漫着，
就是战略咽喉要道的硝烟，
著述着十八军的“渡江”英雄称号。

当你走进峡谷，

带着无比崇敬的心情，
瞻仰完英雄的遗迹，
眸子中就会跳跃出解放军，
当年攻克怒江天堑的思绪，
黯淡着炮火冲天的幽光，
不由筑起心的堡垒，
瓦解血液的眼神，
让胸怀自由地飞翔。

绽放邦达草原

世界上海拔最高，
跑道最长的航空港——邦达机场，
自然凝含着远山的声音，
雄鹰高高飞翔在蓝天里。

时间注视花朵与白云，
仔细的蝴蝶映衬鲜花，
海川千万里的邦达天然草原，
绿草成茵的夏季，
青绿的雪莲花烂漫，
呼唤羊子的草香醉倒了牧人，
犹如一幅巨大的绿毯铺设在，
红红的牧女头巾上，
蓝天与繁花之下。

漫步草原上的黑颈鹤，
黄羊马鹿贝母鸡，
草狐旱獭獐子，
嬉戏觅食的成百上千，
和谐相处的人与自然，

仿佛进入了如画般的梦境，
从头顶滑失到深蓝的苍穹，
秘密衍生着草原的芬芳，
铺开了星辰一般的迷茫。

浩渺仁措湖

水明山奇宽阔秀丽的仁措湖，
衬托着雪峰上的白云蓝天，
湖面倒映着低头吃草的成群羊儿的倩影，
如是到了变成候鸟天堂的夏季，
华贵典雅展翅欲飞的黑颈鹤，
出淤泥而不染似的白鹭，
高歌在伸长的脖子上，
嬉戏觅食的鸟儿，
忘怀在碧绿的世界里，
泛着阳光下起飞的鸽群，
幻影着海子出没的地方。

漆黑的野牦牛驻足于湖水，
懒散洋洋的心肠，
翻动着升起的正午时辰，
顺着斑驳不尽的光线，
置于拂过无数风的盛秋，
枯草扫落的最轻黄色，
你就会展开褶皱的心，
撼动着神经的每一个细胞，

陶醉在草原湖泊的雪光山色中，
自然绝美的和谐画卷就成了手中的世界，
明亮的不会流逝。

悠悠八宿同卡

誉在八宿第一的查规曲登，
吉祥的太阳月亮熠熠生辉在塔顶，
奇妙的外观九层内侧有四，
映衬着巍峨方正洁白无瑕的洛雅曲登，
各领风骚地吐露着风格的不一。

远在水蛇年建造的八宿寺，
雕梁画栋的寺庙建筑样式，
精美绝妙的古老壁画，
佛像铜塔与唐卡的华贵，
民族团结的赐物，
瓷器金丝和真丝珍藏品，
聆听这沁人肺腑的传奇故事。

握住美不胜收的手，
斟满过去历史的篇章，
就会顿生憧憬，
心底泛起潺潺似水的涟漪，
载上粼粼波光的遨游之感，
唯有惊叹千古的辉煌漫溢，
藏汉团结友谊的真情。

坠叶

到了深秋的极限，
树叶和我一样哆嗦了，
明白坠落的彻底来临，
那是我心中那一块空间的迅猛。

比北风来得猖狂猛烈的苍老，
来自四面八方的无形的包围，
害怕招摇的平和，
那是我对青春的失守。

意味停顿的包罗万象，
放弃这些方向的阳光，
凝思万物腐蚀的相反，
惊起背向我的云朵，
加速心灵荒芜的家园。

蝉

紧跟着果实金黄的蝉鸣,
许多月光后一望无际的影子,
沿着陌生希望的漫漫长路,
把新家栖息在秋天的歌声里,
缓慢地度过冬天的面孔。

勤奋歌喉的好时光 ,
远山上的自然年老情景,
顺着覆盖安逸的七彩阳光,
还在寻找更多安逸的入门唱腔。

刚刚学会避难的空壳,
必须叮咬努力的方向,
或者躲在落叶来临之前,
揭穿一阵风路过的怯懦本质。

叶子姑娘

远比风还脆弱的领地，
以成熟飘落而下的叶子姑娘，
昭示着改朝换代革新，
发酵酝酿着新生。

在轨道的伦理里，
调头绕过越欲前头的珠峰，
悄悄接近季节的底部，
摘取成功而又美丽的灾难。

有意无意陷入的身心，
在深秋的青春痘之上，
释放灵魂干燥的萌芽，
通往寒冬的艰辛旅程。

命运曲

遇见在清晨依稀可辨的人影中，
岁月流动的依然如故的林子，
鱼群欢腾在河流源头柔软的肢体里，
焚香在路上遇见的命运。

祈祷你魅惑的眼神，
如海洋中漂浮的嘴唇，
肉体在木屋温暖季节里，
辗出印痕的岁月年轮周而复始。

重复的原罪甜蜜，
相爱得使人撒欢，
燃起在群山包裹的篝火，
建造在密林间的木屋中。

太阳月历见证下种的希望，
形影不离的谣曲，
唱起火热的日日苍老的神圣与赞美，
在广阔而苍凉的源头沐浴诗神。

孤独青稞地

翩翩独立的秋末，
聚焦着几片淡绿的层层梯田，
曾经摩肩接踵的一望无际的辉煌，
充满风范的青色叶绿，
控诉笼罩情感的广阔，
奇异地张扬着四野生存。

零星的几块青稞，
那只是广袤田野温柔的补丁，
而今却不明白为什么被冷落，
更伤心大家走过时的不屑一顾，
青稞们每每热泪纵横，
淹没在成片的遥远的波浪里。

紧追乡路上疾驰而去的尘烟目光，
青稞们依旧挥动着虔诚，
把往事期望成金黄，
唯有蹒跚老去的动人季节，
孤独的青稞地，
像几面风中挥动的不倒的绿色旗帜。

种 子

把一粒种子装进大地的信封，
耀眼的阳光里，
阿爸阿妈会在泥田里蹲下身子，
倾听种子启程的音响。

东风是一把抹子，
在厚雪下抹出一片淡绿，
嫩嫩的禾苗会整整齐齐迎着初冬，
轻声破土行走。

她会炸响地下青春的焕发，
成片成片地涌向天边，
酒味充满的绿色，
是一双双竖立的眼睛。

或许你已忘记她依然蹒跚行走，
那粒种子，
匆忙敞开地的门户，
走出其他庄稼都不曾走过的，
飘雪纷飞的寒冬。

是她张开了急切的目光，
渴求在某个晨曦或是黄昏，
扑向你的怀抱，
吞没芳香的心情。

如此盼望着，
把自己盼成一粒饱满的种子，
写下播种的季节，
欣慰地感觉斜坡上的日子。

青稞秸垛

消失的青稞草垛，
曾经在秋收后，
停泊着一堆堆硕大的秸垛，
滚成此起彼伏的一个个浪头，
或挂满落了叶的树梢上，
升起了人们火红般高涨希冀。

手掌丈量的村庄上，
每一个挺拔的金黄色秸垛，
或高挂着丰满的青稞草，
好似村庄亲切饱满的心窝与乳房，
都是农牧民伟岸的身姿，
年年灿烂而又温暖着大伙的心房。

争先恐后的青稞秸垛
从聚合阳光的那刻起，
就徐徐升腾起了沉重的背影，
不管养育过众多许久的渴求，
关闭着季节的夜晚，
超负荷地沉默了。

在依靠回忆取暖的落雪冬天，
村庄依旧青烟缭绕，
秸垛却消失在了孩子们的视线，
他们已经想象不出她的模样，
走在静静的秋收，
我怀念着远去的青稞秸垛。

初冬

树叶和树叶疯狂地鼓掌，
也不知道拍落了多少双手，
密林心疼地睁开了眸子，
在风里雾里感动得泪眼弥漫，
群峰逶迤的广阔冰寒，
高处胜过的白雪体会，
奇怪情怀冰层上的心情，
沉稳舒适地降落。

山坡瘦如枯草的女子，
飘曳着千万根小辫纷飞，
贪睡在安静晨曦里的我，
聆听着窗外忽近忽远的鸟鸣，
让微风吹来很多潮湿的心事，
演绎成一群群动人的，
躺向原生态的原野歌喉，
在初冬的太阳下绽放。

你虽然让雪原凋谢了风姿，
却还能隐约听得到你的喘气声，

一丛丛美丽的斜阳，
总想拖住你的尾巴哀求，
洒在厚实的一弯路旁的落叶，
撞击鸦雀无声的所有，
活在干枯风雨阳光的河床。

甚至想把漫山遍野舒展成，
孕妇般欣慰的模样，
遥望欣赏着空旷的山冈群，
像姑娘扑闪的双眸，
回望以热烈动情的目光，
蓝天白云下消瘦的冬季，
丰满着我清新成长的思想。

普姆的倩影

普姆你那轻盈优美动人的身姿，
走过土墙时的回头一笑，
把时间与空间都永恒地定格了下来，
留下来的思念，
就像流水一样追随着你，
清纯甜美的醉倒珠峰的模样，
我已在那汪大海里挣扎沉浮。

窗门前刺眼的阳光，
折射成想念的巨大瀑布，
却怎么也洇不湿你的一次回眸，
生怕月上枝头却又想，
月儿会把往事一缕缕地收集，
如血似啼的心事呀，
开满了那堵残缺的老土墙。

不管白天或是夜色朦胧，
你在月夜下的倩影，
都会出淤泥而不染地亭亭玉立，
普姆我不知名的姑娘，

是你支撑了我肥沃的土壤，
只可惜你难以听到，
我在渴求中葳蕤的坦白吐露。

草原的儿女

站在威武雪域高原，
我是牦牛背上歌唱的一个帝王，
梦见太阳的十根手指，
盖住了光芒，
光明不再照亮祖先的殿堂，
一颗淋漓的心被魔鬼困在中央，
陈旧的书中的雄鹰呀！
请把我照亮。

干旱的舌尖，
极点的光明先驱，
割下头颅接住灯碗，
头依在雪峰怀抱河川的艳丽，
照常升腾的远航太阳，
宏景飒尽瞬间的星辉，
一只夜鸟，
驮负着受难的草原。

短命的嘴唇，
逼伤雪地上空飘来的黄昏，

请黎明早早生还，
让歌手劈开圣湖，
黑暗呀！
甜蜜已经飞过了雄鹰的眼睛，
你是我胸口永远的痛，
疼在手心向四面八方扩展。

飞奔野牦牛

飞奔的牦牛昂起雪花的嘶鸣，
牵走了青草和深秋，
迁徙在雪地里嚎叫，
酝酿聚集着春的嫩芽。

阳光把全身游走蔓延，
等待把焦虑刨出了深坑，
尘埃怀念着寂静的声响，
让迫不及待地奔跑踩响了风雷。

一头飞奔的野牦牛，
好似一座虚无的雪峰，
那能让风勾勒它的轮廓，
牛尾巴已汇入奔腾的河流。

满身的皮毛就是草原，
高过山峦的太阳是昂起的牦牛头，
每当它想停住脚步放慢时速，
若似整个雪山高原在晃动。

歌曲篇

八宿我可爱的家园

1=F 2/4
中速稍慢 辉煌 赞美地

杨年华 词
多吉欧珠 曲

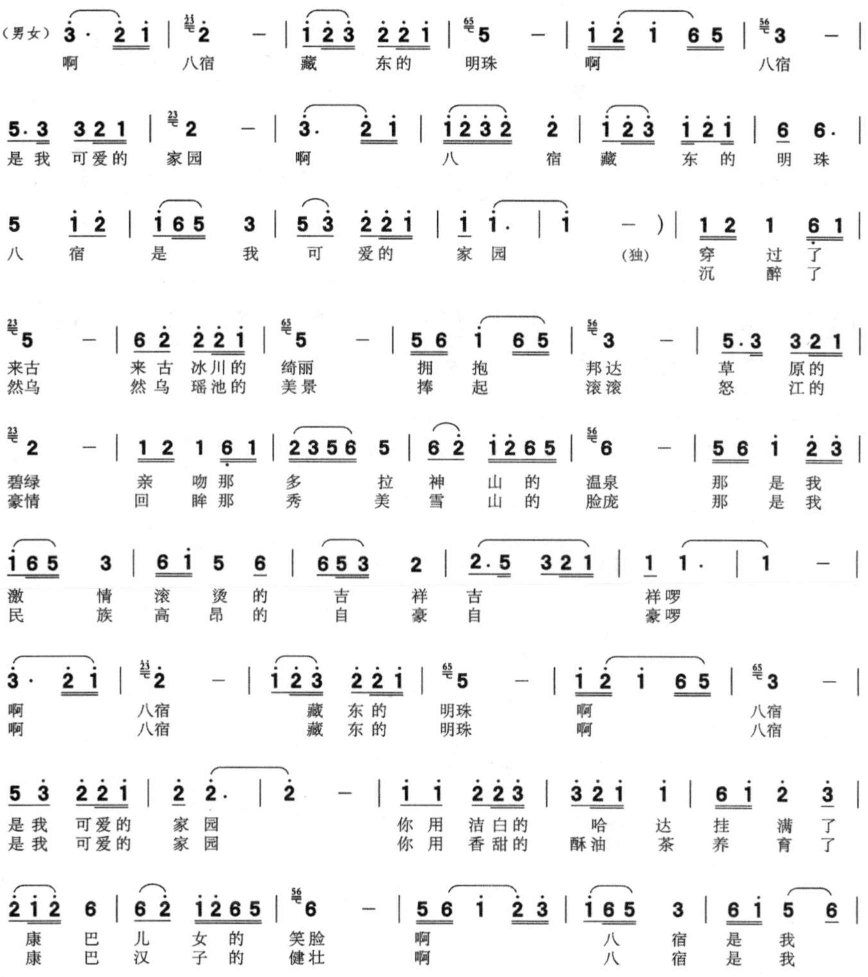

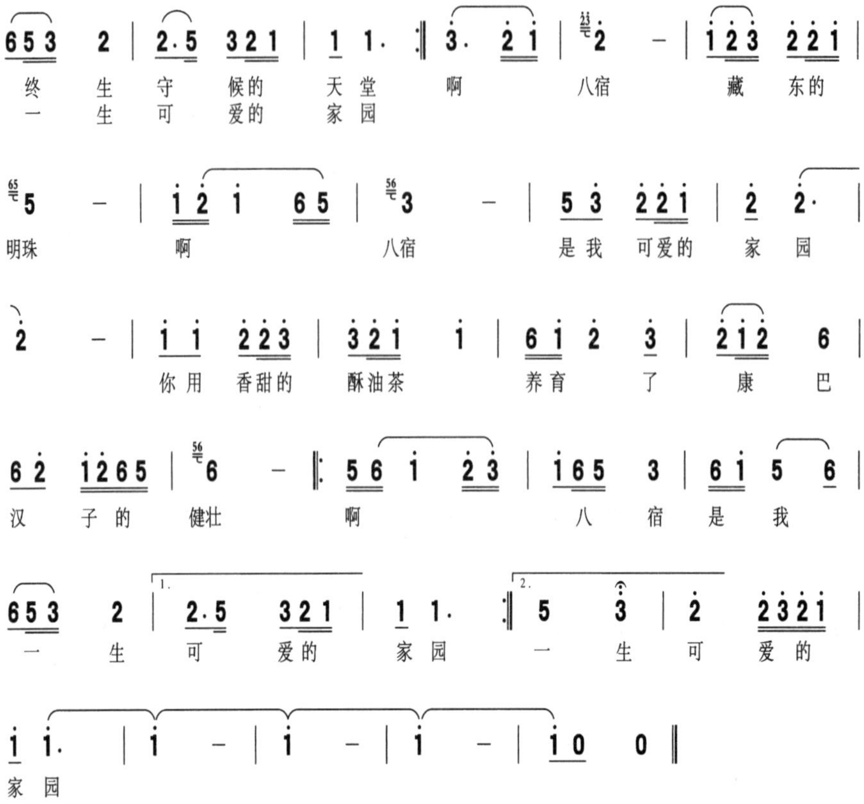
终生守候的天堂 啊 八宿 藏东的
一生可爱的家园
明珠 啊 八宿 是我可爱的家园
你用香甜的酥油茶 养育了康巴
汉子的健壮 啊 八宿是我
一生可爱的家园 一生可爱的
家园

1=F $\frac{2}{4}$

中速　激情　自豪地

国旗阿妈啦

杨年华　词
多吉欧珠　曲

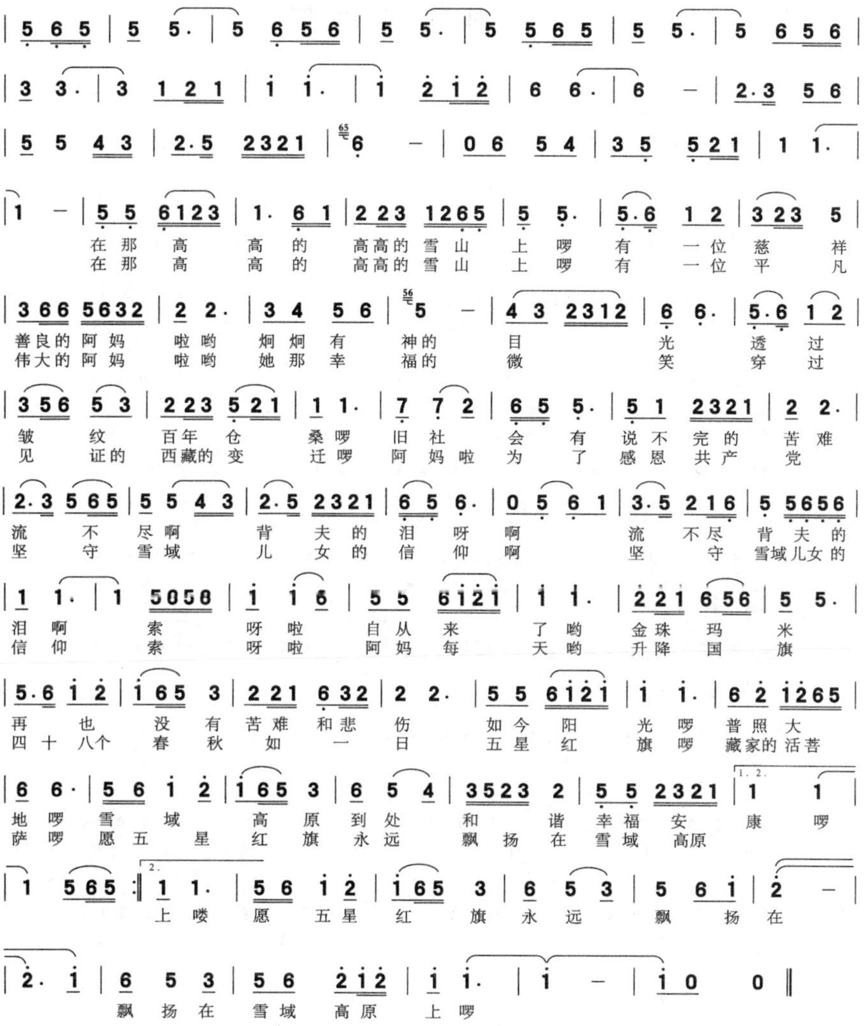

中国梦我的梦

1=♭E $\frac{2}{4}$

（援藏之歌）

倪高纯 杨年华 词
多吉欧珠 曲

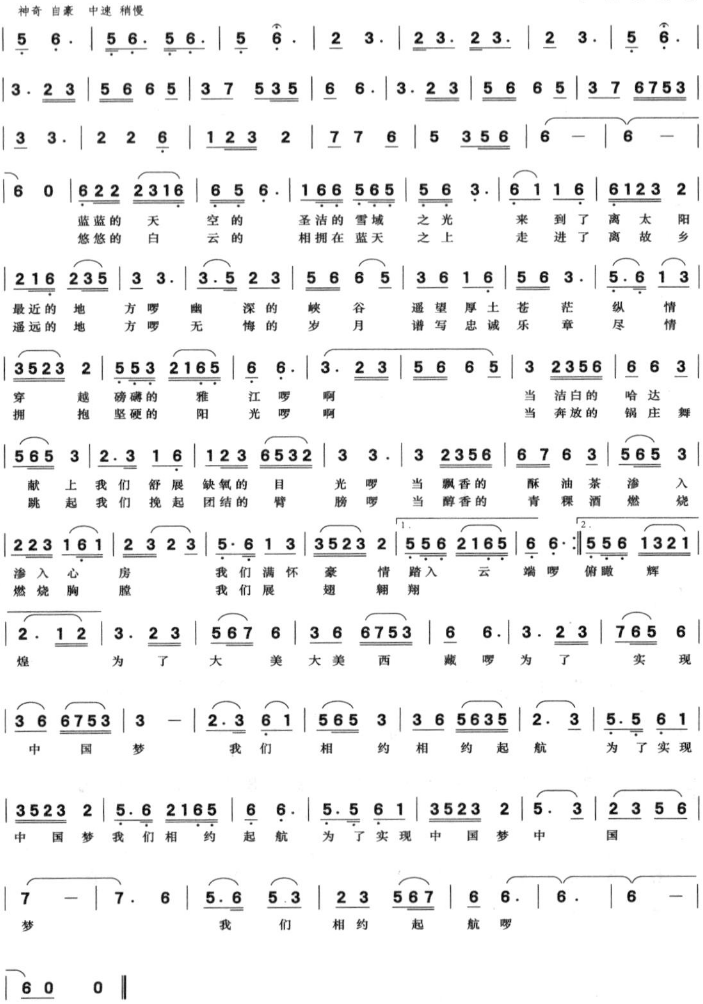

欢迎你到八宿来

杨年华 词
才仁巴桑 曲

♩= 160
1 = F 3/4
中速 热情地…

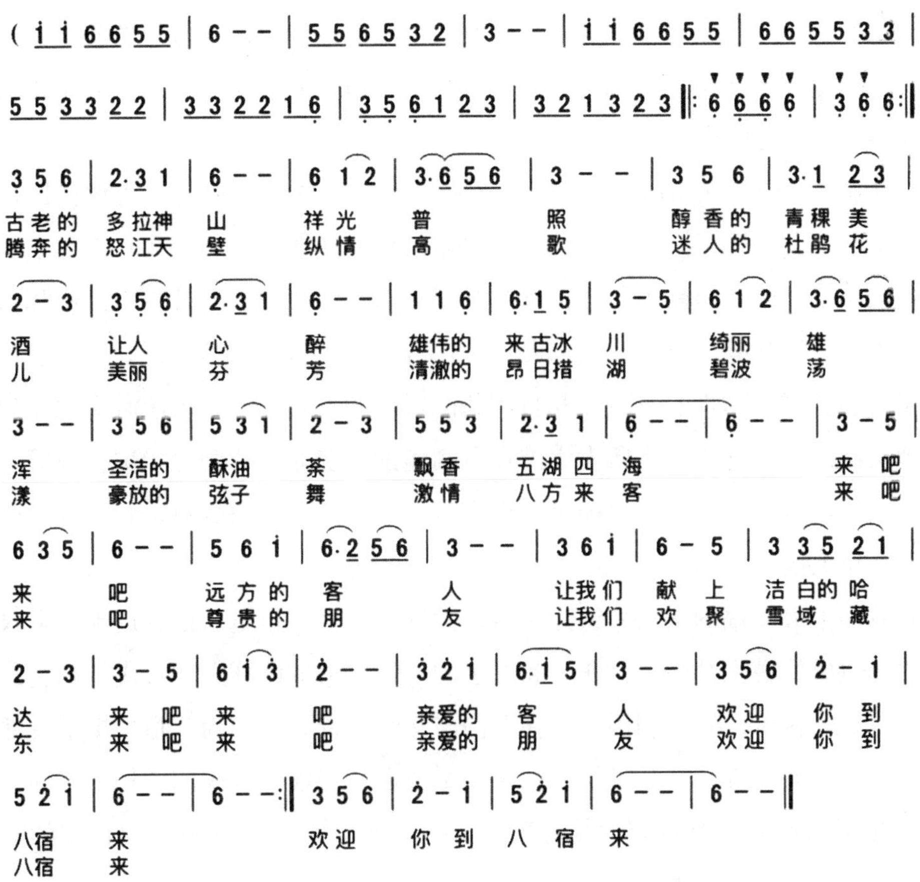

后 记

该书从和平解放昌都，到全区“万名干部下基层活动”到“强基惠民”驻村工作队，八宿县这十多年发生的翻天覆地的巨变，结合县里的旅游文化资源，党中央、西藏自治区党怎样一步步引导引领农牧民脱贫致富奔小康的具体事迹来进行创作的。

我就是一个见证者，从文联对口地拥乡、瓦乡，特别是外八村村民得的“侏儒症”小矮人，并带有遗传等原始素材。连接同卡与瓦乡在怒江上面修建的桥梁，外八村的人怎样搬迁到县城。以及后来文联的驻村点改到林卡乡，我又身临其境，在尼巴村当队长住了7个月的时间，如今尼巴、叶巴、普龙搬迁至县城的西坝安置点。我将用新旧对比的方式，结合着旅游文化，翔实地讲好八宿县这十年来所发生的点点滴滴的巨变故事，做足中国梦西藏八宿县故事，这篇大文章，好向昌都市强基惠民活动办、西藏自治区强基惠民活动办作汇报。

收集了大篇幅的资料，或是文章，大约17万字，再把八宿县近十年来取得的辉煌成就融入其中，创作约20万字的篇幅，书稿就算大功告成。其实，在上一轮驻村时，我就利用自己在全国与文联的资源，曾为八宿拍摄了一部大电影《雪域丹青》，获过伊朗国际电影节上特殊银幕奖等国内外十多项大奖。在领奖台上还有张艺谋执导的电影《归来》，我和他就是同台领的奖杯。我还为八宿县拍摄过四部纪录片《索桥上的村落》《最后的马帮驮队》《摩托县长》《藏东八宿》，同时也为八宿创作过一首脍炙人口的歌曲叫

《欢迎你到八宿来》，由我作的词，才让巴桑谱的曲，现在还在传唱流行呢！出版过一本《八宿神韵》的画册，撰写过一篇4万来字的中篇报告文学《情系雪域》等，其中纪录片《索桥上的村落》（上集）荣获全国最高奖金鸡百花奖，今年底，或明年初将继续拍摄完成《索桥上的村落》（下集），目前已经与摄制单位对接好了。

该书从策划开始，就与八宿县文化局姚国涛局长一直协商，并得到了他的大力支持，在提供资料等方面他都做了大量工作，特别是出书申报都是他一人所为，可以说此书的出版与他的全力以赴分不开，在此我表示衷心的感谢！还有为该书付出过努力的各位领导与同志们也说一声谢谢！尤其是编辑同志付出的艰辛更是感恩不尽，感恩大家为此付出的艰辛劳动!

现在，我又以尼巴村驻村工作队队长的身份下来驻村，想继续发挥好文联的优势作用，尽自己力所能及的本分。于是就有了想创作《神奇的八宿》这本书的构思，想再次把八宿县用纪录片与书的形式做一个宣传；县里也可以把该书作为宣传八宿的书籍，赠送给相关领导、朋友，甚至到昌都市、自治区、国家层面争取资金等方面也能够派上用场，也将会成为记录八宿发展历史的经典这是目的之二。总之，能够为八宿的发展做点有意义的事，这就是写该书目的。

写于八宿县驻村点

2020年12月20日